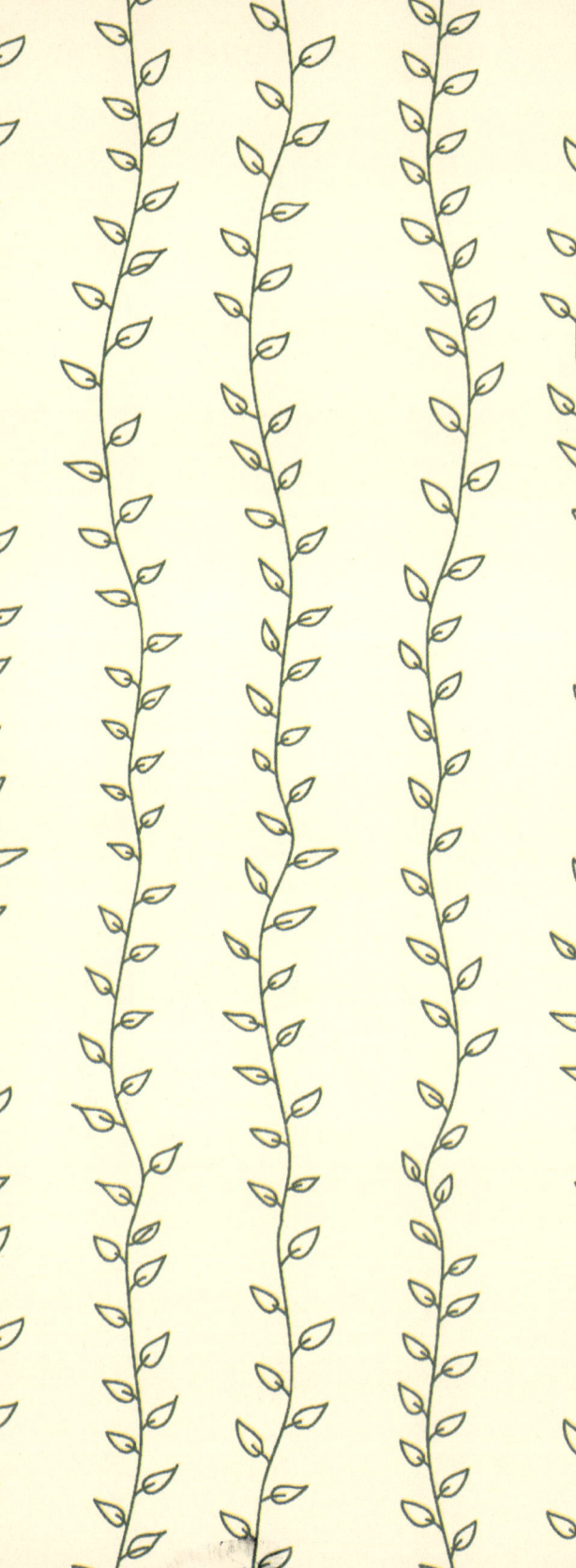

O Jardim Secreto

FRANCES HODGSON BURNETT

TRADUÇÃO
VERA LÚCIA RAMOS

MARTIN CLARET

SUMÁRIO

Desvendando o segredo do jardim — 7

Nota da tradutora — 13

O JARDIM SECRETO

Não sobrou ninguém — 23

Dona Mary bem mandona — 29

Atravessando a charneca — 37

Martha — 43

O choro no corredor — 59

Tinha alguém chorando... Ah, tinha! — 67

A chave do jardim — 75

O pisco que mostrou o caminho — 81

A casa mais esquisita — 89

Dickon — 99

O ninho do tordo — 111

Posso ganhar um pedacinho de terra? — 119

Eu sou o Colin — 131

Um jovem Rajá — 145

Fazendo ninho — 157

- Eu não! — Disse Mary — 169
- Um acesso de raiva — 177
- Ocê num tem um minuto a perdê — 185
- Ela chegou! — 193
- Eu vou viver para sempre e sempre e sempre! — 205
- Ben Weatherstaff — 213
- Quando o Sol se pôs — 223
- Mágica — 229
- Deixe que riam — 241
- A cortina — 253
- É a mãe! — 261
- No jardim — 271

Desvendando o Segredo do Jardim

LUCIANA DUENHA DIMITROV*

Descendente da aristocracia inglesa — mas nascida e criada na Índia — Mary Lennox é uma menina de dez anos. Criada por serviçais, já que era filha única de pais que jamais a desejaram, a pequena Mary não é apenas solitária: a jovenzinha é mimada, agressiva e extremamente egoísta.

Ainda no primeiro capítulo, o leitor conhece a personagem Mary, que age como alguém cujos sentimentos inexistem: "Não chorou porque sua ama havia morrido. Não era uma criança afetuosa e nunca havia se importado muito com ninguém". É nesse mesmo capítulo que a jovenzinha, ao deparar-se na presença de um estranho, questiona "— Dormi quando todos ficaram com cólera e acabei de acordar. Por que ninguém vem me pegar?". Para desespero do leitor, a resposta é arrebatadora: "Não sobrou ninguém para vir" — todos morreram em um surto de cólera. Ainda mimada, a agora órfã Mary é enviada à Inglaterra, para ser cuidada por um tio.

---

* Doutora em Letras pelo Mackenzie, com sólida carreira em renomadas instituições como Professora de Língua Inglesa e de Língua Portuguesa para o Ensino Fundamental I, II, e Médio, bem como em Cursos de Graduação e Pós-Graduação. Minhas produções bibliográficas incluem capítulos de livros, artigos completos publicados em periódicos e em revistas, além da participação (e organização) em congressos, cursos e apresentação de trabalhos e palestras. Minhas áreas de estudo incluem adaptação cinematográfica e literaturas contemporâneas, especialmente em língua inglesa.

Apesar de não ser a narradora de *O jardim secreto*, é Mary quem enlaça os galhos que conduzirão o leitor rumo aos tortuosos caminhos que levam ao secreto jardim de Misselthwaite Manor. É ela a responsável por desvendar os mistérios que, assim como ervas daninhas, cobrem as paredes da mansão. Seu papel é quase de uma desbravadora de mata desconhecida: à medida que a narrativa se desenvolve, Mary elimina as ervas daninhas que encobrem os caminhos que levam ao secreto jardim.

REMEMORANDO JARDINS

Não há que se discutir a perenidade de jardins no (in)consciente coletivo: cada memória guarda consigo a representação de um jardim. Grande ou pequeno, real ou fictício, colorido ou monocromático, sempre há um jardim a ilustrar a lembrança.

Comumente coadjuvante na literatura, os jardins exercem as mais distintas funções, funções essas que, no geral, se encontram atreladas à ambientação de cenas nas quais os personagens se inserem.

Lembram-se da consagrada fábula de Esopo, "A Cigarra e a Formiga", tantas vezes revisitada em adaptações para os mais diversos meios de comunicação? Onde vivem os protagonistas se não em um amplo jardim?

Protagonistas são os jardins pintados e eternizados por Claude Monet. Não acredita? Bem, é só contemplar a série de quadros do pintor impressionista francês em que são retratadas as paisagens dos Jardins de Giverny...

Mas já pensaram em quando os jardins se tornaram ambiente comum nas histórias que conhecemos? Vamos aos fatos!

SIGNIFICANDO JARDINS

Há mais de dois mil anos, ainda no *Velho Testamento* da Bíblia Sagrada, fomos apresentados ao Jardim do Éden. A narrativa presente em Gênesis (2:9) relata "E o Senhor Deus fez brotar da terra toda a árvore agradável à vista, e boa para comida; e a árvore da vida no meio do jardim, e a árvore do conhecimento do bem e do mal". É no segundo livro de Gênesis que o local onde viviam Adão e Eva se tornaria o pano de fundo ao pecado que, segundo aquela narrativa, daria origem ao mundo que concebemos.

Já no Alcorão, os jardins são relatados como a morada reservada apenas aos eleitos (Alcorão, 25): "Anuncia (ó Mohammad) os fiéis que praticam o bem que obterão jardins, abaixo dos quais correm os rios. Toda vez que forem agraciados com os seus frutos, dirão: Eis aqui o que nos fora concedido antes! Porém, só o será na aparência. Ali terão companheiros imaculados e ali morarão eternamente". Os jardins, segundo o Alcorão, são banhados de água, leite e vinho, têm aroma de gengibre ou cânfora, têm verdes sombras, frutos saborosos e tudo mais que alguém possa desejar. Ao conquistarem seu lugar nos jardins, conta a narrativa, os eleitos estão mais próximos ao trono de Deus.

Mas os jardins não são elementos exclusivos de culturas religiosas. Os egípcios eram grandes apreciadores de jardins, elaborados com toda delicadeza dentro dos muros que circundavam seus palácios. Flores que simbolizavam o amor e os elementos da natureza adornavam seus jardins.

Os persas, por sua vez, criaram jardins incríveis! Sempre organizados em forma retangular, os jardins persas tinham em seu centro uma lagoa que funcionava como uma espécie de espelho. Podendo ser aberto ou fechado, o objetivo dos jardins, para os persas, era sempre criar um espaço onde se encontrasse a tranquilidade... Presentes nos contos de *As Mil e Uma Noites*, os jardins persas se consolidaram com tamanha importância cultural que atualmente são considerados "Patrimônio Mundial" da Unesco.

Na Mitologia Grega, Zeus e Hera comemoraram seu enlace matrimonial no mítico jardim das Hespérides. Símbolo da fecundidade e do eterno renascimento, esse era o jardim onde moravam as ninfas! Longe da mitologia, os gregos descobriram o luxo dos jardins quando Alexandre, o grande, conquistou a Ásia. Embebidos na influência dos gregos, os romanos, por sua vez, aprimoraram a arte dos jardins ao mesclarem as plantas e flores, elementos arquitetônicos ímpares como estátuas, escadas, grutas, fontes...

Essas intervenções acabaram por criar os paradigmas que até hoje tangem o conhecimento coletivo sobre jardins: contrapondo-se à natureza selvagem e sua desordem, os jardins simbolizam a cultura, a ordem, a consciência. Organizado ou desordenado, dentro ou fora de paredes, com ou sem elementos arquitetônicos, os jardins ainda são elementos que adornam tanto o mundo real, como o mundo imaginário.

SECRETUM HORTUS

Ora, se o jardim é algo tão almejado, tão admirado, por que escondê-lo? Esse é o grande mistério que será desvendado no livro de Frances Hodgson Burnett. Sem nenhuma intenção de antecipar aquilo que se lerá nessa obra de 1911, a jovem Mary é aquela que nos conduz rumo aos jardins que circundam o local onde passa a morar após a morte dos pais.

Sempre ligado àquilo que se guarda como um tesouro, tudo o que é secreto traz consigo um ar que mescla mistério e importância. Há sempre uma necessidade quase incontrolável de se descobrir o que há dentro daquela arca, daquele cofre ou por trás daquelas paredes. Quem nunca quis descobrir a fórmula secreta de um dos feitiços de Hogwarts?

Por outro lado, o secreto gera sim um desconforto, muitas vezes até angústia por não se conhecer o que se esconde. E daí vem a busca de saber o que há além daqueles muros...

RESSIGNIFICANDO O JARDIM

A já aclamada autora de *A princesinha* (1905) não alcançou o mesmo sucesso com *O jardim secreto*. Seu renome talvez tenha sido responsável pela pouca popularidade dessa obra, já que outros de seus livros alcançaram, quando de sua publicação, renome internacional.

O fato é que até a morte da autora, em 1924, *O jardim secreto* ocupou papel de indiscutível irrelevância em face da completude da obra de Frances Hodgson Burnett. Isso pode ser explicado graças à parca existência, até meados da segunda metade do século XX, de uma literatura dedicada exclusivamente aos jovens.

Cabe lembrar de que os jovens daquela época, quando leitores, dedicavam-se a livros clássicos que versavam sobre aventuras, como *Os três mosqueteiros*, de Alexandre Dumas ou *Robinson Crusoé*, de Daniel Defoe. Às meninas cabiam livros que ensinavam como ser uma boa dama, como *Pollyana* e *Pollyana Moça*, de Eleanor Hodgman Porter.

Ou seja, uma história protagonizada por uma órfã de dez anos, cujo principal objetivo aparente é desvendar o mistério de um jardim secreto não era, na primeira década do século XX, um tema gerador de muito interesse. Entretanto, quando a literatura infantojuvenil passa a se consolidar não apenas como literatura a ser produzida, mas também como objeto de estudo acadêmico, o livro alça voos inimagináveis.

Atualmente não há estudos nem listas que versem sobre a literatura infantojuvenil que excluam *O jardim secreto*. Mary, Colin e todos os personagens que compõem a narrativa alegoricamente são adornos do secreto jardim sob o qual a obra é composta.

Convencidos, agora, a percorrerem os caminhos que levarão ao jardim secreto?

REFERÊNCIAS BIBLIOGRÁFICAS

ANDERSON, Nancy. **Elementary Children's Literature.** Boston: Pearson Education, 2006.

BENJAMIN, Walter. **Magia e técnica, arte e política: ensaios sobre a literatura e histórias da cultura.** São Paulo: Brasiliense, 1996.

BIRD, Elizabeth. "Top 100 Chapter Book Poll Results." A Fuse #8 Production. Blog. School Library Journal (available at: blog.schoollibraryjournal.com). Retrieved 22 August 2012.

CHEVALIER, Jean; GHEERBRANT, Alain. **Dicionário de símbolos.** Mitos, sonhos, costumes, gestos, formas, figuras, cores, números. Rio de Janeiro: José Olympio, 2005.

CUDDON, J. A. **Dictionary of literary terms & literary theory.** London: Penguin Reference, 1999.

EAGLETON, Terry. **Teoria da literatura: uma introdução.** São Paulo: Martins Fontes, 2011.

HACQUARD, Georges. **Dicionário de Mitologia Grega e Romana.** Universidade Nova de Lisboa: Lisboa, 1996.

HAHN, Daniel. **The Oxford Companion to Children's Literature.** Oxford: Oxford University Press, 2015.

LUNDIN, A. "The Critical and Commercial Reception of The Secret Garden." In: **the Garden: Essays in Honour of Frances Hodgson Burnett**. Angelica Shirley Carpenter (ed.) Toronto: Scarecrow Press, 2006.

National Education Association. "Teachers' Top 100 Books for Children." Retrieved 22 August 2012.

WOOD, James. **Como funciona a ficção.** São Paulo: Cosac Naify, 2011.

ZIPES, Jack, ed. **The Oxford Encyclopedia of Children's Literature.** Oxford: Oxford University Press, 2006.

NOTA DA TRADUTORA

A escritora inglesa, Frances Hodgson Burnett (1849–1924), nascida em Manchester, Inglaterra, escreveu mais de cinquenta livros, entre eles romances para adultos, peças teatrais, poemas, um livro de memórias e romances para crianças, como *O pequeno lorde* (1886), *A princesinha* (1905) e *O jardim secreto* (1911).

Burnett viveu profissionalmente como escritora desde muito jovem e teve seus livros publicados tanto na Inglaterra quanto nos Estados Unidos, países em que viveu. Muitos de seus livros e peças teatrais tiveram boa recepção na época de seus lançamentos, mas são seus romances para crianças que fazem a autora ser conhecida até hoje, como o clássico *O jardim secreto* (1911). Nesse romance, a autora trata da retomada da vida de duas crianças mimadas e infelizes por meio de um jardim abandonado e da amizade com outra criança, mostrando uma harmonia com a vida rural, com as plantas e com as criaturas silvestres e a descoberta do dialeto de Yorkshire, uma região no nordeste da Inglaterra, usado pelo amigo delas e por quase todos os empregados da casa onde moram, Misselthwaite Manor.

Assim, o maior desafio de se traduzir *O jardim secreto* está no fato de a autora ter representado o dialeto de Yorkshire na fala de alguns personagens. Embora não haja dificuldade para a compreensão da fala de tais personagens, o(a) tradutor(a) que aprecia trabalhar um texto com elaboração criativa da linguagem vai se deparar aqui com um verdadeiro estímulo.

Na dissertação de mestrado *A tradução do socioleto literário: um estudo de* Wuthering Heights (2006), a pesquisadora Solange P. Pinheiro de Carvalho afirma que "...É possível mesmo imaginar que a variante dialetal encontrada em *O jardim secreto* seja apenas uma criação literária sem nenhuma base na realidade linguística do condado de Yorkshire; [...] (p. 68)". Portanto, notamos que Burnett tentou reproduzir na escrita uma oralidade agradável, sem preocupação extremada com a precisão da representação do dialeto, o que inclui a uniformidade das marcas. Tal afirmação se deve ao fato de a autora misturar às vezes formas pronominais formais e informais, como no exemplo a seguir, que destaco em negrito: It would set 'em clean off their heads. Would **tha'** really do that, **Miss**? Essa combinação pode indicar certa inconsistência na criação, mas o significado do dialeto na narrativa parece aludir à necessidade de mostrar como as personagens que o usam são simples, mas boas e acolhedoras, pois elas (Martha, Dickon, Susan Sowerby) tornam possível o verdadeiro contato com a terra e a transformação da morte em vida.

Dessa forma, primeiramente, procurei delimitar as marcas dialetais do texto em inglês para posteriormente recriar os sentidos e também as formas em português, uma vez que o dialeto da tradução se localiza em outro país, com outra língua e cultura (sentidos) e a sua representação cria em parte uma nova ortografia (forma). Usei como base para essa recriação algumas das marcas elencadas no livro *Sociolinguística: os níveis de fala: um estudo sociolinguístico do diálogo na literatura brasileira* (1994), de Dino Preti, que fazem parte do chamado "dialeto social popular".

Para que o leitor tenha uma ideia do que ocorre nos dois textos, o inglês e o português, procurei de forma didática mostrar 3 (três) exemplos de algumas das marcas mais comuns na obra (I) e posteriormente apresentar outras características gerais do estilo da autora (II), todos mantidos na tradução.

I – MARCAS COMUNS NA OBRA

A elisão de consoante final é uma das marcas mais comuns na criação de Burnett. Por exemplo: *an'* (and), *o'* (of), *tha'* (that), *anythin'* (anything), *hersel'* (herself) e *waitin'* (waiting) só para citar alguns. Em relação à elisão das consoantes finais, foi possível encontrar uma marca comum na língua não padrão em português omitindo-se o "r" final dos verbos no infinitivo, com acréscimo de acento agudo para verbos da 1ª e 3ª conjugações (-ar, -ir) e circunflexo para os da 2ª (-er). Por exemplo: *falá* (falar), *comê* (comer) e *saí* (sair).

Há também elisão de consoante inicial, como: *'em* (them). Em relação à elisão das consoantes iniciais, foi possível encontrar algumas marcas comuns na língua não padrão em português omitindo-se o "v" do pronome "você", assim como o "es" do verbo "estar" em suas conjugações. Por exemplo: *ocê* (você), *tá* (está), *tô* (estou: assim como redução do ditongo "ou" → ô) e *tava* (estava).

No caso dos verbos, o texto em inglês apresenta a conjugação do verbo no singular, mesmo com sujeito no plural. Por exemplo: *they was* (they were), como na frase: "No one knows when **they was** first planted". Assim como *you was* (you were) e *children does* (children do). Em relação à conjugação do verbo no singular, mesmo com sujeito no plural, foi possível fazer exatamente o mesmo em português, por ser uma variante existente na nossa língua. Por exemplo: "Quando a gente lê sobre eles nos folheto, **eles é** sempre bem religioso".

Burnett usa as elisões e os apóstrofos para indicar encontro vocálico ou apenas para marcar a queda de uma ou mais letras. O leitor pode observar no exemplo a seguir alguns encontros vocálicos marcados por elisão e apóstrofo que negritei: "There's another on t'other side o' th' wall an' there's **th'** orchard **t'**other side o' that". No próximo exemplo, temos apenas o apóstrofo indicando a elisão vocálica ou consonantal: "Our Dickon goes off on **th'** moor by himself **an'** plays for hours. That's how he made friends with **th'** pony. He's got sheep on **th'** moor that knows him, **an'** birds as comes **an'** eats out of his hand". O que fiz para repetir o recurso foi escolher uma elisão com um encontro vocálico para uniformizar uma marca no texto todo. Para tanto, usei a elisão e o apóstrofo sempre na combinação "que" + "ocê" resultando em "qu'ocê". A escolha de apenas uma elisão com encontro vocálico deveu-se a questões relacionadas à constituição da língua portuguesa em termos gráficos, ou seja, em português há necessidade de acento gráfico nos verbos sem o "r" do infinitivo e em outras palavras cujo acento deve ser sinalizado. A língua inglesa por si não necessita desse recurso, por isso os apóstrofos não poluem o texto em inglês, mas o uso deles além dos acentos deixaria o texto em português carregado em termos visuais.

Há evidentemente inúmeras outras marcas em inglês, assim como tentativas de recriação em português. Outras marcas que o leitor encontrará em português são: a forma proclítica do "não" em "num", a queda do "d" dos verbos no particípio presente, como: "fazendo" em "fazeno"; o "pra" e "pro" no lugar de "para" e "para o", respectivamente; o pronome reto com função de objeto, por exemplo, na frase: "Quando vim acendê o fogo aqui de manhã, fui de mansinho até a sua cama e puxei a coberta com cuidado pra **vê ocê**"., em vez de "para vê-la". Além de outras, que deixamos para o leitor descobrir ao longo da leitura.

II — CARACTERÍSTICAS GERAIS DO ESTILO DA AUTORA

Há alguns termos do dialeto de Yorkshire que Frances Burnett explica o significado, como os adjetivos: "marred-looking" e "wick", sendo descritos como palavras de Yorkshire e, por conseguinte, de significado difícil para aqueles que não as conhecem. Por isso, em português procurei palavras de uso pouco comum a fim de causar estranheza ao leitor, para posteriormente apresentar uma explicação do significado delas assim como no texto em inglês.

A autora também põe em evidência algumas palavras grafando-as com inicial maiúscula em toda a narrativa, como: "Ayah" e "Rajah", assim como "Someone", Eggs, Spring e Father em momentos especiais da narrativa. A minha opção foi a de manter na tradução essa característica do texto inglês.

Ainda gostaria de comentar dois termos do poema do Capítulo II, "silver bells" e "cockle shells", que possuem significado ambíguo. "Silver bells" são plantas com forma de sinos, e "cockle shells" podem ser "conchas de berbigão", assim como "cockle" pode ser um tipo de erva daninha. Os dois termos juntos, "silver bells and cockle shells", assim como aparecem no poema, também eram uma expressão cotidiana para se referir a instrumentos de tortura. Por isso, a escolha de uma das plantas do poema em português, embora não com a mesma ambiguidade dos termos em inglês, foi a de uma flor que traz no nome um sentido de morte.

Para finalizar gostaria de enfatizar o fato de eu ter tentado uma recriação de sentidos e formas, como já dito, e não uma reprodução dos sentidos e das formas, pois cairíamos em questões de intraduzibilidade e de traição do original, dois assuntos que geram muitas controvérsias nos estudos da tradução, mas nos quais não acredito.

Vera Lúcia Ramos

Doutoranda TRADUSP-FFLCH/USP
Mestre em Estudos Linguísticos e Literário em Inglês/ USP
Especialista em Tradução: Inglês/ Português – CITRAT- USP

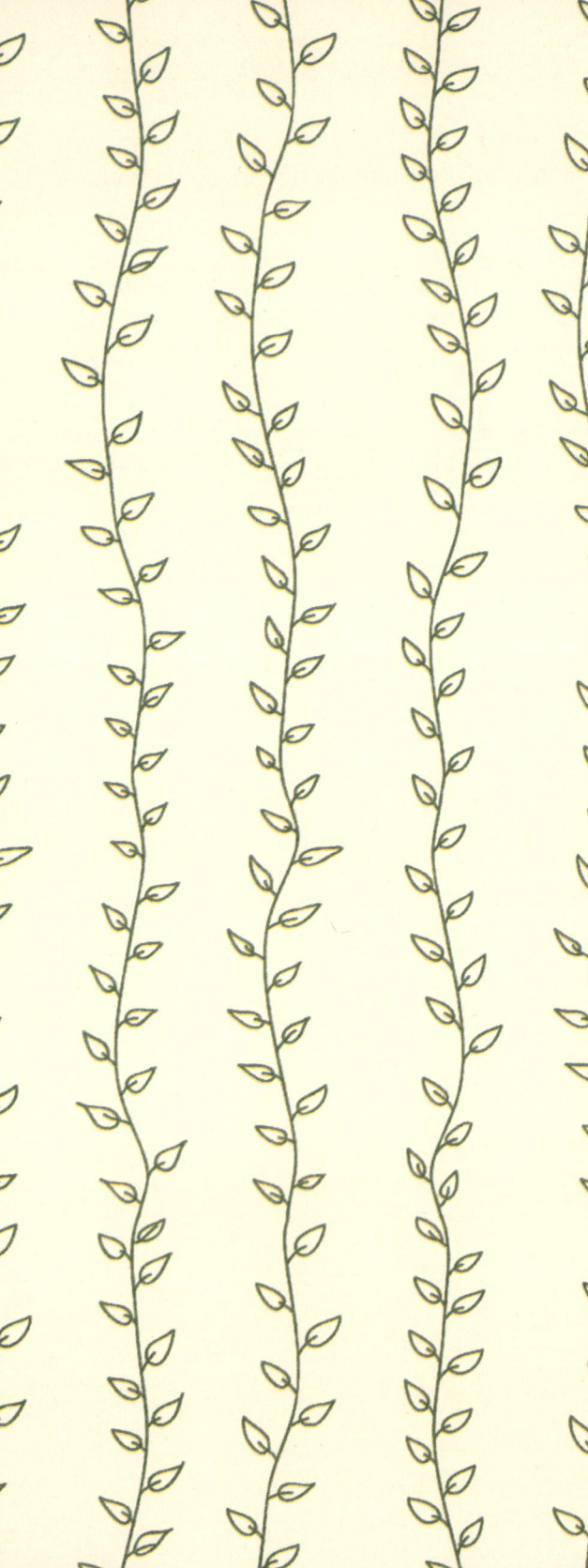

O Jardim Secreto

HORTA

QUARTO DA MARY

JARDIM

SALA DAS PINTURAS

CAPÍTULO 1
NÃO SOBROU NINGUÉM

Quando Mary Lennox foi mandada para Misselthwaite Manor para morar com o tio, todos disseram que se tratava da criança de aparência mais desagradável já vista. E era mesmo verdade. Ela tinha um rostinho fino, um corpinho magricelo, cabelos ralos e claros e uma expressão zangada. O cabelo era amarelo assim como o rosto, porque Mary tinha nascido na Índia e sempre estivera doente de um jeito ou de outro. O pai ocupara um posto do governo inglês de lá, e ele sempre estivera atarefado e também doente, e a mãe, uma mulher de grande beleza, só se importava em ir a festas e em se divertir com pessoas alegres. Ela não quisera ter uma menininha de jeito nenhum, e quando Mary nasceu, foi entregue aos cuidados de uma Aia, que teve de entender que para agradar a patroa, Mem Sahib, deveria manter a criança fora das vistas dela tanto quanto possível. Assim, enquanto era um nenezinho doentio, birrento e feio, Mary foi mantida fora das vistas da mãe, e, quando se tornou uma coisinha adoentada e rabugenta a dar os primeiros passinhos, continuou sendo mantida assim. Não havia nada de mais familiar para ela que o rosto escuro de sua Aia e os dos outros criados nativos, e como eles sempre a obedeciam e faziam as suas vontades em tudo, já que a Mem Sahib ficaria irritada se fosse incomodada pelo choro dela, quando estava com seis anos de idade, era a praguinha mais prepotente e egoísta do mundo. A jovem governanta inglesa contratada para ensiná-la a ler e a escrever teve uma antipatia tão grande pela menina que abandonou o cargo em três meses, e outras governantas contratadas para preencher o cargo acabaram desistindo num prazo menor que o da primeira. Por isso, se Mary não tivesse querido realmente aprender a ler livros, ela nunca teria aprendido as letras de fato.

Numa manhã extremamente quente, quando Mary estava com nove anos, ela despertou se sentindo muito irritada e ficou ainda mais quando viu que a criada que estava ao lado de sua cama não era a sua Aia.

— Por que você veio? — ela disse à estranha. — Não quero você aqui. Mande vir a minha Aia.

A mulher parecia assustada, mas apenas balbuciou que a Aia não podia vir, e quando Mary se enfureceu e começou a bater nela e a chutá-la, ela ficou mais assustada ainda e repetiu que não era possível que a Aia viesse cuidar da Senhorita Sahib.

Havia algo de misterioso no ar naquela manhã. Nada estava sendo feito da forma habitual e alguns dos criados nativos pareciam não ter vindo trabalhar, e aqueles que Mary via se retiravam de maneira esquiva, ou se apressavam e tinham uma fisionomia pálida e assustada. Mas ninguém lhe contava o que estava acontecendo, e a Aia não vinha. Ela foi praticamente abandonada durante o dia todo, até que finalmente foi passear no jardim e começou a brincar sozinha debaixo de uma árvore, perto da varanda. Fingiu que estava fazendo um canteiro, espetando grandes flores de hibisco escarlate em montinhos de terra, enquanto ia ficando cada vez mais brava e resmungava para si mesma o que diria para Saidie e como a xingaria, quando ela voltasse.

— Porca! Porca! Filha de Porcos! — dizia, porque chamar um nativo de porco era o pior dos insultos.

Estava rangendo os dentes e repetindo o xingamento quando ouviu a mãe sair na varanda com alguém. Ela estava com um jovem claro, e eles conversavam em voz baixa e de um modo estranho. Mary conhecia o jovem claro, que aparentava ser um menino. Ouvira dizer que ele era um jovem oficial acabado de chegar da

Inglaterra. A criança olhou-o fixamente, e ainda mais para a mãe. Ela sempre a olhava quando tinha oportunidade de vê-la, porque a Mem Sahib — era assim que Mary costumava chamá-la mais do que por outro nome — era tão alta, esbelta e bonita, e usava roupas tão encantadoras. Os cabelos dela eram como fios de seda encaracolados, e ela tinha um nariz pequeno e delicado que dava a impressão de estar desdenhando todas as coisas, os olhos eram grandes e risonhos. Todas as roupas dela eram finas e esvoaçantes, e Mary dizia que eram "cheias de renda". Pareciam ainda mais cheias de renda naquela manhã, mas os olhos não estavam nem um pouco risonhos. Estavam arregalados e assustados, e olhavam para o rosto do jovem claro como se implorassem por algo.

— Ah, é tão horrível assim, é? — Mary ouviu-a dizer.

— Demais — o jovem respondeu com uma voz trêmula. — Demais, Sra. Lennox. Vocês deviam ter ido para as montanhas há duas semanas.

A Mem Sahib retorceu as mãos.

— Ah, eu sei que devia! — lamentou. — Apenas fiquei para ir àquele jantar idiota. Que insensata eu fui!

Nesse exato momento, um som tão alto de choro eclodiu dos alojamentos dos criados fazendo com que ela agarrasse o braço do jovem claro, e Mary ficou tremendo dos pés à cabeça. O choro aumentava cada vez mais.

— O que é isso? O que é isso? — a Sra. Lennox perguntou ofegante.

— Alguém acabou de morrer — respondeu o jovem oficial. — A senhora não me disse que a doença já tinha se espalhado entre os seus criados.

— Eu não sabia! — a Mem Sahib exclamou. — Venha comigo! Venha comigo! — ela se virou e entrou correndo na casa.

Depois disso, coisas aterrorizantes aconteceram, e o mistério da manhã foi explicado a Mary. O cólera havia surgido na sua forma mais fatal e as pessoas estavam morrendo como moscas. A Aia tinha caído doente durante a noite e, por ter acabado de morrer, os criados choravam nos casebres. Antes do amanhecer, três outros criados tinham morrido e outros haviam fugido de medo. Havia pânico por todo lado, e pessoas morrendo em todos os bangalôs.

Durante a confusão e pavor do segundo dia, Mary se escondeu em seu quarto e foi esquecida por todos. Ninguém pensou nela, ninguém sentiu falta dela, e coisas estranhas aconteceram das quais ela nada sabia. Por horas, Mary chorava ou dormia, dormia ou chorava. Apenas sabia que aquelas pessoas estavam doentes e que ouvia sons misteriosos e assustadores. Uma vez foi lentamente até a sala de jantar e a encontrou vazia, embora uma refeição meio terminada estivesse sobre a mesa, com cadeiras e pratos largados às pressas, quando os que estavam jantando se levantaram repentinamente por alguma razão. A criança comeu um pouco de frutas e de biscoitos e, como estivesse com sede, bebeu um copo de vinho que estava quase cheio. Era doce, e ela não sabia o quanto era forte. Em pouco tempo ela ficou muito sonolenta por causa da bebida e voltou para o quarto e se trancou nele de novo, assustada com os choros que ouvia nos casebres e com os sons de pés apressados. O vinho a deixara tão sonolenta que ela mal conseguia ficar de olhos abertos; assim, se deitou na cama e não soube de mais nada por um longo tempo.

Muitas coisas aconteceram durante as horas em que ela dormiu, mas o sono foi tão pesado que ela não foi perturbada pelos choros e sons de coisas sendo carregadas para dentro e para fora do bangalô.

Quando acordou, permaneceu deitada e ficou olhando para a parede. A casa estava totalmente silenciosa. Nunca tinha reparado num silêncio como aquele antes. Não ouvia vozes nem sons de passos, e ficou imaginando se todos tinham sarado do cólera e todos os problemas tinham acabado. Também queria saber quem cuidaria dela agora que a Aia havia morrido. Por certo haveria uma nova Aia, e talvez ela soubesse contar histórias novas. Mary estava bem cansada das antigas. Não chorou porque sua ama havia morrido. Não era uma criança afetuosa e nunca havia se importado muito com ninguém. O barulho, o corre-corre e o choro por causa do cólera a haviam assustado, e ficara brava porque parecia que ninguém tinha se lembrado de que ela estava viva. Todos estavam tomados pelo pânico para pensar numa garotinha de quem ninguém gostava. Quando as pessoas contraíam o cólera, parecia que não se lembravam de nada, só delas mesmas. Porém, se todos ficassem bons de novo, sem dúvida alguém se lembraria dela e iria procurá-la.

Mas ninguém apareceu e, enquanto esperava, a casa parecia cada vez mais silenciosa. Até que Mary ouviu alguma coisa roçar o tapete e quando olhou para baixo viu uma pequena cobra deslizando pelo chão e a observando com olhos que se assemelhavam a jóias. Não ficou amedrontada, porque se tratava de uma coisinha inofensiva, que não a machucaria, e dava a impressão de estar com pressa de sair daquele lugar. Ela deslizou por baixo da porta, enquanto Mary a olhava.

— Está tudo tão esquisito e quieto — disse. — Parece que não tem ninguém no bangalô, a não ser eu e a cobra.

Logo ouviu passos na área murada, e depois na varanda. Eram passos de homens que entraram no bangalô e conversavam em voz baixa. Ninguém foi recebê-los ou falar com eles, e parecia que eles abriam portas e examinavam os cômodos.

— Que desolação! — ela ouviu uma voz dizer. — Aquela bela, bela mulher! Acredito que a criança também. Ouvi dizer que havia uma criança, embora ninguém jamais a tenha visto.

Mary estava de pé no meio do quarto, quando abriram a porta, poucos minutos depois. Era uma coisinha feia, zangada e carrancuda, porque estava começando a ficar com fome e a se sentir vergonhosamente esquecida. O primeiro homem a entrar no quarto era um oficial corpulento, que ela havia visto uma vez conversando com seu pai. Aparentava estar cansado e preocupado, mas quando a viu, levou um susto tão grande que quase deu um pulo para trás.

— Barney! — ele gritou. — Há uma criança aqui! Uma criança sozinha! Num lugar como este! Deus meu, quem é ela?

— Sou Mary Lennox — a garotinha disse se aprumando toda. Achou que o homem era muito mal-educado por se referir ao bangalô de seu pai como "um lugar como este!" — Dormi quando todos ficaram com cólera e acabei de acordar. Por que ninguém vem me pegar?

— É a criança que ninguém nunca viu! — exclamou o homem, virando-se para os companheiros. — Ela foi realmente esquecida!

— Por que fui esquecida? — Mary disse, batendo o pé no chão. — Por que ninguém vem me pegar?

O jovem, cujo nome era Barney, olhou para ela com muita tristeza. Mary até pensou tê-lo visto piscar os olhos como para afastar as lágrimas.

— Pobre criança! — ele disse. — Não sobrou ninguém para vir.

Foi dessa forma estranha e repentina que Mary descobriu que não tinha nem pai nem mãe; tinham morrido e foram levados durante a noite, e os poucos criados nativos que não haviam morrido tinham deixado a casa o mais rápido que puderam, mas nenhum deles havia se lembrado da existência de uma Senhorita Sahib. Por isso o lugar estava tão silencioso. O fato é que não havia ninguém na casa, a não ser ela e a cobrinha sibilante.

CAPÍTULO 2
DONA MARY BEM MANDONA

Mary gostara de observar a mãe de longe e a considerara muito bonita, mas, como não sabia quase nada a respeito dela, não seria de se esperar que a amasse ou que sentisse sua falta depois que ela morreu. No fundo, Mary não sentiu nem um pouco de saudade e, como era uma criança egoísta, se concentrou completamente em si, como sempre fizera. Se ela tivesse mais idade, sem dúvida, teria ficado muito ansiosa por se encontrar sozinha no mundo, mas era muito jovem e, como sempre tivera alguém para cuidar dela, imaginava que assim seria para sempre. O que ela gostaria de saber era se iria ficar com pessoas boas, que seriam educadas com ela e que a deixariam fazer o que quisesse, como sempre tinha sido com a Aia e com os outros criados nativos.

Ela sabia que não ficaria na casa do pastor inglês para onde tinha sido levada a princípio. Não queria ficar lá. O pastor inglês era pobre e tinha cinco filhos, quase todos da mesma idade, que usavam roupas surradas e estavam sempre brigando e arrancando os brinquedos uns dos outros. Mary detestou a casa desarrumada deles e foi tão desagradável para com eles que, depois dos primeiros dias lá, ninguém queria brincar com ela. Já no segundo dia, deram-lhe um apelido que a deixou furiosa.

Foi Basil o autor do apelido. Basil era um garoto de olhos azuis insolentes e de nariz arrebitado, e Mary o odiava. Ela estava brincando sozinha debaixo de uma árvore, tal como tinha brincado no dia em que o cólera surgiu. Estava fazendo montinhos de terra e caminhos para um jardim, quando Basil veio e parou perto dela para observá-la. Dali a pouco, ficou muito interessado e de repente deu um palpite.

— Por que é que você não coloca um monte de pedras ali e finge que é um jardim de pedras? — ele disse. — Lá no meio — e inclinou-se por cima dela para indicar o lugar.

— Vá embora! — gritou Mary. — Eu não quero meninos aqui. Vá embora!

Por um momento, Basil pareceu zangado, mas depois começou a provocá-la. Estava sempre provocando suas irmãs. Ficou dançando em volta dela, fazendo caretas, rindo e cantando:

> *Dona Mary Bem Mandona,*
> *O que cresce em seu jardim?*
> *Muitos cravos-de-defunto,*
> *Com sininhos e jasmim*

Ele cantou repetidas vezes até que as outras crianças ouviram e riram para valer; e quanto mais zangada Mary ficava, mais eles cantavam "Dona Mary Bem Mandona". Depois disso, durante o tempo que permaneceu lá, eles sempre a chamavam de "Dona Mary Bem Mandona", quando falavam dela pelas costas, e muitas vezes quando falavam com ela mesma.

— Vão levar você para casa — Basil disse a ela — no fim de semana. E a gente vai ficar bem contente.

— Também vou ficar bem contente — respondeu Mary. — Onde é a minha casa?

— Ela não sabe onde fica a casa dela! — disse Basil com todo o desprezo de uma criança de sete anos. — É na Inglaterra, claro. A nossa avó mora lá, e a nossa irmã Mabel foi para lá ficar com ela no ano passado. Você não vai ficar com a sua avó. Você não tem avó. Você vai ficar com o seu tio. O nome dele é Sr. Archibald Craven.

— Não sei nada dele — retrucou Mary.

— Sei que você não sabe — respondeu Basil. — Você não sabe nada de nada. As meninas nunca sabem de nada. Ouvi papai e mamãe falando dele. Ele vive numa casona triste e velha no campo, e ninguém se aproxima dele. É tão rabugento que afasta todo mundo, e não se aproximariam mesmo que ele quisesse. Ele é corcunda e é medonho.

— Não acredito em você — disse Mary; deu as costas para ele e tapou os ouvidos, porque não queria ouvir mais nada.

Mas depois refletiu muito a respeito de tudo aquilo; e quando a Sra. Crawford lhe disse naquela noite que ela viajaria de navio para a Inglaterra em alguns dias para ficar com o tio, o Sr. Archibald Craven, que morava em Misselthwaite Manor, ela parecia tão inflexível e obstinadamente desinteressada que eles ficaram sem saber o que pensar dela. Tentaram ser gentis muitas vezes, mas ela simplesmente virou o rosto, quando a Sra. Crawford tentou beijá-la, e enrijeceu o corpo quando o Sr. Crawford lhe deu um tapinha no ombro.

— Ela é uma criança tão insossa — disse a Sra. Crawford sentindo pena depois. — E a mãe dela era uma criatura tão bela! Ela tinha uma conduta tão bonita também, e Mary tem um dos piores comportamentos que já vi numa criança. As crianças a chamam de "Dona Mary Bem Mandona", e embora não seja nada bonito da parte deles, dá para entendê-los.

— Se a mãe dela tivesse sido mais presente no quarto da filha, com seu belo rosto e suas belas maneiras, Mary poderia ter aprendido bons modos também. É muito triste, agora que toda aquela beleza se foi, pensar que muitas pessoas nunca nem sequer souberam que ela tinha uma filha.

— Acho que ela mal olhava para a menina — suspirou a Sra. Crawford. — Quando a Aia dela morreu, não havia ninguém para se lembrar da pobrezinha. Pense nos criados fugindo e deixando-a sozinha naquele bangalô abandonado. O coronel McGrew disse que levou um susto daqueles, quando abriu a porta e deu de cara com a menina em pé sozinha, no meio do aposento.

Mary fez a longa viagem por mar para a Inglaterra sob os cuidados da esposa de um oficial, que estava levando os filhos para deixá-los num colégio interno. Ela estava muito envolvida com seu menininho e sua menininha, mas ficou bem satisfeita por entregar Mary para a mulher que o Sr. Archibald Craven enviara para encontrá-la, em Londres. A mulher era governanta em Misselthwaite Manor, e seu nome era Sra. Medlock. Era uma mulher robusta, com bochechas muito vermelhas e olhos negros penetrantes. Usava um vestido bem roxo, um manto de seda preto com franjas escuras e uma touca preta com flores de veludo roxas espetadas nela que tremiam quando a mulher mexia a cabeça. Mary não gostou nem um pouco dela, mas como ela quase nunca gostava das pessoas, não havia nada de extraordinário nisso; além de estar muito evidente que a Sra. Medlock também não simpatizara muito com a menina.

— Cruzes! Ela é uma coisinha muito sem graça! — disse. — E ouvimos falar que a mãe dela era uma beleza. Ela não puxou nada a mãe, não é, senhora?

— Talvez melhore quando crescer — a esposa do oficial disse de um jeito bondoso. — Se ela não fosse tão pálida e tivesse uma expressão mais agradável... tem traços bem bonitos. As crianças mudam muito.

— Ela terá de mudar um bocado — afirmou a Sra. Medlock. — E não há nada propício para melhorar uma criança em Misselthwaite, posso lhe garantir!

Elas achavam que Mary não as escutava, porque estava em pé um pouco longe delas, ao lado da janela do hotel, onde estavam hospedadas. Ela observava os ônibus, os táxis e as pessoas passando, mas tinha ouvido muito bem o que disseram e ficou muito curiosa para saber a respeito de seu tio e do lugar onde ele vivia. Que tipo de lugar era, e como ele seria? O que era um corcunda? Ela nunca tinha visto um. Talvez não houvesse corcundas na Índia.

Desde que ela estivera vivendo na casa de outras pessoas e não tinha mais sua Aia, começara a se sentir solitária e a ter pensamentos estranhos que eram novos para ela. Começara a se perguntar por que parecera não pertencer a ninguém, mesmo quando seu pai e sua mãe estavam vivos. Outras crianças pareciam pertencer a seus pais, mas ela nunca aparentara de fato ser a menina de alguém. Ela tivera criados, comida e roupas, mas ninguém se importava com ela de verdade. Não sabia que isso era resultado de sua antipatia; mas, é evidente que ela não sabia que era antipática. Muitas vezes pensara que outras pessoas o eram, mas não sabia que isso se aplicava igualmente a ela.

Achou a Sra. Medlock a pessoa mais antipática que já tinha visto, com seu rosto comum muito corado e sua distinta touca banal. Quando, no dia seguinte, elas partiram em viagem para Yorkshire, Mary caminhou da estação para o vagão de trem com a cabeça erguida, tentando ficar o mais longe possível da mulher, porque não queria que ninguém pensasse que ela pertencia à governanta. Imaginar que as pessoas pudessem pensar que ela era a filhinha dela deixava Mary muito zangada.

No entanto, a Sra. Medlock não estava nem um pouco preocupada com ela nem com o que ela pudesse pensar. Era o tipo de mulher que não toleraria "bobagens de crianças". Pelo menos, isso é o que teria dito, se lhe tivessem perguntado. Não queria ter ido para Londres justo quando a filha de sua irmã Maria ia se casar, mas ela tinha um bom emprego e ganhava bem como governanta em Misselthwaite Manor, e a única forma de mantê-lo era fazer imediatamente tudo o que o Sr. Archibald Craven lhe mandasse fazer. Nunca ousava sequer lhe fazer uma pergunta.

— O capitão Lennox e a esposa morreram de cólera — o Sr. Craven falara com seu jeito breve e frio. — O capitão Lennox era irmão de minha esposa, e eu sou o guardião da filha deles. A criança deve ser trazida para cá. A senhora tem de ir a Londres para buscá-la.

Então, ela arrumou sua pequena mala e fez a viagem.

Mary se sentou em seu canto no vagão do trem e parecia insossa e zangada. Não tinha nada para ler ou para olhar, então cruzou no colo as finas mãos com luvas pretas. Seu vestido preto a fazia parecer mais pálida do que nunca, e seus cabelos ralos e claros saíam por baixo de seu chapéu de crepe preto.

"Nunca vi uma criança com aparência mais agastadiça na minha vida", pensou a Sra. Medlock. ("Agastadiça" é uma palavra de Yorkshire e significa "mimada" e "rabugenta".) Nunca tinha visto uma criança se sentar tão quieta e ficar sem se mexer; finalmente se cansou de observá-la e começou a falar com voz viva e firme.

— Acho que devo lhe dizer alguma coisa sobre o lugar para onde você está indo — disse ela. — Você sabe alguma coisa sobre o seu tio?

— Não — disse Mary.

— Nunca ouviu seu pai ou sua mãe falar sobre ele?

— Não — disse Mary franzindo a testa. Ela franziu a testa porque se lembrou de que seu pai e sua mãe nunca tinham conversado com ela sobre nada em especial. Com certeza nunca tinham lhe falado sobre tal assunto.

— Huuum... — murmurou a Sra. Medlock, olhando para o rostinho estranho e indiferente da menina. Não disse mais nada por alguns minutos e, em seguida, voltou a falar.

— Acho que devo lhe dizer alguma coisa, para prepará-la. Você está indo para um lugar muito esquisito.

Mary não disse absolutamente nada, e a Sra. Medlock ficou bastante desconcertada com a aparente indiferença da menina, mas, depois de tomar fôlego, prosseguiu.

— É apenas um lugar muito imponente e um tanto sombrio, e o Sr. Craven orgulha-se dele à sua maneira... que também é um tanto sombria. A casa tem seiscentos anos e fica à beira de uma charneca, e há cerca de cem quartos nela, embora a maior parte deles permaneça fechada e trancada. Há quadros e bons móveis e coisas muito antigas que estão lá há muito tempo, e em volta da casa tem um grande parque e jardins e árvores com alguns galhos que chegam ao chão... os de algumas delas.

Ela fez uma pausa e tomou fôlego. — Mas não há mais nada — terminou de forma abrupta.

Mary tinha começado a ouvir apesar de não ter se interessado a princípio. Tudo parecia tão diferente da Índia, e algo novo a atraía realmente. Mas ela não tinha a intenção de transparecer estar interessada. Essa era uma de suas maneiras inconvenientes e desagradáveis de agir. Assim, continuou sentada sem se mexer.

— Bem — disse a Sra. Medlock. — O que é que você acha disso?

— Nada — respondeu ela. — Não sei nada desses lugares.

Essa resposta fez com que a Sra. Medlock desse um tipo de risadinha.

— Ora! — disse ela. — Você é igualzinha a uma velha. Não se importa?

— Não faz diferença — disse Mary — se me importo ou não.

— Você está totalmente certa — disse a Sra. Medlock. — Não faz mesmo. Por que você precisa ficar em Misselthwaite Manor eu não sei, talvez porque seja a maneira mais fácil. *Ele* não vai se preocupar com você, isso é mais do que certo. Nunca se preocupa com ninguém.

Parou de falar como se tivesse acabado de se lembrar de algo a tempo. Depois disse:

— Ele tem as costas tortas. Isso estragou a vida dele. Era um jovem amargo, e não aproveitou todo o dinheiro e lugar imponente que tinha, até se casar.

Os olhos de Mary se voltaram para ela, apesar de sua intenção de não parecer se importar. Nunca tinha pensado no corcunda como sendo casado, por isso ficou um pouco surpresa. A Sra. Medlock percebeu isso e, como era uma mulher tagarela, continuou com mais interesse. Pelo menos, era uma maneira de passar o tempo.

— Ela era uma criaturinha doce e meiga, e ele teria percorrido o mundo para lhe dar uma folha de grama, se fosse o que ela queria. Ninguém pensou que ela iria se casar com ele, mas ela o fez, e as pessoas diziam que ela se casou por causa do dinheiro dele. Mas não, não é verdade, com certeza. Quando ela morreu...

Mary deu um pulinho involuntário.

— Nossa! Ela morreu! — exclamou ela, quase sem querer demonstrar espanto. Tinha acabado de se lembrar de um conto de fadas francês, que havia lido uma vez, chamado "Riquet, o topetudo". Era uma história sobre um pobre corcunda e uma linda princesa, o que a fez inesperadamente sentir pena do Sr. Archibald Craven.

— Sim, ela morreu — respondeu a Sra. Medlock. — E isso o deixou mais esquisito do que nunca. Ele não se preocupa com ninguém. Não quer ver as pessoas. A maior parte das vezes ele viaja e, quando está em Misselthwaite, fecha-se na Ala Oeste e deixa apenas Pitcher vê-lo. Pitcher é um velho senhor, que cuidou do Sr. Craven quando era criança e conhece o jeito dele.

A história soou, para Mary, como se fosse de um livro, e não lhe causou alegria. Uma casa com uns cem quartos, quase todos fechados e com as portas trancadas... uma casa à beira de uma charneca... — o que quer que uma charneca significasse — parecia macabro. Um homem corcunda que também se fechava! Olhou pela janela com os lábios apertados, e pareceu bastante natural que a chuva tivesse começado a cair em linhas oblíquas cinzentas e a espirrar e escorrer pelas vidraças. Se a esposa bonita estivesse viva, quem sabe ela poderia alegrar as coisas, se fosse parecida com a mãe dela, correndo para lá e para cá, indo a festas como fazia, com vestidos "cheios de renda". Mas ela não estava mais lá.

— Você nem conte que vai vê-lo, porque não vai mesmo; e isso é mais certo que dois e dois são quatro — disse a Sra. Medlock. — E não espere que haja pessoas para conversar com você. Terá de brincar sozinha e cuidar de si mesma. Vão lhe dizer em quais quartos poderá entrar e em quais você não tem permissão. Há muitos jardins. Mas quando estiver na casa, não fique vagando nem xeretando. O Sr. Craven não atura isso.

— Não quero ficar xeretando — disse Mary um pouco azeda; e assim como tinha começado a sentir pena do Sr. Archibald Craven, começou a deixar de sentir e pensou que ele merecia tudo o que tinha lhe acontecido por ser tão desagradável.

E virou o rosto para as vidraças molhadas no vagão de trem e ficou olhando lá fora o temporal cinzento que parecia durar para sempre. Ficou olhando e olhando por tanto tempo e tão constantemente que a chuva cinzenta foi ficando cada vez mais e mais forte diante de seus olhos, e assim ela adormeceu.

CAPÍTULO 3
ATRAVESSANDO A CHARNECA

Ela dormiu por um longo tempo e, quando acordou, a Sra. Medlock havia comprado uma cesta de almoço numa das estações e elas comeram um pouco de frango, carne fria, pão com manteiga e tomaram um pouco de chá quente. A chuva caía a cântaros, mais forte do que nunca, e todas as pessoas na estação estavam usando capas impermeáveis que estavam molhadas e brilhavam. O guarda acendeu as lâmpadas no vagão, e a Sra. Medlock se deliciou com o chá, o frango e a carne. Depois de comer bastante, ela adormeceu, e Mary se sentou e ficou olhando para ela, e vendo a delicada touca deslizando para um lado até que ela também caiu no sono mais uma vez no canto do vagão, embalada pelas gotas de chuva batendo nas vidraças. Estava bem escuro quando ela despertou novamente. O trem havia parado numa estação e a Sra. Medlock a sacudia.

— Você dormiu bastante! — ela disse. — Está na hora de acordar! Estamos na estação de Thwaite e ainda temos uma longa viagem.

Mary se levantou e tentou manter os olhos abertos, enquanto a Sra. Medlock recolhia a bagagem. A menina não se ofereceu para ajudá-la, porque na Índia os criados nativos sempre pegavam ou carregavam as coisas, e parecia muito apropriado que outras pessoas cuidassem da gente.

A estação era pequena, e ninguém além delas parecia estar desembarcando ali. O chefe da estação falou com a Sra. Medlock de uma maneira direta e afetuosa, pronunciando as palavras de um jeito estranho, o qual Mary descobriu mais tarde se tratar do sotaque de Yorkshire.

— Ocê tá de volta — disse ele. — E trouxe a menininha.

— Ora, se num é ela — respondeu a Sra. Medlock, falando ela também com um sotaque de Yorkshire e apontando com a cabeça por cima do ombro em direção à Mary. — Como tá a tua patroa?

— Tá bem. A carruagem tá esperano ocês do lado de fora.

A carruagem estava parada na estrada, na frente da pequena plataforma externa. Mary viu que era requintada e havia um lacaio elegante que a ajudou a entrar. O longo casaco impermeável e o chapéu dele, que eram à prova d'água, estavam brilhando e pingando água de chuva, como tudo o mais, incluindo o corpulento chefe da estação.

Quando o lacaio fechou a porta, subiu na boleia junto ao cocheiro e eles partiram, a menininha encontrou um cantinho confortável e almofadado para se sentar, mas não estava com vontade de dormir de novo. Sentou-se e ficou olhando pela janela, curiosa para ver alguma coisa da estrada pela qual estava sendo conduzida até o lugar esquisito de que a Sra. Medlock tinha falado. Ela não era uma criança tímida nem tão pouco amedrontada, mas sentiu que não tinha como saber o que poderia acontecer numa casa com cem quartos, quase todos fechados — uma casa que ficava à beira de uma charneca.

— O que é charneca? — perguntou subitamente à Sra. Medlock.

— Olhe pela janela e, daqui a uns dez minutos, você vai descobrir — respondeu a mulher. — Temos de viajar por oito quilômetros pela Charneca Missel antes de chegar à Mansão. Você não vai conseguir ver muito, porque a noite está escura, mas dará para ver alguma coisa.

Não fez mais perguntas, mas esperou na escuridão de seu cantinho, mantendo os olhos na janela. As luzes da carruagem lançavam raios de luz a uma pequena distância à frente deles, com isso Mary conseguia vislumbrar as coisas que passavam. Depois de terem deixado a estação, percorreram um pequeno povoado e ela tinha visto casinhas caiadas e as luzes de uma taverna. Em seguida, passaram por uma igreja, uma casa paroquial e uma pequena vitrine, ou algo assim, numa casinha, com brinquedos, doces e outras coisas à venda. Logo, estavam na estrada e ela viu sebes e árvores. Depois disso, não houve nada de diferente por um longo tempo ou, pelo menos, pareceu ser um longo tempo para ela.

Por fim os cavalos começaram a cavalgar mais devagar, como se estivessem subindo um monte, e dali a pouco, parecia não haver mais sebes nem árvores. Ela não conseguia ver nada, de fato, só uma densa escuridão de ambos os lados. Inclinou-se para frente e encostou o rosto à vidraça exatamente quando a carruagem deu um grande solavanco.

— Ora! Não é que chegamos à charneca agora — disse a Sra. Medlock.

As luzes da carruagem lançavam uma luz amarela, numa estrada com aspecto rústico, cortada por arbustos e vegetação rasteira que terminavam na grande amplitude da escuridão a se espalhar adiante e em torno deles. Um vento de som singular e selvagem soprava baixo fazendo rápidos movimentos.

— É... não é o mar, é? — Mary perguntou, olhando em volta, para sua companheira.

— Não, não é — respondeu a Sra. Medlock. — Também não são campos nem montanhas, são apenas quilômetros e quilômetros de terra deserta onde nada cresce; só urzes, tojos e giestas; e nada sobrevive; a não ser pôneis selvagens e carneiros.

— Parece tanto o mar para mim, se tivesse água — disse Mary. — O barulho é de mar agora.

— É o vento soprando nos arbustos — disse a Sra. Medlock. — Para mim, é um lugar muito ermo e sombrio, mas tem quem goste daqui... especialmente quando as urzes florescem.

Continuaram pela escuridão e, embora a chuva tivesse parado, o vento soprava e assobiava emitindo sons estranhos. A estrada era cheia de altos e baixos, e várias vezes a carruagem passou por pequenas pontes sob as quais a água corria com rapidez fazendo muito barulho. Mary achava que o percurso não teria fim e que a charneca grande e desolada era uma vasta extensão de oceano escura que ela estava atravessando por uma faixa de terra seca.

"Não gosto disso", disse ela para si mesma. "Não gosto disso", e apertou os lábios finos com força.

Os cavalos subiam uma parte montanhosa da estrada, quando ela avistou uma luz. A Sra. Medlock também a viu e deu um longo suspiro de alívio.

— Ora, estou contente de ver aquela luzinha brilhando! — exclamou. — É a luz na janela da casa do porteiro. Vamos tomar uma boa xícara de chá daqui a pouco.

Era mesmo "daqui a pouco", como disse, pois, quando a carruagem cruzou o portão do parque, havia tranquilos três quilômetros de avenida por percorrer, e as árvores (que quase se encontravam na parte superior) formavam o que parecia um longo e escuro túnel por onde estavam passando.

Saíram dessa passagem subterrânea para um espaço aberto e pararam diante de uma casa imensamente longa, mas de construção baixa, que parecia se espalhar em volta de um pátio de pedra. A princípio, Mary pensou que não havia luz alguma nas janelas, mas, ao descer da carruagem, notou que de um quarto num canto do andar de cima brilhava uma fraca luzinha.

A porta da entrada era enorme, feita de grandes painéis de carvalho, com forma curiosa, cravejados com grandes pregos e presos por grandes barras de ferro. Abria-se para um salão tão grande e tão mal iluminado que os rostos dos retratos das paredes e os vultos nas armaduras fizeram com que Mary não tivesse a mínima vontade de olhar para eles. Ali, naquele chão de pedra, ela parecia um pequeno e estranho vulto escuro, e se sentia tão pequena, perdida e estranha quanto lhe parecia aquele momento.

Um velho senhor magro e bem-vestido estava perto do criado que abrira a porta para elas.

— A senhora deve levá-la direto para o quarto dela — disse numa voz rouca. — Ele não quer vê-la. Está indo para Londres de manhã.

— Muito bem, Sr. Pitcher — respondeu a Sra. Medlock. — Desde que eu saiba o que devo fazer, eu posso cumprir a minha obrigação.

— Entre as suas obrigações, Sra. Medlock — disse o Sr. Pitcher —, está não perturbá-lo nem fazê-lo ver o que ele não quer ver.

E, em seguida, Mary Lennox foi conduzida por uma ampla escadaria, por um longo corredor, até um pequeno lance de escadas e através de outro corredor e outro, até que uma porta se abriu e ela se encontrou num quarto com lareira acesa e ceia posta sobre uma mesa.

A Sra. Medlock disse sem cerimônia:

— Bem, chegamos! Este quarto e aquele também pegado a este são os locais onde você vai ficar e onde deverá permanecer. Não se esqueça disso!

Foi assim que a Srta. Mary chegou a Misselthwaite Manor, e talvez nunca tenha se sentido menos mandona em toda sua vida.

CAPÍTULO 4
MARTHA

Ela só acordou de manhã porque a criada, que tinha entrado no quarto para acender o fogo e estava ajoelhada no tapete em frente à lareira, removia as cinzas fazendo barulho. Mary continuou deitada e a observou por algum tempo; depois começou a olhar ao redor do quarto. Nunca tinha visto um quarto como aquele e o achou curioso e triste. As paredes eram cobertas por uma tapeçaria em que se via o bordado de uma cena de floresta. Havia pessoas vestidas de forma admirável debaixo de árvores e, a certa distância, dava para entrever pequenas torres de um castelo. Havia caçadores, cavalos, cachorros e damas. Mary se sentiu dentro da floresta com eles. Do lado de fora de uma janela, ela conseguia ver uma extensa faixa de terra elevada sem árvores à vista, e parecia que era um grande mar infinito, melancólico e com tons arroxeados.

— O que é aquilo? — ela perguntou, apontando para fora da janela.

Martha, a jovem criada, que tinha acabado de se levantar, olhou e também apontou.

— Aquilo lá? — ela perguntou.
— É.
— É a charneca — respondeu com um sorriso largo e bondoso. — Gosta dela?
— Não — respondeu Mary. — Detesto.

— É por causa qu'ocê num tá acostumada — disse Martha, voltando à lareira. — Ocê acha que é muito grande e vazia agora. Mas ocê vai gostá dela.

— Você gosta? — inquiriu Mary.

— Claro, gosto muito — respondeu Martha, com entusiasmo polindo a grelha. — Na verdade, adoro. Num é nenhum pouco vazia. Tá cheia de coisa crescendo e com cheiro doce. É tudo bonito na primavera e no verão, quando o tojo e a giesta e a urze tão em flor. Cheira mel e tem um ar fresco bom, e o céu parece tão alto e as abelha e as cotovia faz uma barulhada boa de zunido e cantoria. Ah! Eu que num vivia longe da charneca por nada.

Mary ouviu a moça com uma expressão séria e ficou surpresa. Os criados nativos, com quem ela estava acostumada na Índia, não eram nem um pouco assim. Eram subservientes e humildes e não ousavam falar com seus patrões como se fossem iguais a eles. Faziam reverências e os chamavam "protetores dos pobres" ou algo parecido. Estavam acostumados a receber ordens e a não questionar. Não era costume lhes dizer "por favor" nem "obrigado", e Mary sempre esbofeteava sua Aia quando se sentia irritada. Ela refletiu um pouco a respeito da reação dessa moça se levasse uma bofetada. Era uma criatura robusta, rosada e bondosa, mas tinha um jeito firme que instigava a Senhorita Mary a pensar na reação que ela teria se levasse um tapa, se ela não revidaria com outro, caso a pessoa que lhe desse um fosse apenas uma menininha.

— Você é uma criada estranha — disse, entre os travesseiros, de forma bem arrogante.

Martha se sentou sobre os calcanhares, com a escova de limpeza nas mãos e deu uma gargalhada sem parecer o mínimo zangada.

— Ora! E eu num sei — ela disse. — Se a Patroa de Misselthwaite tivesse aqui, eu nunca que ia sê uma das ajudante de criada. Eu até que podia sê copeira, mas nunca que iam me deixá vim aqui pra cima. Não tenho nada de especial, e o meu sotaque de Yorkshire é bem carregado. Mas esta casa é esquisita em tudo; e é tão grande! Parece que num tem nem patrão nem patroa, só o Seu Pitcher e a Dona Medlock. O Seu Craven, ele num liga a mínima pra nada quando tá aqui, e quase nunca que tá. A Dona Medlock me deu esse trabalho por pura bondade. Ela disse que nunca que podia tê feito isso, no caso de Misselthwaite sê igual às outra mansão.

— Você vai ser a minha criada? — Mary perguntou, ainda com seu jeitinho arrogante usado na Índia.

Martha começou a esfregar a grelha de novo.

— Sou a criada da Dona Medlock — disse com firmeza. — E ela é do Seu Craven, mas tenho que fazê a arrumação aqui e cuidá de ocê um pouco. Mas ocê não precisa muito de cuidado.

— Quem é que vai me vestir? — exigiu Mary.

Martha se sentou sobre os calcanhares de novo e arregalou os olhos. Falou com seu sotaque carregado de Yorkshire com estupefação:

— Ocê num sabe botá as roupa ocê mesma! — exclamou.

— O que é que você falou? Não entendo sua língua — disse Mary.

— Ora! Eu s'esqueci — Martha disse. — A Dona Medlock me disse pra eu falá devagar pra ocê entendê o que eu digo. Eu quis dizer assim: se a senhorita não consegue se vestir sozinha?

— Não! — respondeu Mary, completamente indignada. — Nunca fiz isso na minha vida. Era a minha Aia que me vestia, claro.

— Então — disse Martha, evidentemente sem a mínima consciência de estar sendo atrevida — tá mais que na hora de aprendê o que num aprendeu ainda. Vai te fazê bem dependê de ocê mesma um pouco. A mãe sempre disse que não conseguia entendê por que que as criança das pessoa importante não virava uns bobo completo, com babás dano banho e vestino e levano pra passeá como se era tudo cachorrinho!

— Na Índia é diferente — disse a Senhorita Mary com desdém, mal podendo suportar o que estava ouvindo.

Mas Martha não se sentiu nem um pouco reprimida.

— Ora! Dá pra vê que é diferente — retrucou de forma quase solidária. — Deve de sê porque tem muita gente escura lá invés de gente branca respeitável. Quando ouvi qu'ocê tava vindo da Índia, pensei qu'ocê era escura também.

Mary sentou-se na cama, furiosa.

— O quê! — ela disse. — O quê! Você pensou que eu fosse nativa. Você... você, sua filha de porcos!

Martha arregalou os olhos e ficou vermelha.

— Quem é qu'ocê tá xingano? — ela perguntou. — Num precisa de ficá tão irritada. Isso num é modo de moça falá. Num tenho nada contra gente escura. Quando a gente lê sobre eles nos folheto, eles é sempre bem religioso. A gente sempre lê que um homem escuro é um irmão. Nunca que vi uma pessoa escura e tava bem contente de podê vê uma de perto. Quando vim acendê o fogo aqui de manhã, fui de mansinho até a sua cama e puxei a coberta com cuidado pra vê ocê. E aí tava ocê — com desapontamento —, é tão branca como eu, só qu'ocê é mais amarela.

Mary não tentou controlar sua raiva e humilhação.

— Você achou que eu fosse uma nativa! Que atrevimento! Você não sabe nada sobre os nativos! Eles não são gente, são criados que devem lhe reverenciar. Você não sabe nada sobre a Índia. Você não sabe nada de nada!

Ela estava furiosa, sentindo-se tão impotente diante do olhar fixo da garota, que subitamente se sentiu muito sozinha e longe de tudo o que entendia e de todos que a compreendiam, que se atirou nos travesseiros e rompeu em soluços ardentes. Soluçava de forma tão descontrolada que a bondosa Martha de Yorkshire ficou um pouco assustada, mas sentiu pena da menina. Foi até a cama e debruçou-se sobre ela.

— Ora! Num chora desse jeito não! — suplicou. — Ocê num deve. Num sabia qu'ocê ia ficá brava. Eu num sei nada de nada, do jeitinho qu'ocê disse. Eu peço desculpa, Senhorita, para de chorá.

Havia algo verdadeiramente confortador e amigável naquela estranha fala de Yorkshire e naquele jeito firme que fez bem a Mary. Aos poucos, ela foi parando de chorar e ficou quieta. Martha parecia aliviada.

— Tá na hora de saí da cama — ela disse. — A Dona Medlock me mandou servi o café da manhã, o chá e a comida no quarto pegado a este. Fizero este quarto de criança pra ocê. Vou ajudá ocê com as roupa, quando ocê saí da cama, no caso dos botão ficá nas costa que num dá pra ocê abotoá.

Quando Mary finalmente decidiu se levantar, notou que as roupas que Martha havia tirado do guarda-roupa não eram as que ela tinha usado quando chegara, na noite anterior, com a Sra. Medlock.

— Essas roupas não são as minhas — ela disse. — As minhas são pretas.

Ela olhou bem o vestido e o grosso casaco branco de lã; depois continuou falando e com indiferença os aprovou dizendo:

— Essas são mais bonitas que as minhas.

— São as roupa qu'ocê tem que botá — Martha respondeu. — O Seu Craven mandou a Dona Medlock comprá em Londres. Ele disse "Num quero uma criança com roupa preta vagando pra lá e pra cá como alma penada"; foi assim que ele disse. "Aqui vai ficá mais triste do que já é. Bota cor nela." A mãe disse que entendeu o que ele queria. A mãe sempre entende o que as pessoa diz. Ela num gosta de se vesti com coisa preta.

— Odeio coisas pretas — disse Mary.

O processo de vestir Mary foi algo que ensinou as duas. Martha já tinha "abotoado" as roupas de seus irmãozinhos, mas nunca havia visto uma criança ficar imóvel e esperar que outra pessoa fizesse tudo por ela, como se não controlasse seus pés nem suas mãos.

— Por que é qu'ocê num bota os sapato? — ela perguntou quando Mary calmamente estendeu os pés.

— A minha Aia fazia isso — respondeu Mary, arregalando os olhos. — Era o costume.

Ela dizia aquilo com frequência: "Era o costume". Os criados nativos sempre diziam isso. Se alguém pedisse para que fizessem alguma coisa que seus ancestrais não tinham feito por um milênio, eles arregalavam os olhos e diziam brandamente "Não é o costume", e a pessoa entendia que o assunto estava encerrado.

Tinha sido costume para a Senhorita Mary não fazer nada além de se levantar e se permitir ser vestida, como se fosse uma boneca, mas, antes de estar pronta para tomar seu café da manhã, começou a suspeitar que sua vida em Misselthwaite Manor acabaria por lhe ensinar um grande número de coisas completamente novas; coisas tais como: calçar os próprios sapatos e meias e pegar aquilo que deixara cair. Se Martha tivesse recebido boas instruções para ser a criada de uma menina fina, ela teria sido mais subserviente e respeitosa e teria sabido que dentre as suas funções estavam pentear cabelos, calçar botas, pegar coisas espalhadas e guardá-las. Ela era, contudo, apenas uma camponesa de Yorkshire sem treinamento, que fora criada numa casinha na charneca, com um punhado de irmãos e irmãs, sem nunca nem sequer sonhar que havia outro jeito de se viver, a não ser cuidar deles próprios e dos mais novos, que eram ou bebês de colo ou estavam aprendendo a andar e tropeçavam em tudo.

Se Mary Lennox fosse uma criança propensa a se divertir, talvez tivesse dado boas risadas do desembaraço da conversa de Martha, mas Mary apenas a ouvia de forma indiferente e se espantava com sua fala solta. A princípio, ela não demonstrava nenhum interesse, mas aos poucos, como a moça matraqueava de modo simples e jovial, Mary começou a prestar atenção no que ela dizia.

— Ora! Ocê precisa de vê todos junto — ela disse. — A gente é doze criança, e meu pai só ganha dezesseis xelim por semana. Posso garanti que a mãe faz o que pode pra botá comida no prato de todo mundo. Elas rola naquela charneca e brinca lá o dia todo, e a mãe disse que o ar da charneca engorda elas. Ela disse que acha que elas come capim que nem os pônei selvagem. O nosso Dickon, ele tá com doze anos e tem um pônei, que diz que é dele.

— Onde ele arranjou esse pônei? — perguntou Mary.

— Ele achou o bichinho na charneca com a mãe dele, quando era pequenininho, e começou a sê amigo dele, dano pedaço de pão e arrancano graminha nova pra ele. Aí o pônei começou a gostá do Dickon; então segue ele por toda parte e deixa o Dickon montá nele. O Dickon é um bom menino e os bicho gosta dele.

Mary nunca tivera um animal de estimação e sempre pensou que gostaria de ter um. Então começou a sentir um leve interesse por esse Dickon è, como nunca antes tivera interesse por quem quer que fosse, a não ser por ela mesma, passou a surgir aí um sentimento saudável. Quando foi ao cômodo transformado em quarto de criança para ela, descobriu que ele era bem parecido com o outro onde ela tinha dormido. Não se tratava de um quarto de criança, mas um de adulto, com velhas pinturas tristes nas paredes e antigas e pesadas cadeiras de carvalho. No centro, uma mesa posta com um apetitoso café da manhã. No entanto, como ela sempre tivera pouco apetite, olhou com muita indiferença para o primeiro prato que Martha colocou diante dela.

— Não quero — disse ela.

— Ocê num qué o seu mingau! — Martha exclamou, sem acreditar.

— Não.

— Ocê num sabe como é gostoso. Bota um pouco de melado ou de açúcar nele.

— Não quero — repetiu Mary.

— Ora! — disse Martha. — Num posso aguentá vê boa comida sendo desperdiçada. Se nossas criança tava nessa mesa, elas ia limpá tudo isso em cinco minuto.

— Por quê? — perguntou Mary com indiferença.

— Por quê? — repetiu Martha. — Porque elas quase nunca que tem as barriga cheia. São tão faminta como os filhote de falcão ou de raposa.

— Não sei o que é estar com fome — disse Mary, com a indiferença da ignorância.

Martha ficou indignada.

— Ora, ia fazê bem pra ocê vê como é. E eu já vi mais do que devia — disse de forma franca. — Num tenho paciência com gente que senta e só fica olhano pra um bom pedaço de carne e de pão. Pode acreditá! Queria é que o Dickon, o Phil, a Jane e todo o resto deles tava com o que tem aqui nessa mesa.

— Por que você não leva para eles? — sugeriu Mary.

— Num é meu — respondeu Martha com firmeza. — E num é o meu dia de folga. Eu tenho um dia de folga uma vez por mês igual que os outro. Aí eu vou pra casa e limpo tudo lá pra mãe tê um dia de folga.

Mary bebeu um pouco de chá e comeu uma torradinha com geleia de laranja.

— Ocê se agasalha pra ficá quentinha e vai corrê e brincá lá fora — disse Martha. — Vai fazê bem pra ocê e vai te abri o apetite.

Mary foi até a janela. Havia jardins com caminhos e grandes árvores, mas tudo parecia sem graça e frio.

— Lá fora? Por que é que eu deveria ir lá fora num dia como este?

— É que se ocê não vai lá fora, ocê tem que ficá aqui dentro, e o que é qu'ocê vai fazê aqui?

Mary refletiu a respeito. Não havia nada para fazer lá. Quando a Sra. Medlock havia preparado o quarto de criança, ela não tinha se dado conta da necessidade de brinquedos. Talvez fosse melhor ir ver como eram os jardins.

— Quem é que vai comigo? — ela quis saber.

Martha a encarou.

— Ocê vai sozinha — ela respondeu. — Ocê tem que aprendê a brincá como as criança que num tem nem irmão nem irmã. Nosso Dickon sai pra charneca sozinho e brinca por bastante tempo. Foi assim que ele fez amizade com o pônei. Tem carneiro na charneca que conhece ele e passarinho que vem comê na mão dele. Mesmo com pouco que tem pra comê, ele sempre guarda um pouquinho de pão pra adulá seus bichinho.

Foi exatamente essa menção a Dickon que fez com que Mary se decidisse a sair, embora não tivesse consciência disso. Talvez houvesse pássaros lá fora, embora não fosse provável que tivesse pôneis ou carneiros. Talvez eles fossem diferentes dos pássaros da Índia e poderia ser divertido observá-los.

Martha deu-lhe o casaco, o chapéu e um par de botinhas resistentes e lhe mostrou o caminho para o andar inferior.

— Se ocê vai berano aquele caminho ocê vai chegá nos jardim — ela disse, apontando para um portão num muro junto à moita de arbustos. — Tem muitas flor na época do verão, mas num tem nada dano flor agora. — Ela pareceu hesitar um pouco antes de acrescentar: — Um dos jardim fica trancado. Ninguém entra lá faz dez ano.

— Por quê? — perguntou Mary, sem querer mostrar interesse. Havia então mais uma porta trancada além das outras cem na estranha casa.

— O Seu Craven mandou trancá, quando a esposa morreu tão de repente. Ele num deixa ninguém entrá lá. Era o jardim dela. Ele trancou a porta e cavou um buraco e enterrou a chave. Nossa, é o sino da Dona Medlock tocano... tenho que corrê.

Assim que ela se foi, Mary desceu até o caminho que levava ao portão no meio dos arbustos. Não conseguia parar de pensar a respeito do jardim onde ninguém entrava havia dez anos. Ficou imaginando como ele seria e se havia alguma flor ainda viva por lá. Quando passou pelo portão em meio aos arbustos, achou-se em meio a grandes jardins, com gramado extenso e caminhos sinuosos com sebes bem aparadas em ambos os lados. Havia árvores, canteiros de flores e touceiras bem aparadas de formas estranhas e, no centro de um grande lago, uma fonte antiga e cinzenta. Mas os canteiros estavam vazios e a fonte não estava funcionando. Esse não era o jardim trancado. Como era possível trancar um jardim? Era sempre possível entrar num jardim.

Ela tinha acabado de pensar nisso quando viu que, no fim do caminho que estava seguindo, parecia haver um longo muro coberto por hera crescente. Como não estava muito acostumada com as coisas da Inglaterra, não sabia que estava indo na direção das hortas e do pomar perto da cozinha, onde hortaliças e frutas cresciam. Ela caminhou até o muro e descobriu que, no meio da hera, havia uma porta verde que estava aberta. Não se tratava do jardim trancado, com certeza, pois ela podia entrar ali.

Ela passou pela porta e descobriu um jardim com muros em toda a volta e que ele era um entre muitos jardins murados que permitia a passagem para outros. Viu outra porta verde aberta, revelando arbustos e caminhos entre canteiros com hortaliças próprias de inverno. Árvores frutíferas estavam enfileiradas rentes ao muro e, em cima de alguns dos canteiros, havia estufas. O lugar estava vazio e era bem feio, Mary pensou, assim que parou e olhou ao redor: "Deve ser mais bonito no verão, quando tudo ficar verde." Mas não havia nada bonito em volta dali naquela hora.

Dali a pouco, um homem idoso, com uma pá no ombro, passou pela porta que conduzia ao segundo jardim. Ele pareceu surpreso quando viu Mary, e então mexeu no boné. Tinha uma expressão carrancuda, e não ficou nem um pouco satisfeito ao vê-la; ela, por sua vez, como estava descontente com o jardim e carregava a expressão "bem mandona", certamente também não aparentava estar nem um pouco satisfeita ao vê-lo.

— Que lugar é este? — ela perguntou.

— Uma das horta — ele respondeu.

— O que é aquilo? — indagou Mary, apontando a outra porta verde.

— Uma outra horta — disse abruptamente. — Tem uma outra do outro lado do muro e tem o pomar do outro lado de lá.

— Posso ir lá? — perguntou Mary.

— Se ocê qué. Mas num tem nada pra vê.

Mary não respondeu. Ela desceu pelo caminho e passou pela segunda porta verde. Lá, descobriu mais muros, hortaliças de inverno e estufas, mas no segundo muro havia outra porta verde que não estava aberta. Talvez ela desse no jardim a que ninguém tinha acesso havia dez anos. Como não era uma criança nem um pouco tímida e sempre fazia o que queria, Mary caminhou até a porta verde e girou a maçaneta. Esperava que a porta não abrisse, porque estava certa de ter encontrado o misterioso jardim, mas, na verdade, ela se abriu com muita facilidade, e Mary se viu num pomar. Havia muros em volta dele também e árvores enfileiradas junto a eles, havia árvores frutíferas sem frutos crescendo na grama marrom de inverno, mas não havia mais nenhuma porta verde ali. Mary procurou por uma, no entanto quando ela chegou à parte mais alta do jardim, notou que o muro não parecia terminar no pomar, mas se estender além dele, como se cercasse outro lugar. Ela conseguia ver a copa das árvores por cima do muro; e então ficou parada e imóvel, pois vira um pássaro de peito vermelho brilhante pousado no galho mais alto de uma delas, que subitamente começou a cantar um trinado de inverno, quase como se tivesse percebido a presença dela e a estivesse chamando.

Ela parou e o ouviu e, de alguma forma, o breve gorjeio amigável e alegre lhe causou uma agradável sensação; até uma menininha desagradável pode se sentir solitária, e o casarão fechado e a ampla charneca desabitada e os imensos jardins vazios tinham lhe dado a sensação de não haver ninguém mais no mundo a não ser ela mesma. Se ela fosse uma criança carinhosa, acostumada a receber amor, teria ficado com o coração partido; no entanto, ela era "Dona Mary Bem Mandona" e mesmo assim estava desolada, e o pequeno pássaro de peito brilhante trouxe para seu rostinho zangado uma expressão quase sorridente. Ela ficou ouvindo-o até ele voar para longe. Ele não era igual a um pássaro indiano, mas ela gostara dele e ficou curiosa para saber se o veria de novo. Se porventura o pássaro morasse no misterioso jardim, poderia saber tudo sobre ele.

Talvez porque ela não tivesse nada para fazer, pensasse tanto no jardim solitário. Ela estava curiosa a respeito dele e queria ver como ele era. Por que o Sr. Archibald Craven enterrara a chave? Se ele gostava tanto da esposa, por que odiava o jardim dela? Ela queria saber se veria o tio algum dia, mas sabia que, se o visse, não iria gostar dele, e nem ele dela, e que apenas ficaria em pé diante dele e o olharia sem dizer nada, embora a sua vontade fosse a de lhe perguntar por que ele fizera uma coisa tão estranha.

"As pessoas nunca gostam de mim e eu nunca gosto das pessoas", ela pensou. "E eu nunca consigo conversar como as crianças de Crawford conseguiam. Elas estavam sempre conversando, rindo e fazendo barulho."

Pensou no pássaro e na forma como ele parecera cantar para ela e, quando se lembrou da copa da árvore onde ele tinha se empoleirado, parou abruptamente no meio do caminho.

— Acho que aquela árvore estava no jardim secreto, tenho quase certeza de que sim — ela disse. — Havia um muro em volta do lugar e não tinha porta alguma.

Ela caminhou de volta até a primeira horta, entrou e encontrou o velho cavando lá. Foi até ele e permaneceu em pé ao lado dele, observando-o por alguns minutos com seu jeitinho frio. Como ele nem se deu conta da presença dela, ela finalmente falou com ele.

— Fui até os outros jardins — disse.

— Num tinha como impedi ocê de ir — ele respondeu de forma ríspida.

— Fui até o pomar.

— Num tinha cachorro na porta pra te mordê — ele respondeu.

— Não havia nenhuma porta para o outro jardim — disse Mary.

— Que jardim? — ele perguntou com voz áspera, parando o seu trabalho por um momento.

— Aquele que fica do outro lado do muro — respondeu a Senhorita Mary. — Tinha árvores lá, eu vi a copa delas. Um pássaro de peito vermelho estava pousado numa delas, e ele estava cantando.

Para sua surpresa, o rosto mal-humorado e envelhecido do homem verdadeiramente mudou de expressão. Um vagaroso sorriso se abriu no rosto do jardineiro, e ele parecia outra pessoa; o que fez Mary pensar que era curioso ver como uma pessoa podia ficar mais simpática quando sorri. Ela nunca tinha pensado nisso antes.

Ele se virou para o lado do pomar e começou a assobiar — um assobio baixo e suave. Ela não conseguia entender como um homem tão carrancudo quanto aquele podia produzir um som tão mimoso.

Quase na mesma hora, algo maravilhoso aconteceu. Ela ouviu o som de um voo suave e meio precipitado no ar — era o pássaro de peito vermelho voando em direção a eles, e, de fato, ele pousou num grande torrão de terra bem perto do pé do jardineiro.

— Olha ele aí — sorriu o velho, e depois falou com o pássaro como se falasse com uma criança.

— Onde é qu'ocê teve, seu sujeitinho danado? — perguntou ele. — Ainda num tinha te visto hoje. Qué dizê que começou o galanteio já cedo nessa estação? Num tá muito adiantado?

O pássaro inclinou sua cabecinha para um lado e ergueu os olhos para vê-lo com seus gentis olhos vivos como gotas de orvalho negro. Ele parecia muito íntimo e nem um pouco apreensivo. Deu uns pulinhos e bicou a terra com entusiasmo, procurando por sementes e insetos. Na verdade, Mary sentiu algo estranho em seu coração, pois ele era tão lindo e alegre como se fosse uma pessoa. Tinha um corpinho rechonchudo, um bico delicado e finas pernas graciosas.

— Ele sempre vai vir quando você o chamar? — ela perguntou quase sussurrando.

— Ah, ele vem sim. Eu conheço ele desde que era filhotinho. Ele veio do ninho do outro jardim e quando voô por cima do muro pela primeira vez não tinha força pra voá de volta por uns dia, e aí a gente ficou amigo. Quando conseguiu voá de volta por cima do muro, o resto da ninhada tinha ido embora, e ele tava sozinho; aí ele voltou pra mim.

— Que tipo de pássaro que ele é? — Mary perguntou.

— Ocê num sabe? Ele é um pisco-de-peito-ruivo e os pisco é os passarinho mais amigável e curioso que existe. São quase tão amigo quanto os cachorro... se ocê sabe como convivê com eles. Vê como ele bica pra lá e pra cá e fica olhano em volta da gente de vez em quando. Ele sabe que tamo falano dele.

Era a coisa mais estranha do mundo observar como aquele velho olhava para o pequeno pássaro roliço de colete escarlate, como se ao mesmo tempo tivesse orgulho dele e sentisse afeição por ele.

— E é convencido — ele deu uma risadinha. — Gosta de ouvi as pessoa falano dele. E curioso, benza Deus, nunca vi tanta curiosidade e xeretice. Tá sempre vino sabê o que é que eu tô plantano. Ele sabe de todas as coisa que o Seu Craven nunca que se preocupou de sabê. Ele é que é o jardineiro-chefe.

O pisco saltitava muito ocupado ciscando o solo e, de vez em quando, parava e olhava um pouco para eles. Mary achou que seus olhinhos de gotas de orvalho negro se arregalavam para ela com grande curiosidade. De fato, parecia que ele estava descobrindo tudo sobre ela. A sensação estranha em seu coração aumentou.

— Para onde voou o resto da ninhada? — ela perguntou.

— Num tem como sabê. Os pais tira eles do ninho e faz eles voá, e eles debanda antes da gente sabê. Esse aqui era esperto e ele sabia que tava sozinho.

A Senhorita Mary deu um passo para ficar mais próxima do pisco e olhou para ele com intensidade.

— Sou sozinha — ela disse.

Até aquele momento ela não sabia que era isso que a fazia se sentir azeda e rabugenta. Pareceu ter descoberto isso quando o pisco e ela olharam um para o outro.

O velho jardineiro empurrou o boné para trás na cabeça calva e observou a menina por um minuto.

— Ocê num é a menininha da Índia? — ele perguntou.

Mary balançou a cabeça afirmativamente.

— Tá explicado por que é qu'ocê é sozinha. Vai ficá mais sozinha ainda aqui — ele disse.

Ele começou a cavar novamente, enfiando fundo a pá no solo fértil e escuro do jardim, enquanto o pisco saltitava para lá e para cá muito ocupado com seus afazeres.

— Como você se chama? — Mary perguntou.

Ele se levantou para lhe responder.

— Ben Weatherstaff — ele respondeu, e depois acrescentou com uma risada rude —, sou sozinho também, menos quando ele tá comigo — e fez um sinal com o polegar em direção ao pisco. — Ele é o único amigo que tenho.

— Eu não tenho nenhum amigo — disse Mary. — Nunca tive. A minha Aia não gostava de mim e eu nunca brinquei com ninguém.

É um hábito de Yorkshire dizer o que se pensa sem rodeios, e o velho Ben Weatherstaff era um homem da charneca de Yorkshire.

— Ocê e eu somos parecido — ele disse. — A gente é tal e qual. Num é bonito e é tão azedo quanto dá pra vê. Tem o mesmo mau humor, nós dois, tenho certeza.

Foi uma fala franca, e Mary Lennox nunca tinha ouvido a verdade sobre ela mesma em toda a sua vida. Os criados nativos sempre faziam reverências e submetiam-se, o que quer que fizessem para eles. Ela nunca pensara sobre sua aparência, mas ficou intrigada se era tão sem atrativo quanto Ben Weatherstaff e também se ela parecia tão azeda quanto ele antes de o pisco chegar. De fato começou a querer saber também se ela era tão "mal-humorada". E se sentiu pouco à vontade.

Subitamente um breve som claro e sussurrante irrompeu perto dela fazendo com que ela se virasse. Estava próxima a uma macieira novinha, e o pisco voara para um dos galhos e rompera a cantar um breve canto. Ben Weatherstaff riu com vontade.

— Por que é que ele fez isso? — perguntou Mary.

— Ele tá convencido a fazê amizade com ocê — respondeu Ben. — Aposto qu'ocê caiu nas graça dele.

— Eu? — perguntou Mary, e ela se aproximou da pequena árvore com leveza e olhou para cima.

— Quer ser meu amigo? — ela indagou ao pisco como se estivesse falando com uma pessoa. — Quer? — E ela não lhe fez a pergunta usando sua vozinha inflexível nem seu tom indiano autoritário, mas falou de um jeito tão suave, vivo e convincente que Ben Weatherstaff ficou tão surpreso quanto ela, quando o ouviu assobiar para o pássaro.

— Ora! — ele exclamou. — Ocê disse de um jeito tão bondoso feito gente boa, como se ocê era uma criança de verdade e não uma velha espinhuda. Ocê falou quase que nem o Dickon fala com as coisa selvagem na charneca.

— Você conhece o Dickon? — Mary perguntou, virando-se um pouco inquieta.

— Todo mundo conhece ele. O Dickon perambula por toda parte. Até as amora preta e as urze conhece ele. Eu garanto que as raposa mostra pra ele onde os filhote fica e as cotovia num esconde os ninho dele.

Mary gostaria de ter feito mais perguntas. Estava quase tão curiosa a respeito de Dickon quanto do jardim abandonado. Mas exatamente naquele momento o pisco, que terminara sua canção, sacudiu levemente as asas, abriu-as e voou. Ele havia feito sua visita e tinha outras coisas para fazer.

— Ele voou para o outro lado do muro! — Mary exclamou, olhando-o. — Ele voou para o pomar, ele voou para o outro lado do muro, para o jardim que não tem porta!

— Ele mora lá — disse o velho Ben. — Ele saiu do ovo de lá. Se ele tá namorano, deve de sê uma madame pisco que mora no meio das roseira de lá.

— Roseiras — disse Mary. — Tem roseiras lá?

Ben Weatherstaff pegou a pá novamente e começou a cavar.

— Tinha... faz dez anos — ele murmurou.

— Eu gostaria de vê-las — disse Mary. — Onde fica a porta verde? Deve ter uma porta em algum lugar.

Ben enterrou a pá bem fundo e olhou para ela sem nenhuma camaradagem, da mesma forma como a havia olhado da primeira vez que a viu.

— Tinha... faz dez ano, mas num tem agora — ele disse.

— Não tem porta! — exclamou Mary. — Mas deve ter uma.

— Ninguém sabe onde tem, e isso num é da conta de ninguém. Num vai ocê sê uma xereta pra colocá o nariz onde num é chamada. Olha aqui, tenho que continuá com meu trabalho. Vai embora brincá. Num tenho mais tempo.

Então ele parou de cavar, jogou a pá no ombro e caminhou para longe, sem ao menos dar uma olhada para ela ou dizer até logo.

CAPÍTULO 5

O CHORO NO CORREDOR

A princípio, os dias passavam absolutamente iguais para Mary Lennox. Toda manhã ela acordava em seu quarto atapetado e encontrava Martha ajoelhada em frente à lareira acendendo o fogo; toda manhã ela fazia seu desjejum no quarto, sem que houvesse algo de divertido nisso; e após cada café da manhã, ela olhava demoradamente para fora da janela e, de um lado a outro, era como se a enorme charneca se espalhasse por todos os cantos e subisse até o céu; e depois de um tempo detida a observar, Mary percebia que se não saísse teria de ficar dentro de casa sem fazer nada — por isso saía. Não tinha consciência de que sair era a melhor coisa que ela podia fazer e ignorava que, ao começar a caminhar rapidamente e até a correr pelos caminhos e a descer pelas alamedas, agitava seu sangue lento e tornava-o mais forte, porque ela lutava contra o vento que varria a charneca. Corria só para se esquentar e detestava o vento que batia em seu rosto, rugia e dificultava seu caminhar como se fosse um gigante invisível. Mas as lufadas repletas de puro ar fresco, que sopravam por sobre as urzes, enchiam seus pulmões com algo de bom para todo seu corpo mirrado e marcavam de vermelho suas faces e de alegria seus olhos tristes, embora ela desconhecesse isso tudo.

Assim, após alguns dias inteiros passados ao ar livre, ela acordou uma manhã sabendo o que era estar com fome e, ao se sentar para tomar o café da manhã, não olhou com desdém para seu mingau nem o rejeitou, mas pegou a colher e se pôs a tomá-lo e continuou até que a tigela estivesse vazia.

— Ocê comeu tudinho essa manhã, num foi? — disse Martha.

— Está gostoso hoje — disse Mary, sentindo-se um pouco surpresa.

— É o ar da charneca que dá vontade de comê — afirmou Martha. — Ocê tem sorte de tê comida tão boa quanto bom apetite. A gente é doze lá em casa com o estômago faminto, mas sem nada pra pô nele. Se ocê continuá brincano lá fora o dia todo, vai ganhá carne nesses osso e num vai ficá tão amarela.

— Eu não brinco — disse Mary. — Não tenho nada com que brincar.

— Nada com que brincá! — exclamou Martha. — Nossas criança brinca com graveto e pedra. Elas só corre por todo lugar e grita e olha tudo.

Mary não gritava, mas olhava as coisas. Não havia nada mais para fazer. Ela andava em volta dos jardins e perambulava pelos caminhos no parque. Às vezes procurava por Ben Weatherstaff, mas, embora algumas vezes ela o tivesse visto trabalhando, ou ele estava muito ocupado para lhe dar atenção ou era muito grosseiro. Uma vez, quando andava em direção a ele, ela o viu pegar a pá e ir embora, como se tivesse feito isso de propósito.

Um lugar aonde ela ia, com mais frequência que os outros, ficava no longo caminho fora dos jardins cercados pelos muros. Havia canteiros de flores vazios de ambos os lados e, nos muros, a hera estava espessa. Havia uma parte do muro onde as folhas verde-escuras da trepadeira eram mais espessas que em outro lugar, como se por muito tempo aquele cantinho tivesse ficado esquecido. O resto daquele lugar havia sido podado e tinha um aspecto limpo, mas na parte final do caminho a poda não havia sido feita.

Poucos dias depois de ter falado com Ben Weatherstaff, Mary parou para observar o lugar e ficou intrigada com esse fato. Ela tinha acabado de se deter e estava olhando para cima um longo ramo de hera que balançava ao vento, quando viu um brilho rápido escarlate e ouviu um gorjeio radiante, e logo ali, em cima do muro, estava empoleirado o pisco-de-peito-ruivo de Ben Weatherstaff, inclinando-se para frente para observá-la com sua cabecinha voltada para um lado.

— Ah! — ela exclamou — não é que você... não é mesmo? E não parecia nem um pouco esquisito para ela falar com ele, como se tivesse certeza de que ele a entendesse e lhe respondesse.

Ele respondeu de fato. Trinou, gorjeou e saltitou pelo muro como se contasse para ela uma porção de coisas. E era como se a Senhorita Mary o entendesse também, embora ele não usasse palavras. Era como se ele dissesse:

— Bom dia! A brisa não está agradável? O sol não está bonito? Não está tudo encantador? Vamos cantar e pular e gorjear. Vamos lá! Vamos lá!

Mary começou a rir e, enquanto ele saltitava e fazia pequenos voos pelo muro, ela ia correndo atrás dele. Pobre Mary, uma coisinha mirrada, pálida e feia; na verdade, ficara quase bonita por um momento.

— Gosto de você! Gosto de você! — ela exclamou, correndo ao longo do muro; e ela cantou e tentou assobiar, mesmo sem saber. Mas o pisco parecia bem satisfeito e trinou e assobiou de volta para ela. Por fim, ele abriu as asas e lançou-se num voo para a copa de uma árvore, onde pousou e cantou de forma sonora.

Mary se lembrou da primeira vez em que o vira. Ele estivera cantando na copa da árvore então, e ela permanecera parada no pomar. Agora ela estava do outro lado do pomar e de pé no caminho do lado de fora do muro — muito mais baixo e em declive — e ali estava a mesma árvore do lado de dentro.

— É o jardim onde ninguém pode entrar — ela disse para si. — É o jardim sem porta. Ele mora lá. Como eu queria poder ver como é lá!

Ela correu até o caminho que dava para a porta verde por onde tinha entrado na primeira manhã. Depois desceu correndo pelo caminho e passou pela outra porta e depois para dentro do pomar e, quando parou e olhou para cima, viu a árvore do outro lado do muro, e lá estava o pisco terminando de cantar sua canção e começando a alisar as penas com o bico.

— É o jardim — ela disse. — Tenho certeza de que é.

Ela andou ao redor e olhou de perto aquele lado do muro do pomar, mas só constatou o que já havia percebido antes: a ausência de uma porta. Depois correu pelas hortas de novo e em direção ao muro do lado de fora e coberto pela longa hera, e andou até o final dele examinando-o, mas não havia porta; e então andou até a outra ponta, observando tudo novamente, mas não havia porta.

— É muito estranho — ela disse. — Ben Weatherstaff falou que não tinha porta alguma e não tem. Mas deve ter tido uns dez anos atrás, porque o Sr. Craven enterrou a chave.

Isso tudo lhe deu o que pensar e assim começou a ficar cada vez mais interessada e a se sentir quase satisfeita por ter ido morar em Misselthwaite Manor. Na Índia, ela sempre sentira calor e muita moleza para se importar com qualquer coisa. O fato era que o vento da charneca havia começado a soprar para longe as teias de aranha de sua jovem cabeça e a despertá-la um pouco.

Ela permaneceu ao ar livre quase o dia inteiro e, quando se sentou para comer à noite, sentia-se faminta, com sono e satisfeita. Não se sentiu irritadiça enquanto Martha tagarelava sem parar. Sentiu, ao contrário, que gostava de ouvi-la e até pensou em lhe fazer uma pergunta. Ela a fez depois de ter terminado seu jantar e sentado no tapete em frente à lareira.

— Por que o Sr. Craven odeia o jardim? — ela indagou.

Ela tinha pedido que Martha permanecesse com ela e Martha não fizera nenhuma objeção. Ela era bem jovem e estava acostumada com uma casinha cheia de irmãos e irmãs, e achava enfadonho ficar na grande sala dos criados, no andar inferior, onde o lacaio e as copeiras faziam caçoada de seu sotaque de Yorkshire e a olhavam de cima a baixo, como se ela fosse uma coisinha trivial, e se sentavam e cochichavam entre eles. Martha gostava de falar, e a estranha criança que havia vivido na Índia e tinha sido criada por "pessoas escuras" era novidade suficiente para atraí-la.

Martha também se sentou em frente à lareira sem esperar pelo convite.

— Ocê ainda tá pensano naquele jardim? — ela perguntou. — Eu sabia qu'ocê ia ficá. Foi assim também comigo quando ouvi falá dele pela primeira vez.

— Por que ele detesta o jardim? — Mary insistiu.

Martha encolheu os pés para debaixo do corpo e se acomodou bem.

— Ouve o vento uivante em volta da casa — ela disse. — Ocê mal ia consegui ficá na charneca se ia pra lá essa tardinha.

Mary não sabia o significado de "uivante" até ouvir o vento, mas depois entendeu. Devia ser aquele tipo de rugido oco arrepiante que se precipitava em torno da casa como se um gigante invisível a estivesse esbofeteando, socando as paredes e janelas na tentativa de arrombá-la. Mas todos sabiam que ele não conseguiria entrar e, de alguma forma, se sentiam muito seguros dentro de um aposento aquecido com a brasa de carvão em chamas.

— Mas por que ele odeia tanto o jardim? — ela perguntou, depois de ter escutado o vento. Ela queria saber se Martha sabia.

Assim Martha liberou seu cabedal de conhecimento.

— Ora — ela disse —, a Dona Medlock disse que num é pra falá disso. Tem um monte de coisa que num é pra se falá. São ordem do Seu Craven. Os problema dele num é da conta dos criado, ele disse. Se não era pelo jardim, ele num tava como tá. Lá era o jardim da Dona Craven, que ela fez quando eles tava casado de novinho e ela adorava o jardim e eles costumava plantá as flor eles mesmo. E nenhum dos jardineiro podia entrá lá. Ele e ela ia pra lá, trancava a porta e ficava por lá horas a fio, leno e conversano. E ela era bem moça e tinha uma árvore velha com um galho curvado como um banco pra sentá. E ela fez as rosa crescê por cima desse galho e costumava se sentá ali. Mas um dia, ela tava sentada nele e o galho quebrou e ela caiu no chão e se machucou tanto que no dia seguinte morreu. Os médico acharo que ele ia ficá maluco e morrê também. É por isso que ele odeia tanto o jardim. Ninguém nunca mais foi lá, e ele num deixa ninguém falá disso.

Mary não fez mais perguntas. Ficou olhando o fogo em chamas e ouvindo o vento "uivante". Parecia que ele estava mais "uivante" que nunca.

Nesse exato momento algo muito bom estava acontecendo com ela. Quatro coisas tinham acontecido, na verdade, desde que ela chegara a Misselthwaite Manor. Ela havia sentido que tinha entendido um pisco e ele tinha correspondido; havia corrido contra o vento até o sangue esquentar; tinha sentido fome saudável pela primeira vez na vida; e havia descoberto o que era se sentir triste por alguém.

Mas, assim como estava ouvindo o vento, começou a ouvir algo mais. Não sabia o que era, porque no começo ela mal podia distinguir o vento de qualquer outra coisa. Era um som curioso; parecia quase o choro de uma criança em algum lugar. Às vezes o vento ecoava um tanto como uma criança chorando, porém logo a Senhorita Mary teve quase a certeza de que o som vinha de dentro da casa e não de fora dela. Estava longe, mas dentro da casa. Ela se virou e olhou para Martha.

— Você está ouvindo alguém chorar? — ela perguntou.

Martha de repente pareceu confusa.

— Não — ela respondeu. — É o vento. Às vez parece como se alguém tá perdido na charneca e chorano. Ele faz todo tipo de barulho.

— Mas escute — disse Mary. — É dentro da casa, lá embaixo num desses longos corredores.

E, nesse exato momento, uma porta deve ter sido aberta em algum lugar no andar inferior, pois uma grande corrente de ar se precipitando soprou pela passagem, e a porta do quarto onde elas estavam sentadas se abriu abruptamente com um estrondo, e quando ambas pularam de susto, a luz se apagou, enquanto o choro ecoou pelo distante corredor, no andar inferior, de forma que podia ser ouvido plenamente mais do que nunca.

— Ouviu! — exclamou Mary. — Eu te disse! É o choro de alguém... e não é de um adulto.

Martha se apressou a fechar a porta e a trancou, mas antes de trancá-la, elas ouviram o som de uma porta em alguma passagem longínqua sendo fechada com uma pancada; e depois tudo ficou quieto, até mesmo o vento cessou de ser "uivante" por alguns minutos.

— Era o vento — disse Martha com resolução. — Se não era, deve de sê a pequena Betty Butterworth, a copeira. Ela tá com dor de dente o dia todo.

Mas algo preocupante e inadequado no seu jeito fez com que a Senhorita Mary a encarasse com firmeza. Ela não acreditou que Martha estivesse dizendo a verdade.

CAPÍTULO 6
TINHA ALGUÉM CHORANDO... AH, TINHA!

No dia seguinte a chuva caiu torrencialmente mais uma vez e, quando Mary olhou pela janela, a charneca estava quase totalmente envolta pelo nevoeiro e pelas nuvens cinzentas. Não tinha como ficar lá fora nesse dia.

— O que vocês fazem na sua casinha quando chove desse jeito? — ela perguntou a Martha.

— A gente tenta num trombá um no outro no mais das vez — Martha respondeu. — Ora! Nessas ocasião, parece até que tem mais gente que nós. A mãe é uma mulher bem sossegada, mas fica um bocado irritada. Os grande vão brinca lá no estábulo. O Dickon, ele não se importa com o tempo chuvoso. Ele sai do mesmo jeito como se o sol tivesse brilhano. Diz que vê umas coisa nos dia de chuva que num vê quando o tempo tá bom. Uma vez achou um filhote de raposa meio afogado na toca e trouxe ele pra casa dentro da camisa pra ele ficá quentinho. A mãe raposa tinha morrido ali perto, e a toca tava cheia d'água e os outro filhote tudo morto. A raposinha fica com ele em casa agora. De outra vez ele achou um corvo novinho meio afogado e levou pra casa também e domesticou o bichinho. O nome dele é Fuligem, porque ele é bem preto, e dá pulinho e voa em volta do Dickon pra todo lugar que ele vai.

Chegara o momento de Mary ter se esquecido de se ofender com a conversa íntima de Martha. Tinha até começado a achá-la interessante e a ficar triste quando Martha parava de falar para ir embora. As histórias que ouvira de sua Aia, quando morava na Índia, eram muito diferentes daquelas contadas por Martha sobre a casinha na charneca, onde moravam catorze pessoas, em quatro pequenos cômodos e nunca tinham o suficiente para se alimentar. As crianças pareciam rolar e se divertir como uma ninhada de filhotes de collie agitados e brincalhões. Mary se sentia mais fascinada pela mãe e por Dickon. Quando Martha contava histórias de o que "a mãe" disse ou tinha feito, elas sempre soavam reconfortantes.

— Se eu tivesse um corvo ou um filhote de raposa, poderia brincar com eles — disse Mary. — Mas eu não tenho nada.

Martha pareceu perplexa.

— Ocê sabe tricotá? — ela perguntou.

— Não — respondeu Mary.

— E costurá?

— Não.

— Sabe lê?

— Sei.

— Então por que é qu'ocê não lê alguma coisa, ou aprende um pouco da escrita? Ocê já tem idade bastante pra aprendê um pouco com os livro.

— Não tenho nenhum livro — disse Mary. — Os que eu tinha, deixei na Índia.

— Que pena — disse Martha. — Se a Dona Medlock deixá ocê ir na biblioteca, vai achá mais de mil livro lá.

Mary não perguntou onde ficava a biblioteca, porque foi repentinamente inspirada por uma nova ideia. Decidiu ir e encontrá-la por si só. Não se preocupou com a Sra. Medlock. Talvez a Sra. Medlock estivesse como sempre em sua confortável sala de estar de governanta no andar inferior. Nessa casa esquisita raramente se podia ver as pessoas. Na verdade, não havia ninguém para se ver, exceto os criados, e, quando o patrão estava fora, eles tinham uma vida suntuosa no andar inferior, onde havia uma cozinha enorme, com utensílios de bronze e estanho pendurados nas paredes, e uma sala ampla para os criados, onde faziam quatro ou cinco refeições fartas por dia e onde aconteciam brincadeiras alegres, quando a Sra. Medlock estava fora de vista.

As refeições de Mary eram servidas regularmente, e Martha cuidava delas, porém, ninguém dava a mínima importância para ela. A Sra. Medlock ia vê-la diariamente ou a cada dois dias, mas ninguém perguntava a respeito do que ela fazia nem dizia para ela o que fazer. Ela imaginava que talvez esse fosse o jeito inglês de tratar as crianças. Na Índia, ela sempre fora cuidada pela sua Aia, que a seguia por todo lugar e fazia tudo por ela. Era frequente Mary se sentir cansada daquela companhia. Agora, ninguém a seguia, e estava aprendendo a se vestir sozinha, porque Martha pensava que ela era tola ou estúpida, quando queria que lhe desse as coisas na mão ou que a vestisse.

— Ocê num tem bom senso? — ela disse uma vez, quando Mary ficou com as mãos esticadas esperando que as luvas lhe fossem colocadas. — Nossa Susan Ann é duas vez mais esperta qu'ocê, e ela só tem quatro ano. Às vez parece qu'ocê tem miolo mole.

Mary ficou com a sua carranca de mandona por uma hora depois do comentário; no entanto, isso a fez pensar em várias coisas completamente novas.

Ela permaneceu na janela por cerca de dez minutos nessa manhã, depois de Martha ter limpado a lareira pela última vez e ter descido. Estava refletindo a respeito da nova ideia que tivera quando ouviu falar da biblioteca. Não se importava muito com a biblioteca, pois lera pouquíssimos livros; mas ouvir a respeito dela trouxe de volta à sua memória os cem quartos com as portas fechadas. Ela tinha curiosidade para saber se todos eles estavam realmente trancados e o que aconteceria se ela pudesse entrar em alguns deles. Haveria realmente cem? Por que não ir ver quantas portas conseguiria contar? Seria algo com que se ocupar nessa manhã quando não podia sair. Nunca lhe tinham ensinado a pedir permissão para fazer alguma coisa, e não sabia nada a respeito de autoridade, assim não via necessidade de pedir permissão para a Sra. Medlock para andar pela casa, mesmo se ela a tivesse encontrado.

Mary abriu a porta do quarto e saiu no corredor, para começar o seu passeio. Era um corredor comprido que se dividia em outros corredores e a conduziram para cima por meio de pequenos lances de degraus que subiam para muitos outros de novo. Havia portas e mais portas, com pinturas nas paredes. Às vezes havia pinturas de estranhas paisagens escuras, mas na maior parte das vezes eram imagens de homens e mulheres em fantásticos trajes majestosos feitos de cetim e veludo. Ela se achou numa comprida galeria cujas paredes estavam cobertas com esses retratos. Nunca imaginara que pudesse haver tantos numa casa. Ela caminhava com lentidão pelo lugar e encarava esses rostos que pareciam encará-la também. Sentia que eles queriam saber o que uma garotinha vinda da Índia estava fazendo na casa deles. Alguns quadros eram de crianças — menininhas com vestidos grossos acetinados que iam até os pés e se assentavam em torno deles, e meninos com mangas bufantes e colarinhos de renda e cabelos compridos, ou com grandes rufos em volta do pescoço. Ela sempre parava para observar as crianças, e se perguntava quais seriam seus nomes, para onde teriam ido e por que usavam aquelas roupas tão estranhas. Havia uma garotinha aprumada e sem graça como ela. Usava um vestido de brocado verde e segurava no dedo um papagaio também verde. Tinha um olhar penetrante e curioso.

— Onde você mora agora? — disse Mary em voz alta para ela. — Eu queria que você estivesse aqui.

Certamente nenhuma outra garotinha já tinha passado uma manhã tão esquisita quanto aquela. Parecia não haver ninguém naquela imensa casa sinuosa exceto seu pequeno ser, perambulando para cima e para baixo, por passagens estreitas e largas, por lugares onde parecia que ninguém tinha caminhado a não ser ela. Uma vez que tantos cômodos haviam sido construídos, pessoas deveriam ter morado neles, no entanto como todos pareciam tão vazios era quase impossível acreditar que fosse verdade.

Até ter chegado ao segundo andar, ela não tinha pensado em girar a maçaneta de nenhuma porta. Todas estavam fechadas, como a Sra. Medlock tinha dito que estariam, mas por fim ela pôs as mãos na maçaneta de uma delas e a girou. Ficou amedrontada por um momento quando sentiu que a maçaneta girou sem dificuldade e quando empurrou a porta, ela lenta e pesadamente se abriu. Era uma porta maciça e se abria para um quarto grande. Havia tapeçarias ornamentadas na parede e, pelo quarto todo, mobília entalhada como a que ela havia visto na Índia. De uma vidraça com esquadrias de chumbo se via a charneca; e acima da cornija da lareira estava outro retrato da menina aprumada e sem graça, que parecia encará-la com mais curiosidade do que nunca.

— Talvez ela tenha dormido aqui antigamente — disse Mary. — Ela me olha de um jeito que me faz sentir estranha.

Depois disso, ela abriu portas e mais portas. Viu tantos aposentos que ficou bem cansada e começou a achar que devia haver mesmo cem, embora não os tivesse contado. Em todos havia pinturas ou tapeçarias antigas com estranhas cenas trabalhadas. Havia peças de mobília raras e preciosos ornamentos em praticamente todos eles.

Num quarto parecido com a sala de estar de uma dama, as tapeçarias eram todas de veludo bordadas, e num armário havia cerca de cem elefantinhos de marfim. Eles tinham diferentes tamanhos, e alguns carregavam seus condutores ou palanquins no dorso. Alguns eram muito maiores que outros e uns eram tão pequenos como filhotinhos. Mary vira marfim esculpido na Índia e sabia tudo sobre elefantes. Ela abriu a porta do armário e subiu num escabelo e brincou com eles por um bom tempo. Quando cansou, colocou os elefantes em ordem e fechou a porta do armário.

Em todo o seu passeio pelos longos corredores e quartos vazios, não vira nada com vida; mas nesse quarto ela viu algo. Logo depois de ter fechado a porta do armário, ouviu um ruidinho sussurrante, o que a fez dar um pulinho e olhar ao redor do sofá ao lado da lareira, de onde o barulhinho parecia vir. No canto do sofá, havia uma almofada, e no veludo que a cobria havia um buraco e por ele espiava uma cabecinha com um par de olhos assustados.

Mary se aproximou com lentidão e suavidade atravessando o quarto para olhar. Os olhos brilhantes pertenciam a um pequeno camundongo cinza, que tinha roído um buraco na almofada e lá tinha feito um ninho confortável. Seis filhotes de camundongo estavam amontoadinhos dormindo perto da mãe. Se não houvesse mais nada com vida nos cem quartos, havia sete camundongos que não estavam de modo algum solitários.

— Se eles não estivessem tão amedrontados, eu os levaria comigo — disse Mary.

Ela tinha perambulado o bastante para se sentir cansada demais para continuar o passeio, assim resolveu voltar. Duas ou três vezes perdeu o caminho ao virar no corredor errado, sendo obrigada a andar a esmo para cima e para baixo, até encontrar o correto; mas finalmente conseguiu chegar ao seu andar de novo, embora estivesse a certa distância de seu quarto, não sabia exatamente onde estava.

— Acho que peguei o caminho errado de novo — ela disse, permanecendo parada diante do que parecia ser o final de um pequeno corredor com tapeçaria na parede. — Não sei que caminho seguir. Como tudo é silencioso!

Foi no momento em que ela estava ali parada e exatamente após ter dito aquelas palavras que o silêncio foi quebrado por um som. Era mais um choro, mas diferente daquele que ouvira na noite anterior; era bem curto, um choramingo de criança irritada amortecido pelas paredes.

— Está mais perto do que estava — disse Mary, seu coração batendo bem mais forte. — E *é* um choro.

Ela colocou a mão por acaso sobre a tapeçaria perto dela, e pulou para trás com o sobressalto. A tapeçaria era a cobertura de uma porta que se abriu e mostrou que havia outra parte do corredor atrás dela, e a Sra. Medlock estava vindo com um molho de chaves na mão e uma expressão zangada estampada no rosto.

— O que é que você está fazendo aqui? — ela disse, segurando Mary pelo braço e arrancando-a dali. — O que foi que eu lhe disse?

— Eu virei no corredor errado — explicou Mary. — Eu não sabia para que direção ir e ouvi alguém chorando.

Ela sentiu um grande ódio pela Sra. Medlock naquele momento, mas a detestou ainda mais depois.

— Você não ouviu nada parecido com isso — disse a governanta. — Volte para o seu quarto ou vou lhe dar uns tapas.

Ela a pegou pelo braço e foi meio empurrando e meio puxando a menina para cima num corredor e para baixo em outro até enfiá-la no seu quarto.

— Agora — disse ela — fique no lugar onde lhe foi dito para ficar ou ficará trancada. O patrão deveria contratar uma professora para você, como disse que o faria. Você é do tipo que precisa de alguém para ficar de olho em você. Tenho muito que fazer.

Ela saiu do quarto e bateu a porta atrás de si, e Mary foi se sentar no tapete em frente à lareira, roxa de raiva. Ela não chorou, mas rangeu os dentes.

— *Tinha* alguém chorando... ah, *tinha... com certeza*! — disse para si mesma.

Ela tinha ouvido o choro por duas vezes desde então, e depois iria descobrir. Tinha descoberto muito nessa manhã. Sentiu como se estivera numa longa jornada e, de uma forma ou de outra, tinha se divertido muito o tempo todo e brincado com os elefantes de marfim e visto a mãe camundongo cinza com seus filhotes no ninho dentro da almofada de veludo.

CAPÍTULO 7
A CHAVE DO JARDIM

Dois dias depois do que aconteceu, quando Mary acordou, imediatamente se sentou aprumada na cama e chamou por Martha.

— Olhe a charneca! Olhe a charneca!

O temporal tinha passado, e as nuvens e o nevoeiro cinzentos haviam sido dissipados pelo vento durante a noite. Até o vento tinha cessado, e o céu de um azul profundo e brilhante formava um arco elevado por cima da charneca. Nunca, nunca Mary tinha sonhado com um céu tão azul. Na Índia os céus eram vivos e resplandecentes; esse era de um azul calmo e profundo que quase parecia cintilar como as águas de um insondável lago gracioso, e aqui e ali, alto, alto na arcada azulada flutuavam pequenas nuvens de lã branca como a neve. O vasto mundo da charneca era um azul só e suave em vez daquele escuro e triste roxo ou do feio e melancólico cinza.

— Ora — disse Martha com um alegre sorriso. — A chuva passou um pouco. É bem assim nessa época do ano. Ela vai embora numa noite fingino nunca tê tado aqui antes e nunca voltá de novo. É porque a primavera já tá a caminho. Ainda falta um bocadinho, mas já tá chegano.

— Eu achei que ia chover sempre ou que fosse sempre escuro na Inglaterra — Mary disse.

— Ora essa! — disse Martha, sentando-se sobre os calcanhares no meio de suas escovas de limpeza. — Vixe! Que bestagem sobeja!

— O que significa isso? — perguntou Mary com ar sério. Na Índia, os nativos usavam diferentes dialetos que poucas pessoas entendiam, por isso ela não se surpreendeu quando Martha usou palavras que ela não compreendeu.

Martha deu uma risadinha da mesma forma que fizera na primeira manhã.

— Nossa — ela disse. — Eu falei na maneira de Yorkshire de novo, do jeitinho que a Dona Medlock disse que eu num devia. "Vixe! Que bestagem sobeja!" significa "Nos-sa quan-ta bo-ba-gem" — falou pausadamente e com cuidado —, mas parece mais complicado pra dizê isso. Yorkshire é o lugar mais ensolarado da terra, quando tem sol. Eu disse pra ocê qu'ocê ia gostá da charneca. Espera até ocê vê o tojo amarelo em flor e o florescê da giesta, e as urze florino, os sininho tudo roxo, umas centena de borboleta alvoroçada e as abelha zunino e as cotovia voano alto e cantano. Ocê vai querê saí lá fora que nem que o pôr do sol e ficá lá o dia todo como o Dickon faz.

— Algum dia eu vou poder ir lá? — perguntou Mary ansiosamente, olhando pela janela o azul distante. Ele era tão novo e grande e maravilhoso e tão da cor do paraíso.

— Num sei não — respondeu Martha. — Ocê nunca usou as perna desde que nasceu, é o que eu reparei. Ocê num consegue andá oito quilomêtro. Dá oito quilomêtro até a nossa casinha.

— Eu acho que ia gostar de ver a sua casinha.

Martha a olhou fixamente por um tempo com curiosidade antes de pegar a escova e começar a esfregar a grelha de novo. Ela começou a achar que aquele rostinho comum não parecia nem um pouco azedo agora como tinha parecido na primeira manhã em que ela o viu. Aparentava um pouco como o de Susan Ann, quando ela queria muito alguma coisa.

— Vou falá pra mãe disso — ela disse. — Ela é uma daquelas pessoa que quase sempre vê uma saída pras coisa. Hoje é meu dia de folga e tô indo pra casa. Ora! Eu tô feliz. A Dona Medlock tem a mãe em alta estima. Talvez a mãe pode falá com ela.

— Eu gosto da sua mãe — disse Mary.

— Eu devo de achá que sim — concordou Martha, terminando a limpeza.

— Eu nunca a vi — disse Mary.

— Não, num viu mesmo — retrucou Martha.

Ela se sentou sobre os calcanhares de novo e esfregou a ponta do nariz com o dorso da mão como se estivesse intrigada por um momento, mas concluiu a conversa de forma bem positiva.

— Bem, ela é uma trabalhadeira sábia e bondosa e honesta e limpa e num tem como num gostá dela, mesmo no caso de nunca tê visto ela. Quando eu volto pra casa pra vê ela, nos dia de folga, eu quase que pulo de alegria quando cruzo a charneca.

— Gosto do Dickon — acrescentou Mary. — E eu nunca o vi.

— Bem — disse Martha com voz firme —, eu já contei pra ocê que até os passarinho gosta dele e os coelho, os carneiro selvagem, os pônei e as raposa também. Eu fico me perguntano — olhando fixamente para Mary de forma pensativa — o que é que o Dickon ia pensá de ocê?

— Ele não ia gostar de mim — disse Mary com seu jeitinho duro e frio. — Ninguém gosta.

Martha olhou de forma reflexiva novamente.

— Ocê gosta de ocê mesma? — ela indagou, de forma bem direta como se estivesse curiosa para saber.

Mary hesitou por um momento e refletiu a respeito.

— Não, não gosto nem um pouco... mesmo — ela respondeu. — Mas nunca tinha pensado nisso antes.

Martha deu um risinho como se lembrasse de algo familiar.

— A mãe disse isso pra mim uma vez — ela disse. — Ela tava no tanque e eu tava de mau humor falano mal de tudo mundo, aí ela se virou pra mim e disse: "Ocê é uma megera! Fica aí parada dizeno que num gosta desse e que num gosta daquele. Ocê gosta de ocê mesma?". Aí eu ri e caí em si na mesma hora.

Ela foi embora animada logo depois de ter servido o café da manhã para Mary. Ia andar oito quilômetros atravessando a charneca, ajudar sua mãe lavando as roupas e preparando a comida da semana e se divertir muito.

Mary se sentiu mais sozinha do que nunca, quando soube que Martha não estava mais na casa. Foi o mais rápido possível para o jardim, e a primeira coisa que fez foi correr em volta do lago com a fonte por dez vezes. Ela contou cada uma das vezes com atenção e, quando acabou, sentiu-se mais animada. A luz do sol fazia todo o lugar parecer diferente. O azul-celeste formava um arco alto e profundo sobre Misselthwaite, assim como sobre a charneca, e ela ergueu o rosto e ficou olhando para o céu, tentando imaginar como seria se deitar numa daquelas nuvenzinhas brancas como a neve e flutuar ao léu. Foi até a primeira horta e encontrou Ben Weatherstaff trabalhando lá com outros dois jardineiros. A mudança de estação pareceu ter-lhe feito bem. Falou com ela por iniciativa própria.

— A primavera tá chegano — ele disse. — Ocê consegue senti o cheiro?

Mary inalou o ar e achou que sim.

— Tem um cheiro de coisa boa, fresca e úmida — ela disse.

— É a boa terra fértil — ele disse, cavando mais. — Ela fica de bom humor se aprontano pra fazê as coisa crescê. Ela fica numa alegria só quando a época do plantio chega. E fica numa tristeza só no inverno, quando num tem nada pra fazê. Nos jardim de flor lá longe as coisa vai se mexê no fundo da terra. O sol tá esquentano elas. Ocê vai vê umas pontinha verde saino da terra escura logo logo.

— E o que são? — perguntou Mary.

— Croco e galanto e narciso. Ocê nunca viu nenhuma dessas flor?

— Não. Tudo é quente, úmido e verde depois das chuvas na Índia — disse Mary. — Acho que as coisas crescem numa noite por lá.

— As daqui, elas num cresce numa noite — afirmou Ben Weatherstaff. — Tem que esperá elas crescê. Elas cutuca a terra apareceno um pouquinho mais alta aqui, e empurra mais uma pontinha lá, e desenrola uma folha hoje e outra no dia seguinte. Vai veno elas.

— Vou sim — afirmou Mary.

Logo em seguida ela ouviu o farfalhar suave do bater de asas e já sabia que se tratava do pisco que tinha vindo de novo. Ele estava muito esperto e alegre, e pulava para lá e para cá muito perto dos pés dela, e inclinava a cabeça para um lado e olhava para ela de forma tão astuta que ela fez uma pergunta para Ben Weatherstaff.

— Você acha que ele se lembra de mim? — ela perguntou.

— Se se lembra de ocê! — disse Ben Weatherstaff com indignação. — Se ele conhece cada pé de repolho das horta, que me dirá pessoa. Ele nunca viu uma menininha aqui antes, e tá determinado a descobri tudo sobre ocê. E num tem como escondê nada *dele*.

— Será que as coisas se mexem no fundo da terra escura no jardim onde ele mora também? — Mary indagou.

— Que jardim? — resmungou Ben Weatherstaff, tornando-se rabugento de novo.

— Aquele onde tem as roseiras antigas. — Ela não conseguiu evitar a pergunta, porque queria muito saber. — Todas as flores estão mortas ou algumas delas voltam no verão? Ainda tem algumas rosas?

— Pergunta pra ele — disse Ben Weatherstaff, apontando com o ombro em direção ao pisco. — Ele é o único que sabe. Faz dez ano que ninguém vê nada lá dentro.

Dez anos é muito tempo, Mary pensou. Ela tinha nascido há dez anos.

Ela saiu caminhando lentamente e pensando. Ela tinha começado a gostar do jardim assim como do pisco, de Dickon e da mãe de Martha. Estava começando a gostar de Martha também. Era muita gente para se gostar, quando não se está acostumado a gostar de gente. Pensou no pisco como uma das pessoas. Continuou a sua caminhada do lado de fora do longo muro coberto por hera sobre o qual ela podia ver a copa das árvores; e, na segunda vez que caminhava subindo e descendo, aconteceu a coisa mais interessante e empolgante, vindo por meio do pisco de Ben Weatherstaff.

Ela ouviu um gorjeio e um trinado, e, quando olhou para o canteiro de flores vazio de seu lado esquerdo, lá estava o pisco saltitando para lá e para cá, fingindo ciscar algo na terra para persuadi-la de que não a estava seguindo. Mas ela sabia que ele a tinha seguido, e essa surpresa a encheu de tanta alegria que ela quase estremeceu.

— Você se lembra de mim! — ela exclamou. — De verdade! Você é a coisa mais linda do mundo!

Ela gorjeou, falou e o elogiou; e ele deu pulinhos, balançou lepidamente a cauda e trinou. Era como se ele estivesse conversando. O colete vermelho do pássaro parecia de cetim; e ele encheu seu pequeno peito e ficou tão distinto, tão majestoso e tão bonito, como se estivesse mostrando a ela quão importante e humano um pisco podia ser. A Senhorita Mary se esqueceu de que já tinha sido mandona, quando ele permitiu que ela se aproximasse mais e mais dele, abaixasse e tentasse fazer coisas como se fosse um pisco.

Nossa! E pensar que ele a tinha de fato deixado se aproximar tanto dele! Ele sabia que nada a faria colocar as mãos em direção a ele para assustá-lo de forma alguma. Ele sabia disso porque era uma pessoa de verdade, só que ainda mais amável que qualquer um no mundo. Ela estava tão feliz que mal se atrevia a respirar.

O canteiro de flores não estava completamente vazio. Estava vazio de flores, porque as plantas perenes tinham sido podadas para o descanso do inverno, mas havia arbustos mais altos e outros mais baixos que cresciam junto à parte de trás do canteiro, e como o pisco saltitava em volta e dentro dele, ela o viu pular sobre um montinho de terra que acabara de ser remexida. Ele parou ali para procurar uma minhoca. A terra tinha sido remexida porque um cachorro tinha tentado tirar uma toupeira, revolvendo a terra, e com isso feito um buraco fundo.

Mary olhou aquilo, não entendendo de fato o porquê de o buraco estar ali, e, quando olhou com atenção, viu algo enterrado na terra remexida havia pouco. Era algo parecido com um anel de ferro enferrujado ou de bronze, e, quando o pisco voou para uma árvore próxima, ela estendeu a mão e apanhou o objeto. No entanto, era mais que um anel; era uma chave antiga que parecia ter sido enterrada havia muito tempo.

A Senhorita Mary se ergueu e olhou para a chave com uma expressão de quase espanto para o que viu pendurado em seu dedo.

— Talvez ela tenha sido enterrada há dez anos — ela sussurrou. — Talvez seja a chave do jardim!

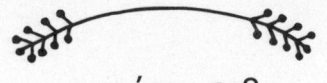

CAPÍTULO 8
O PISCO QUE MOSTROU O CAMINHO

Ela olhou a chave por um bom tempo. Virou-a de um lado, depois do outro e pensou a respeito. Como eu disse anteriormente, ela não era uma criança que tivesse sido educada para pedir permissão ou para consultar os mais velhos a respeito do que fazer. Tudo o que ela pensou a respeito da chave era que se aquela fosse a chave do jardim fechado, e se ela conseguisse encontrar a porta, talvez pudesse abri-la e ver o que estava dentro dos muros e o que tinha acontecido com as antigas roseiras. O fato de o jardim estar trancado há tanto tempo é o que a motivava a querer vê-lo. Parecia que ele devia ser diferente de outros lugares e que alguma coisa estranha devia ter acontecido a ele durante esses dez anos. Além disso, se ela gostasse dele, poderia ir lá todos os dias, fechar a porta atrás de si e inventar brincadeiras só dela e brincar sozinha, porque ninguém nunca saberia onde ela estaria, uma vez que pensariam que a porta ainda estava trancada e a chave enterrada. Tal pensamento lhe deu uma grande satisfação.

Viver daquele jeito, totalmente sozinha na casa com cem quartos misteriosamente fechados e não ter nada para fazer que a divertisse, tinha colocado o seu cérebro inativo para funcionar e, na verdade, estava despertando a sua imaginação. Não havia dúvidas de que o ar fresco, forte e puro da charneca tinha muito a ver com isso. Assim como ele tinha lhe aberto o apetite, e a luta contra o vento tinha lhe dado mais vida, o mesmo estava acontecendo com seus pensamentos. Na Índia, ela sempre sentira muito calor, desânimo e fraqueza para se importar com qualquer coisa, mas nesse lugar ela estava começando a se importar e a querer fazer coisas novas. Já se sentia menos "mandona", embora não soubesse por quê.

Ela colocou a chave no bolso e subiu e desceu pelo caminho. Dava a impressão de que ninguém vinha até ali a não ser ela, então podia caminhar lentamente e olhar o muro, ou melhor, a hera crescente nele. Talvez a hera camuflasse o muro. Por mais que ela olhasse, não conseguia ver nada além de folhas verde-escuras brilhantes crescendo densamente. Começou a ficar muito desapontada. Algo de sua essência madona voltou a atuar, enquanto ela andava de um lado a outro do muro, olhava para cima em direção à copa das árvores dentro do jardim. Parecia tão bobo, ela falou consigo, estar perto dele e não poder entrar lá. Ela levou a chave no bolso, quando voltou para casa, e decidiu que sempre a carregaria, quando saísse, de modo que se ela por acaso encontrasse a porta escondida, estaria pronta.

A Sra. Medlock tinha dado permissão a Martha para passar a noite em casa, mas a empregada estava de volta na manhã seguinte com as faces mais rosadas que nunca e muito animada.

— Acordei às quatro hora — ela disse. — Ora! A charneca tava linda com os passarinho acordano e os coelho correno e o sol nasceno. Num andei o caminho todo. Um homem me deu carona na carroça dele e eu me diverti.

Ela estava cheia de histórias mágicas sobre seu dia de folga. Sua mãe tinha ficado feliz ao vê-la, e elas tinham cozinhado e lavado toda a roupa. Ela tinha até feito um bolinho para cada criança com um pouco de açúcar mascavo.

— Eu tava com os bolinho quentinho, quando as criança chegaro tudo da charneca depois de tê brincado. E a casa toda ficou com cheiro bom de assado quente e fresco e tinha um fogo bom, e eles pularo de alegria. Nosso Dickon, ele disse que nossa casa era própria de um rei.

À noite, todos eles se sentaram ao redor do fogo; enquanto Martha e sua mãe costuravam remendos nas roupas rasgadas e consertavam meias, ela lhes contou sobre a garotinha que tinha vindo da Índia e que tinha dependido a vida toda de quem Martha chamava "escuros", a ponto de ela não saber colocar as próprias meias.

— Ora! Eles gostaro mesmo de ouvi falá de ocê — disse Martha. — Eles queria sabê tudo dos escuro e do navio qu'ocê veio. Num consegui contá muito pra eles.

Mary refletiu um pouco.

— Vou lhe contar mais coisas antes do seu próximo dia de folga — ela disse —, assim você terá mais para contar a eles. Aposto como eles vão gostar de ouvir falar sobre os passeios de elefantes e camelos e sobre os oficiais indo caçar tigres.

— Minha nossa! — exclamou Martha encantada. — Isso vai deixá eles fora de si. Ocê fez isso de verdade, Senhorita? É que nem que uma exposição de animal selvagem que a gente ouviu que teve uma vez em York.

— A Índia é bem diferente de Yorkshire — Mary disse pausadamente, enquanto refletia sobre o assunto. — Nunca pensei nisso. O Dickon e sua mãe gostaram de ouvir você falar de mim?

— Ora, os olho do nosso Dickon ficaro tão arregalado, ficaro grande assim — respondeu Martha. — Mas a mãe ficou brava de sabê qu'ocê tá sozinha por sua conta e risco. Ela perguntou: "O Seu Craven num tem uma professora pra ela ou uma babá?" e eu respondi: "Não, num tem, mas a Dona Medlock disse que ele vai arranjá quando pensá sobre isso. Mas ela disse que pode sê que ele só vai pensá nisso daqui a uns dois ou três ano".

— Eu não quero uma professora — disse Mary com firmeza.

— Mas a mãe disse qu'ocê devia de já tá estudano agora e ocê devia de tê uma mulher pra cuidar de ocê, e ela falou: "Ora, Martha, pensa como é qu'ocê ia se senti num lugar como aquele, vagano sozinha pra lá e pra cá sem mãe. Faz o qu'ocê pode pra animá ela", ela falou, e eu disse que ia fazê.

Mary a fitou por um longo tempo.

— Você me anima muito — ela disse. — Gosto de ouvir você falar.

Dali a pouco Martha saiu do quarto e voltou com algo nas mãos por baixo do avental.

— O que é qu'ocê acha — ela disse, com um sorriso largo. — Eu trouxe um presente pra ocê.

— Um presente! — exclamou a Senhorita Mary. Como pode alguém de uma casa com catorze pessoas famintas dar um presente a alguém?!

— Um homem tava passano pela charneca vendeno bugiganga — Martha explicou. — E ele parou a carroça na nossa porta. Ele tinha pote e panela e um monte de coisa, mas a mãe num tinha dinheiro pra comprá nada. Bem, quando ele tava indo embora, nossa 'Lizabeth Ellen chamou: "Mãe, ele tem corda de pulá com cabo vermelho e azul". E a mãe chamou ele de repente: "Vem cá, espera, senhor! Quanto custa a corda de pulá?". E ele disse: "dois *pence*", e a mãe começou a procurá nos bolso e disse pra mim: "Martha, ocê me trouxe o seu pagamento como uma boa moça, e eu tenho o dinheiro contadinho pra cada coisa, mas vou tirá dois *pence* pra comprá uma corda pra aquela criança", e ela comprou e tá aqui.

Ela tirou a corda de debaixo do avental e a mostrou com bastante orgulho. Era uma corda fina e resistente com um cabo listrado de vermelho e azul em cada ponta, mas Mary Lennox nunca tinha visto uma corda de pular antes. Ficou olhando a corda demoradamente com uma expressão frustrada.

— Para que serve isso? — ela perguntou com curiosidade.

— Pra quê! — exclamou Martha. — Qué dizê que eles nunca pula corda na Índia, pra tudo eles usa elefante e tigre e camelo! Num me espanta que eles são quase tudo escuro. Eu vou mostrá pra que é que serve; dá uma olhada em mim.

Ela correu para o meio do quarto e, segurando em cada um dos cabos, começou a pular, e ficou pulando, enquanto Mary se virava na cadeira para observá-la de olhos arregalados, e os rostos esquisitos nos velhos retratos pareciam arregalar os olhos também e se perguntar por que cargas d'água essa campesina banal tinha o descaramento de fazer o que estava fazendo bem debaixo de seus narizes. Mas Martha nem mesmo os notou. O interesse e a curiosidade no rosto da Senhorita Mary a deliciavam, e por isso ela continuou pulando e foi contando enquanto pulava até atingir cem pulos.

— Eu conseguia pulá mais antes — ela disse quando parou. — Eu pulava até quinhentos quando tinha doze ano, mas eu num era tão gorda como agora, e tô fora de prática.

Mary se levantou da cadeira e começou a ficar empolgada.

— Parece bom — ela disse. — A sua mãe é uma mulher bondosa. Você acha que algum dia vou conseguir pular assim?

— Ocê tenta — estimulou Martha, entregando-lhe a corda de pular. — Pode sê qu'ocê num consegue cem da primeira vez, mas se ocê praticá, vai consegui mais. Isso é o que a mãe fala. Ela disse: "Nada vai sê melhor pra ela do que uma corda de pulá. É o melhor brinquedo que uma criança pode tê. Deixa ela brincá ao ar livre pulano, e ela vai esticá as perna e os braço, e eles vão ficá forte".

Era evidente que não havia muita força nos braços e nas pernas da Senhorita Mary quando ela começou a pular. Ela não era muito jeitosa com a corda, mas gostou tanto do exercício que não queria mais parar.

— Bota essas roupa e vai pulá lá fora — disse Martha. — A mãe disse qu'ocê tem que ficá lá fora o mais que pode, mesmo em dia de chuva, um pouco, mas ocê tem que se agasalhá bem.

Mary colocou o casaco e o chapéu e pegou sua corda de pular. Ela abriu a porta para sair e aí subitamente pensou em algo e se virou de forma bem lenta.

— Martha — ela disse —, foi de seu salário. Eram seus os dois *pences* na verdade. Obrigada. — Ela disse isso de forma dura, porque não estava acostumada a agradecer as pessoas ou notar que elas faziam coisas para ela. — Obrigada — ela disse, e estendeu a mão, porque não sabia exatamente o que deveria fazer.

Martha lhe deu um breve aperto de mão meio desajeitado, como se ela também não estivesse acostumada a esse tipo de coisa. Então ela riu.

— Ora! Ocê é tão esquisita que nem que uma velha — ela disse.
— Se era a nossa 'Lizabeth Ellen ela tinha me dado um beijo.

Mary ficou mais dura ainda.

— Você quer que eu lhe dê um beijo?

Martha riu de novo.

— Não, num quero — ela respondeu. — Se ocê era diferente, talvez ocê mesma ia querê. Mas num é. Corre lá pra fora e vai brincá com a sua corda.

A Senhorita Mary se sentiu um pouco sem jeito, quando saiu do quarto. As pessoas de Yorkshire pareciam estranhas, e Martha era sempre um grande enigma para ela. No começo ela não tinha simpatia por ela, mas agora tinha.

A corda de pular era algo maravilhoso. Ela contava e pulava, pulava e contava, até as bochechas ficarem bem rosadas, e ela se sentiu mais motivada do que nunca desde que tinha nascido. O sol brilhava e um ventinho soprava, não um vento forte, mas um que chegava em pequenas rajadas de deleite e trazia com ele um aroma fresco de terra revolvida há pouco. Ela pulou em volta da fonte, para cima e para baixo. Por fim foi pulando até a horta e viu Ben Weatherstaff cavando e conversando com seu pisco, que estava saltitando perto dele. Ela foi pulando no caminho em direção a ele, o que o fez levantar a cabeça e a olhar com uma expressão curiosa. Ela queria saber se ele iria notá-la. Queria que ele visse sua corda.

— Ora! — exclamou ele. — Pode acreditá. Talvez agora ocê vai sê criança de verdade, e talvez isso vai botá sangue nas suas veia em vez de leite azedo. Vai ficá com as bochecha vermelha dos pulo como meu nome é Ben Weatherstaff. Eu nunca que ia acreditá qu'ocê conseguia dá esses pulo.

— Nunca pulei antes — Mary disse. — Só estou começando. Só consigo pular até vinte.

— Ocê continua — disse Ben. — Ocê tá se habituano bem pra quem vivia com os pagão. Olha só como ele olha pra ocê — apontando em direção ao pisco com a cabeça. — Ele seguiu ocê ontem. Vai fazê o mesmo hoje. Ele vai querê sabê o que é uma corda de pulá. Ele nunca que viu uma. Ora! — balançando a cabeça em direção ao pássaro — essa curiosidade vai acabá com ocê um dia, se ocê num é esperto.

Mary pulou em volta de todos os jardins e por todo o pomar, descansando depois de alguns minutos. Por fim foi até seu caminho especial e decidiu tentar ver se conseguia pular ininterruptamente o caminho inteiro. Era um longo caminho; então ela começou devagar, mas, antes de ter completado metade da descida, estava com tanto calor e tão ofegante que foi obrigada a parar. Não se importou muito, porque já tinha conseguido contar até trinta. Parou com uma risadinha de satisfação, e lá, oh, veja só, estava o pisco se balançando num longo ramo de hera. Ele a tinha seguido e a cumprimentou com um gorjeio. Enquanto Mary pulava em direção a ele, sentiu que algo pesado no bolso batia nela a cada pulo, e assim que viu o pisco riu novamente.

— Você me mostrou onde a chave estava ontem — ela disse. — Você tem de me mostrar a porta hoje; mas acho que você não sabe onde ela está!

O pisco voou de seu ramo balançante de hera para o alto do muro e abriu o bico e cantou sonoramente um trinado gracioso, apenas para se exibir. Nada no mundo é tão adoravelmente amável quando um pisco se exibe, e eles quase sempre estão se exibindo.

Mary Lennox tinha ouvido muito a respeito de Mágica nas histórias contadas por sua Aia, e, toda hora, ela dizia que o que mais estava acontecendo naquele momento era Mágica.

Uma das boas lufadinhas de vento se precipitou pelo muro, um pouco mais forte que as outras. Forte o suficiente para balançar os galhos das árvores, e mais do que forte para agitar os ramos balançantes da hera não podada pendurados no muro. Mary tinha se aproximado do pisco, e de repente a rajada de vento balançou para longe alguns ramos de hera soltos, e mais subitamente ainda ela pulou em direção a eles e os segurou com as mãos. Ela fez isso, porque tinha visto algo debaixo dos ramos — uma maçaneta arredondada que tinha sido coberta pelas folhas que pendiam sobre ela. Era a maçaneta de uma porta.

Ela colocou as mãos por baixo das folhas e começou a puxá-las e a empurrá-las para os lados. Como a hera pendurada estava espessa, quase toda ela formava uma cortina solta e balançante, embora alguns ramos estivessem grudados na madeira e no ferro. O coração de Mary começou a bater forte e suas mãos a tremer um pouco por causa de seu encantamento e exaltação. O pisco continuou cantando e trinando e inclinando a cabeça para um lado, como se ele estivesse tão empolgado quanto ela. O que era aquilo debaixo de suas mãos de formato quadrado e feito de ferro e em que seus dedos encontraram um buraco?

Era a fechadura da porta que tinha estado fechada por dez anos, e ela pôs a mão no bolso, tirou a chave e descobriu que ela se ajustava à fechadura. Colocou a chave e a girou. Precisou das duas mãos para girá-la, mas conseguiu.

E depois ela deu um longo suspiro e olhou para trás o longo caminho para ver se alguém estava vindo ali. Ninguém estava. Ninguém realmente parecia vir ali, e ela deu outro longo suspiro, porque não conseguia se conter, e levantou a cortina de hera balançante e empurrou a porta que se abriu de forma muito — muito lenta.

Assim ela passou pela porta suavemente, e a fechou atrás de si, se encostando a ela, e olhou em torno de si respirando de forma ofegante com entusiasmo, admiração e deleite.

Ela estava *dentro* do jardim secreto.

CAPÍTULO 9
A CASA MAIS ESQUISITA

Era o lugar mais doce e de aparência mais misteriosa que alguém podia imaginar. Os altos muros que o encerravam eram cobertos com troncos de roseiras sem folhas, que estavam tão espessos que se emaranhavam. Mary Lennox sabia que se tratava de roseiras porque tinha visto muitas delas na Índia. Todo o chão estava coberto com um gramado de um marrom próprio de inverno e dele saíam montinhos de arbusto que com certeza seriam roseiras, se estivessem vivas. Havia diversas rosas comuns que, como tinham espalhado de tal forma seus ramos, pareciam arvorezinhas. Havia outras árvores no jardim, e uma das coisas que o deixava com uma aparência mais singular e encantadora era que as rosas trepadeiras tinham se estendido por todas elas e pendiam por longas gavinhas formando cortinas balançantes, e aqui e ali elas se seguravam umas nas outras ou num ramo distante e subiam de uma árvore a outra criando graciosas pontes. Não havia folhas nem rosas naquele momento, e Mary não sabia se estavam vivas ou mortas, mas seus finos galhos e ramos cinzentos ou marrons pareciam um tipo de manto enevoado se espalhando por cima de tudo, muros, árvores, e até o gramado marrom, por onde tinham caído e se esparramado pelo chão. Era esse emaranhado enevoado de árvore em árvore que fazia com que tudo parecesse tão misterioso. Mary tinha pensado que ele deveria ser diferente de outros jardins que não tinham sido deixados por conta própria havia tanto tempo; e, na verdade, ele era diferente de qualquer outro lugar que ela já tinha visto antes.

— Como tudo é silencioso! — ela sussurrou. — Que silêncio!

Em seguida ela esperou um pouco e ouviu o silêncio.

O pisco, que tinha voado para a copa de sua árvore, estava tão silencioso quanto todo o resto. Ele nem mesmo batia as asas; permaneceu sem se mexer, olhando para Mary.

— Não é de se admirar que esteja silencioso — ela sussurrou de novo. — Sou a primeira pessoa a falar aqui em dez anos.

Ela se afastou da porta, pisando com suavidade, como se tivesse medo de acordar alguém. Sentiu-se satisfeita por haver grama sob seus pés, pois assim seus passos não faziam barulho. Ela caminhou debaixo de um dos cinzentos arcos entre as árvores, como se fossem de fadas, e elevou os olhos para ver os ramos e as gavinhas que os formavam.

— Não é de se admirar se estiver tudo completamente morto — ela disse. — Será que é um jardim completamente morto? Eu não queria que fosse.

Se ela fosse Ben Weatherstaff, saberia se as plantas estavam vivas apenas de olhar para elas, mas só conseguia ver que havia ramos e galhos cinzentos e marrons, e nenhum deles mostrava sinal de pelo menos um botão que desabrochasse em algum lugar.

Mas ela estava *dentro* do maravilhoso jardim e poderia passar pela porta por baixo da hera a qualquer hora que quisesse, e sentiu como se tivesse descoberto um mundo só dela.

O sol estava brilhando dentro dos quatro muros e a alta abóbada do azul-celeste sobre esse pedaço especial de Misselthwaite parecia muito mais brilhante e suave que em qualquer outro lugar da charneca. O pisco ora voava da copa de sua árvore e saltitava, ora voava de um arbusto a outro atrás dela. Ele gorjeou bastante e parecia muito ocupado, como se estivesse mostrando as coisas para ela. Tudo era singular e silencioso, e parecia que ela estava a centenas de quilômetros longe de todos; no entanto, ela não se sentia solitária de forma alguma. O que a perturbava era o desejo de saber se todas as roseiras estavam mortas, ou se talvez algumas delas tivessem sobrevivido e pudessem produzir folhas e botões quando o tempo estivesse mais quente. Ela não queria que ele fosse um jardim totalmente morto. Se ele fosse um jardim muito vivo, que maravilhoso seria, e quantos milhares de rosas iriam crescer por todo lado!

Sua corda de pular tinha ficado pendurada em seu braço quando ela entrou no jardim e, depois de ter andado em volta dele por algum tempo, pensou em ir pulando por todo o jardim, parando apenas para olhar algumas coisas. Parecia haver trilhas com grama aqui e ali e, em um ou dois cantos, havia nichos de plantas perenes com assentos de pedra ou grandes vasos de flores cobertos de musgo.

Quando chegou perto do segundo daqueles nichos, parou de pular. Antes havia ali um canteiro de flores, e ela pensou ter visto algum brotinho saindo da terra escura — umas pontinhas afiadas verde-claras. Ela se lembrou do que Ben Weatherstaff havia dito e se ajoelhou para observá-las.

— Isso mesmo, são coisinhas crescendo e *devem* ser crocos, ou galantos ou narcisos — ela sussurrou.

Ela se abaixou bem perto das pontinhas e aspirou o aroma fresco de terra úmida. E gostou muito do que sentiu.

— Talvez haja outras despontando em outros lugares — ela disse. — Vou percorrer todo o jardim e olhar.

Não foi pulando, mas caminhando pelo jardim. Ia lentamente e mantinha os olhos no chão. Ela olhou nas bordas dos canteiros antigos e entre a grama, e depois de ter dado a volta, tentando não perder nada, encontrou muito mais pontinhas salientes verde-claras, o que a deixou muito empolgada de novo.

— Não é um jardim completamente morto! — ela exclamou baixinho para si. — Mesmo que as rosas estejam mortas, há outras plantas vivas.

Ela não sabia nada sobre jardinagem, mas a grama parecia tão espessa em alguns dos lugares onde os brotinhos verdes estavam querendo sair que ela pensou que eles não tinham espaço suficiente para crescer. Procurou em volta até encontrar um pedaço de madeira bem pontudo, se ajoelhou e cavou, arrancando as ervas daninhas e a grama até deixar um lugarzinho limpo em volta deles.

— Agora parece que eles conseguem respirar — ela disse, depois de ter acabado de limpar o primeiro deles. —Vou limpar muitos mais. Vou fazer isso em todos os que conseguir ver. Se não tiver tempo hoje, eu volto amanhã.

Ela ia de um lugar a outro, cavando e arrancando as ervas daninhas e se divertindo tanto que se deixou conduzir de um canteiro a outro até a grama debaixo das árvores. Sentiu tanto calor por causa do exercício que tirou o casaco e o chapéu e, sem se dar conta, sorria para a grama e para os brotinhos verde-claros o tempo todo.

O pisco estava muitíssimo ocupado. Estava muito satisfeito de ver que a jardinagem havia começado em seu território. Ele sempre tinha esperado por Ben Weatherstaff. Onde a jardinagem é feita, todo tipo de coisas saborosas para se comer sai do solo. Ora, ali estava aquela nova criatura que não tinha nem metade do tamanho de Ben, e, contudo, tinha tido a sabedoria de entrar no jardim e começar o serviço imediatamente.

A Senhorita Mary trabalhou em seu jardim até estar na hora da refeição do meio-dia. Na verdade, ela tinha demorado a perceber e, quando colocou seu casaco e chapéu e apanhou sua corda de pular, não podia acreditar que havia trabalhado por duas ou três horas. Ela tinha estado deveras alegre durante todo o tempo; e dava para ver dúzias e dúzias de brotinhos verde-claros nos lugares limpos, parecendo estarem muito mais satisfeitos agora do que antes, quando a grama e as ervas daninhas os estavam sufocando.

— Eu vou voltar de tarde — ela disse, olhando ao redor de seu novo reino e falando para as árvores e para os arbustos de rosas, como se eles pudessem ouvi-la.

Em seguida correu com delicadeza pelo gramado, abriu a velha porta lentamente e passou por ela sob a hera. Estava com as bochechas tão rosadas e os olhos tão brilhantes, e comeu de tal forma sua refeição que Martha ficou satisfeita.

— Dois pedaço de carne e duas porção de pudim de arroz! — ela disse. — Ora! A mãe vai ficá contente quando ficá sabeno o que a corda de pula fez pra ocê.

No decorrer de sua escavação, com seu pedaço de madeira pontudo, ao cavar, a Senhorita Mary tinha encontrado um tipo branco de raiz como uma cebola. Ela a colocou de volta em seu lugar e a enterrou cuidadosamente dando tapinhas na terra, e depois ficou curiosa para saber se Martha poderia lhe dizer o que era aquilo.

— Martha — ela disse —, o que são aquelas raízes que se parecem com cebolas?

— São bulbo — respondeu Martha. — Muitas flor de primavera cresce deles. Os bem pequenininho são galanto e croco e os grande são narciso e junquilho e narciso-de-cheiro. As maior de tudo é lírio e lírio-roxo. Ora! São bonito demais! O Dickon tem um monte deles plantado no nosso pedacinho de jardim.

— O Dickon sabe tudo a respeito deles? — perguntou Mary, uma nova ideia começou a tomar posse dela.

— O nosso Dickon pode fazê uma flor nascê num caminho de tijolo. A mãe fala que ele segreda umas coisa para elas brotá do chão.

— Os bulbos vivem por muito tempo? Eles viveriam anos e anos mesmo se ninguém cuidasse deles? — inquiriu Mary com ansiedade.

— Eles se cuida sozinho sim — disse Martha. — Por isso que as pessoa pobre pode tê eles. Se ocê num estorvá eles, a maioria fica dentro da terra pra vivê muito, se espalhá e dá outros brotinho. Tem um lugar no bosque do parque aqui onde tem milhares de galanto. Eles são a visão mais linda de Yorkshire quando a primavera chega. Ninguém sabe quando plantaro eles pela primeira vez.

— Eu queria que fosse a primavera agora — disse Mary. — Quero ver todas as coisas que crescem na Inglaterra.

Ela tinha acabado sua refeição e ido ao seu lugar preferido no tapete em frente à lareira.

— Eu queria... eu queria ter uma pazinha — ela disse.

— Pra que é qu'ocê qué uma pazinha? — perguntou Martha, rindo. — Ocê tá quereno cavá? Tenho que contá isso pra mãe também.

Mary olhou para as chamas do fogo e refletiu um pouco. Ela devia ser cuidadosa se quisesse manter seu reino em segredo. Não estava fazendo nada de errado, mas se o senhor Craven descobrisse acerca da porta aberta, ele ficaria tremendamente bravo, faria uma nova chave e a trancaria para sempre. Ela não conseguiria aguentar isso.

— Este é um lugar tão solitário — ela disse brandamente, como se estivesse pensando para saber o que falar. — A casa é solitária, o parque é solitário e os jardins são solitários. Tantos lugares parecem trancados. Eu nunca fazia muitas coisas na Índia, mas havia mais pessoas para se olhar, nativos e soldados passando, e às vezes bandas tocando, e minha Aia me contava histórias. Não há ninguém aqui com quem conversar a não ser você e Ben Weatherstaff. E você tem de fazer o seu trabalho e Ben Weatherstaff não fala comigo sempre. Eu pensei que se tivesse uma pazinha, poderia cavar em algum lugar como ele faz, e eu poderia fazer um jardinzinho, se ele me desse algumas sementes.

O rosto de Martha se iluminou completamente.

— Olha só! — ela exclamou — se não era uma das coisa que a mãe falou. Ela disse: "Tem tanto espaço naquele lugar grande, porque é que num dão um pouquinho de terra pra ela, mesmo se ela só plantá salsinha e rabanete? Ela cava, remexe a terra e fica bem feliz por causa disso". Essas foro as palavra que ela disse.

— Foram? — disse Mary. — Como ela sabe das coisas, não é mesmo?

— E é! — disse Martha. — É como ela diz: "Uma mulher que cria doze criança aprende mais que o A B C. Criança é tão bom quanto aritmética pra fazê ocê descobri as coisa".

— Quanto custaria uma pá... uma pequena? — Mary perguntou.

— Bem — foi a resposta pensativa de Martha —, na aldeia de Thwaite tem uma loja, e eu vi uns conjunto de pá, ancinho e um forcado pra jardim, tudo amarrado junto por dois xelim. E eles era bastante resistente pra trabalhá de verdade.

— Tenho mais do que isso na minha bolsa — disse Mary. — A Sra. Morrison me deu cinco xelins e a Sra. Medlock me deu um pouco de dinheiro do Sr. Craven.

— Ele se lembrou de ocê desse jeito? — exclamou Martha.

— A Sra. Medlock disse que eu receberia um xelim por semana para gastar. Ela me dá um todo sábado. Não sei com o que gastar.

— Olha só! Ocê é rica — disse Martha. — Ocê pode comprá qualquer coisa que ocê qué no mundo. O aluguel da nossa casinha é só um xelim e três *pence*, e a gente faz das tripa coração pra podê juntá. Acabei de pensá numa coisa — ela disse, colocando as mãos na cintura.

— O quê? — Mary perguntou avidamente.

— Na loja em Thwaite, eles vende saquinho de semente de flor por um *pence* cada, e, o nosso Dickon, ele conhece as mais bonita e como fazê elas crescê. Ele vai até Thwaite muitas vez só pra se diverti. Ocê sabe como escrevê carta com letra de forma? — acrescentou repentinamente.

— Eu sei escrever — Mary respondeu.

Martha balançou a cabeça.

— O nosso Dickon só sabe lê letra de forma. Se ocê sabe fazê, a gente pode escrevê pra ele e pedi pra ele ir comprá os apetrecho de jardinagem e as semente, tudo de uma vez.

— Nossa! Você é uma boa moça! — Mary exclamou. — Você é de verdade! Eu não sabia o quanto você era boa. Eu sei fazer letra de forma se tentar. Vamos pedir para a Sra. Medlock uma caneta, tinta e papel.

— Eu tenho — disse Martha. — Eu comprei eles pra podê fazê uma carta pra mãe no domingo. Vou lá pegá.

Saiu correndo do quarto, e Mary ficou perto do fogo, torcendo as mãozinhas finas de pura satisfação.

— Se eu tiver uma pá — ela sussurrou —, vou poder deixar a terra boa e fofa e arrancar as ervas daninhas. Se eu tiver sementes e puder fazer as flores crescer, o jardim deixará de ser morto de uma vez por todas... ele vai renascer.

Ela não saiu de novo nessa tarde, porque quando Martha retornou com a caneta, tinta e papel, ela foi obrigada a tirar a mesa e carregar os pratos e tigela para o andar inferior e, quando entrou na cozinha, a Sra. Medlock estava lá e a mandou fazer algo, então Mary ficou esperando, o que pareceu para ela um longo tempo, antes de Martha voltar. Em seguida foi um árduo e sério trabalho escrever para Dickon. Mary tinha recebido muito pouca instrução, porque suas professoras particulares tinham simpatizado muito pouco com ela para continuar a ensiná-la. Ela não era especialmente boa em ortografia, mas viu que conseguia fazer letra de forma se tentasse. Esta foi a carta que Martha ditou para ela:

MEU QUERIDO DICKON,

ESPERO QUE ESTA O ENCONTRE BEM, ASSIM COMO ESTOU NO MOMENTO. A SENHORITA MARY TEM BASTANTE DINHEIRO, E VOCÊ DEVERÁ IR A THWAITE E COMPRAR PARA ELA ALGUMAS SEMENTES DE FLORES E UM JOGO DE APETRECHOS DE JARDINAGEM PARA FAZER UM CANTEIRO. ESCOLHA AS MAIS BONITAS E MAIS FÁCEIS DE CRESCER, PORQUE ELA NUNCA FEZ ISSO ANTES E MORAVA NA ÍNDIA, QUE É MUITO DIFERENTE. DÊ LEMBRANÇAS PARA A MÃE E PARA TODOS VOCÊS. A SENHORITA MARY VAI ME CONTAR MUITAS OUTRAS HISTÓRIAS, ENTÃO NO MEU PRÓXIMO DIA DE FOLGA, VOCÊS VÃO OUVIR SOBRE ELEFANTES, CAMELOS E CAVALHEIROS INDO CAÇAR LEÕES E TIGRES.

SUA IRMÃ QUERIDA,
MARTHA PHOEBE SOWERBY.

— A gente põe o dinheiro no envelope, e eu peço pro menino do açougue levá na carroça. Ele é muito amigo do Dickon — disse Martha.
— Como vou pegar as coisas depois de Dickon comprá-las?
— Ele mesmo vai trazê pra ocê. Ele vai gostá de fazê a caminhada até aqui.
— Ah! — exclamou Mary — Então eu vou vê-lo! Nunca pensei que eu pudesse ver o Dickon.
— Ocê qué vê ele? — perguntou Martha admirada, porque Mary tinha se mostrado muito contente.

— Sim, quero. Nunca vi um garoto por quem as raposas e os corvos têm amor. Quero muito vê-lo.

Martha parou de falar um pouco, como se lembrasse de algo.

— Pensano bem — ela continuou —, pensá que eu quase me esqueci; e eu achei que ia sê a primeira coisa que eu ia te contá esta manhã. Eu pedi pra mãe, e ela disse que ela mesma ia pedi pra Dona Medlock.

— Você quer dizer... — Mary começou.

— O que é que eu falei na terça. Pedi pra ela se podem te levá até a nossa casinha um dia desses pra ocê comê um pedaço do bolo de aveia quente da mãe com manteiga e um copo de leite.

Parecia que todas as coisas interessantes estavam acontecendo num mesmo dia. Pensar em atravessar a charneca na luz do dia e quando o céu estava azul! Pensar em ir à casinha com doze crianças!

— Ela acha que a Sra. Medlock vai permitir que eu vá? — ela perguntou, com muita ansiedade.

— Ora, ela acha que sim. Ela sabe o quanto a mãe é uma mulher asseada e como ela deixa a casa arrumadinha.

— Se eu for, eu poderei ver sua mãe e também o Dickon — disse Mary, refletindo a respeito disso e gostando muito da ideia. — Ela não parece ser como as mães na Índia.

O trabalho no jardim e a empolgação da tarde acabaram por deixá-la se sentindo quieta e pensativa. Martha ficou com ela até a hora do chá, mas elas ficaram sentadas confortavelmente e conversaram muito pouco. Mas quase antes de Martha descer para buscar a bandeja de chá, Mary fez uma pergunta.

— Martha — ela disse —, a copeira também teve dor de dente de novo hoje?

Martha certamente se sobressaltou um pouco.

— O que te faz fazê essa pergunta? — ela indagou.

— Porque quando fiquei esperando por longo tempo até você voltar, abri a porta e saí no corredor, para ver se você estava vindo. E ouvi aquele choro ao longe de novo, exatamente como o ouvimos na outra noite. Não tem vento hoje, então, como você vê, não poderia ter sido o vento.

— Ora! — disse Martha impacientemente. — Ocê num devia de ficá andano no corredor e ficá escutano. O Seu Craven pode ficá muito bravo, e a gente num sabe o que é que ele pode fazê.

— Eu não estava escutando — disse Mary. — Eu estava só te esperando... e ouvi. Esta é a terceira vez.

— Nossa Senhora! É o sino da Dona Medlock — disse Martha, e ela quase saiu correndo do quarto.

— Esta a casa mais esquisita em que alguém já morou — disse Mary, sonolenta, e pousou a cabeça no assento almofadado da poltrona perto dela. O ar fresco, a escavação da terra e a corda de pular a tinham feito se sentir tão confortavelmente cansada que ela caiu no sono.

CAPÍTULO 10

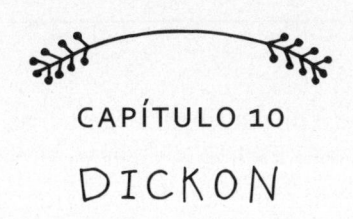

DICKON

O sol brilhou por quase uma semana no jardim secreto. Jardim Secreto era como Mary o chamava quando pensava nele. Ela gostava do nome, e gostava ainda mais da sensação de quando seus lindos e antigos muros a fechavam lá dentro; ninguém sabia onde ela estava. Era quase como estar isolada do mundo num lugar de fadas. Os poucos livros que ela tinha lido e gostado eram de histórias encantadas, e em alguns deles havia jardins secretos, e em algumas das histórias, às vezes, as pessoas caíam num sonho por cem anos lá dentro, o que ela achava bem bobo, porque não tinha intenção de ir ao jardim para dormir, e, de verdade, estava ficando cada vez mais desperta dia após dia passado em Misselthwaite. Estava começando a gostar de ficar ao ar livre; não detestava mais o vento, ao contrário, gostava dele. Conseguia correr mais rápido e por mais tempo, e pular corda até atingir cem pulos. Os bulbos no jardim secreto deviam ter ficado admirados. Havia lugares bem limpinhos em torno deles, e agora tinham todo espaço necessário para respirar e, realmente, se a Senhorita Mary pudesse saber, eles começaram a se alegrar embaixo da terra escura e a trabalhar com todo vigor. O sol conseguia atingi-los e aquecê-los, e, quando a chuva caía, ela podia penetrar neles imediatamente, então eles começaram a se sentir muito mais vivos.

Mary era uma pessoinha determinada e singular, e, agora que tinha algo interessante para canalizar sua determinação, ela conseguia de fato ficar muito concentrada. Trabalhava e cavava e arrancava ervas daninhas com firmeza, e ficava cada vez mais satisfeita com o trabalho hora após hora em vez de se cansar. Parecia-lhe um tipo fascinante de brincadeira. Ela encontrou muito mais pontinhas verde-claras brotando do que esperava encontrar. Pareciam estar surgindo em todo lugar e, a cada dia, ela tinha certeza de que encontrava outras novinhas, tão pequenininhas que mal despontavam da terra. Eram tantas que ela se lembrou do que Martha tinha dito sobre os "milhares de galantos" e sobre bulbos se espalhando e dando brotinhos. Estes tinham sido deixados por conta própria por dez anos e talvez tivessem se espalhado, como os galantos, aos milhares. Ela gostaria de saber quanto tempo levaria até eles mostrarem que já eram flores. Às vezes ela parava de cavar para olhar o jardim e tentava imaginar como ele ficaria quando estivesse coberto por milhares de coisas encantadoras em floração.

Durante aquela semana de sol, ela se tornou mais amiga de Ben Weatherstaff. Ela o surpreendeu várias vezes, pois dava a impressão de surgir ao lado dele como se brotasse da terra. A verdade é que ela tinha medo que ele pegasse seus utensílios e fosse embora ao vê-la se aproximar; então sempre caminhava em direção a ele da forma mais silenciosa possível. Mas, de fato, ele não a rejeitava tão fortemente como tinha ocorrido inicialmente. Talvez ele estivesse secretamente bem lisonjeado pela evidente vontade dela de estar em companhia de um ancião. Além disso, ela estava mais cortês do que já tinha sido. Ele não sabia que, quando ela o viu pela primeira vez, falou com ele como teria falado com um nativo, e ela não tinha ideia de que um homem idoso, rabugento e inflexível de Yorkshire não estava acostumado a fazer reverências a seus patrões, nem a obedecer simplesmente a ordens.

— Ocê parece o pisco — ele disse para ela uma manhã, quando levantou a cabeça e a viu em pé ao seu lado. — Eu nunca sei quando vou vê ocê ou de que lado ocê vai vim.

— Ele é meu amigo agora — disse Mary.

— É bem ele — falou prontamente Ben Weatherstaff. — Faz eno amizade com as mulher só por vaidade e vontade. Ele nunca que vai perdê a oportunidade de se exibi e de balançá a cauda de pena. Ele é tão orgulhoso como um pavão emplumado.

Ben raramente falava muito e às vezes nem mesmo respondia às perguntas de Mary a não ser com um grunhido, mas nessa manhã falou mais do que o comum. Ficou em pé apoiando um pé na pá, enquanto a olhava de cima.

— Faz quanto tempo qu'ocê tá aqui? — ele perguntou de modo abrupto.

— Acho que há um mês — ela respondeu.

— Tá começano a fazê jus a Misselthwaite — ele disse. — Tá um pouco mais gordinha que era e num tá tão amarela. Ocê parecia um corvo novo depenado quando veio pela primeira vez nesse jardim. Pensei cá comigo: "eu nunca pus os olho numa criança com a cara mais azeda e feia".

Mary não era vaidosa e, como nunca tinha pensado muito a respeito da própria aparência, não ficou muito preocupada.

— Eu sei que estou mais gordinha — ela afirmou. — Minhas meias estão ficando apertadas. Elas costumavam ficar largas. Lá está o pisco, Ben Weatherstaff.

Lá, de verdade, estava o pisco, e ela o achou mais bonito que nunca. Seu colete vermelho estava brilhante como cetim, e ele batia as asas e sacudia a cauda e inclinava a cabeça e saltitava para lá e para cá perto deles com todo tipo de encantamento gracioso. Parecia determinado a fazer Ben Weatherstaff admirá-lo. Mas Ben foi sarcástico.

— Ora, lá tá ele — ele disse. — Ocê tem que me aguentá às vez, quando não tem ninguém melhor. Andou deixano o peito mais vermelho e lustrano as pena nessas duas semana. Eu sei o que é qu'ocê tá aprontano agora. Ocê tá cortejano alguma jovem dama, em algum canto, contano suas mentira pra ela de como ocê é o pisco mais fino de toda a Charneca de Missel e de como tá pronto pra disputá com todos os outro passarinho.

— Ah! Olha para ele! — exclamou Mary.

O pisco estava evidentemente com uma disposição arrojada e fascinante. Saltitou cada vez mais perto e olhou para Ben Weatherstaff cada vez mais insinuante. Voou para o arbusto de groselha mais próximo, inclinou a cabeça e entoou uma breve melodia para ele.

— Ocê acha que vai consegui me dobrá fazeno isso — disse Ben, ficando carrancudo de tal forma que Mary teve certeza de que ele estava tentando não se mostrar contente. — Ocê acha que ninguém consegue te resisti... é o qu'ocê pensa.

O pisco abriu as asas, e Mary mal podia acreditar em seus olhos. Ele voou bem em direção ao cabo da pá de Ben Weatherstaff e pousou em cima dele. Então o rosto do velho foi lentamente ganhando uma nova expressão. Ele ficou parado como se tivesse medo de respirar, como se não quisesse mexer um dedo sequer, para evitar que seu pisco voasse para longe. Ele falou num cochicho.

— Bem, num tô nem aí! — ele disse tão lentamente como se quisesse dizer uma coisa muito diferente. — Ocê sabe como ganhá um amigo... ocê sabe! É incrível, mas que sabe, sabe.

E ele permaneceu sem se mexer, quase sem respirar, até que o pisco abriu as asas e voou para longe. Depois ele ficou olhando o cabo da pá, como se tivesse Mágica nele, e então começou a cavar novamente e não disse nada por alguns minutos.

Mas de vez em quando dava um leve sorriso, o que fez Mary sentir coragem de falar com ele.

— Você tem um jardim só seu? — ela perguntou.

— Não. Sou solteiro e moro com o Martin perto do portão.

— Se você tivesse um — disse Mary —, o que você plantaria?

— Repolho e batata e cebola.

— Mas, e se você quisesse plantar um jardim de flores — insistiu Mary —, o que você plantaria?

— Bulbos de coisa com cheiro doce, mas com certeza rosa.

O rosto de Mary se iluminou.

— Você gosta de rosas? — ela perguntou.

Ben Weatherstaff arrancou uma erva daninha e a jogou de lado antes de responder.

— É, gosto sim. Aprendi com uma jovem senhora de quem fui jardineiro. Ela tinha um monte num lugar que ela gostava, e ela gostava delas como se elas era criança... ou pisco. Eu vi ela abaixá e dá um beijo nelas. — Ele arrancou outra erva daninha, dando uma bronca nela. — Mas isso já faz dez ano.

— Onde ela está agora? — perguntou Mary, muito interessada.

— No céu — ele respondeu e enterrou a pá bem fundo no solo —, assim foi o que disse o pastor.

— O que aconteceu com as rosas? — Mary perguntou de novo, mais interessada do que nunca.

— Elas foro abandonada.

Mary estava começando a ficar empolgada.

— Elas morreram? As rosas quando são abandonadas morrem? — ela arriscou.

— Bem, eu aprendi a gostá das rosa... e eu gostava da jovem senhora... e ela gostava das rosa —, Ben Weatherstaff admitiu com relutância. — Uma ou duas vez por ano eu ia lá e trabalhava um pouquinho nelas, podava e cavava em volta das raiz. Elas crescero a esmo, mas tavam em solo fértil, então algumas ficaro viva.

— Quando elas não têm folhas e parecem tristes e marrons e secas, como você sabe se estão mortas ou vivas? — indagou Mary.

— Espera até a primavera batê na porta delas, espera até o sol brilhá com a chuva e a chuva caí com o sol brilhano e aí ocê vai descobri.

— Como... como? — gritou Mary se esquecendo de ser cuidadosa.

— Olha de ponta a ponta os galho e ramo e se ocê vê um naco de saliência inchada marrom aqui e ali, presta atenção nele depois da chuva quente e vê o que acontece. — Ele parou subitamente e olhou com curiosidade para o rosto ansioso dela. — Por que é qu'ocê tá tão interessada nas rosa de repente? — ele a interpelou.

A Senhorita Mary sentiu suas faces arderem de vermelho. Quase sentiu medo de responder.

— Eu... eu quero brincar que... que eu tenho um jardim só meu — ela gaguejou. — Eu... não tenho nada para fazer. Eu não tenho nada... nem ninguém.

— Ora — disse Ben Weatherstaff vagarosamente, enquanto a observava —, isso é verdade. Ocê num tem.

Ele disse isso de um modo tão singular que Mary ficou curiosa para saber se na verdade ele estava com um pouco de pena dela. Ela nunca tinha sentido pena de si mesma; tinha apenas se sentido cansada e mandona, porque tinha muita aversão às pessoas e às coisas. Mas agora o mundo parecia estar mudando e ficando melhor. Se ninguém descobrisse sobre o jardim secreto, ela sempre poderia se divertir.

Ela permaneceu com ele por mais dez ou quinze minutos e lhe fez todas as perguntas que se atreveu. Ele respondeu a todas elas, no seu jeito resmungão e esquisito, e não parecia nem um pouco mal-humorado nem pegou sua pá e a deixou sozinha. Ele disse algo sobre as rosas exatamente quando ela estava indo embora, o que a fez se lembrar das rosas pelas quais ele tinha dito sentir afeto.

— Você vai ver aquelas rosas agora? — ela perguntou.

— Não este ano. Meu reumatismo deixou minhas junta muito dura.

Ele disse isso num tom de resmungo e, depois subitamente, pareceu ficar bravo com ela, embora não entendesse por que ele ficaria.

— Agora olha aqui! — ele disse de forma áspera. — Ocê para de fazê tantas pergunta. Ocê é a pior menininha perguntadeira que já encontrei. Vai embora brincá. Encerrei minha conversa por hoje.

E ele disse isso tão mal-humorado que ela sabia não haver a menor chance de continuar a perguntar por mais um minuto. Ela foi pulando corda lentamente descendo pelo caminho de fora, refletindo a respeito dele e dizendo para si mesma que, por mais estranho que ele fosse, ali estava outra pessoa de quem ela gostava, apesar de seu mau humor. Ela gostava do velho Ben Weatherstaff. Sim, gostava dele. Sempre queria tentar fazê-lo falar com ela. Além disso, ela começou a achar que ele sabia tudo no mundo a respeito de flores.

Havia um caminho com cerca de loureiro que circundava o jardim secreto e terminava num portão que dava para um bosque, no parque. Ela achava que devia passar por esse caminho e dar uma olhada no bosque para ver se tinha algum coelho saltitando por lá. Ela se divertiu muito pelo caminho com a corda de pular e, quando alcançou o pequeno portão, o abriu e passou por ele, porque ouviu um som de assobio baixo e peculiar e queria descobrir o que era.

Era algo bem esquisito na verdade. Ela quase perdeu o fôlego quando parou para ver. Um menino estava sentado debaixo de uma árvore, com as costas apoiadas a ela, tocando uma flauta rústica de madeira. Ele era um menino de cerca de doze anos com uma aparência engraçada. Parecia muito limpo, o nariz era arrebitado e as bochechas tão vermelhas quanto as papoulas, e a Senhorita Mary nunca tinha visto olhos tão redondos e azuis no rosto de um menino. E na árvore onde ele estava encostado, um esquilo marrom se agarrava ao tronco e olhava para ele, e atrás de um arbusto próximo um faisão delicadamente esticava o pescoço para espiar, e bem próximo a ele havia dois coelhos sentados que fungavam com focinhos farejadores, e na verdade parecia que todos estavam se aproximando para observá-lo e ouvir o pequeno chamamento baixinho e estranho que soava de sua flauta.

Quando ele viu Mary, levantou a mão e falou com ela num tom de voz quase tão baixo quanto o som de sua flauta.

— Ocê num se mexe — ele disse. — Vai assutá eles.

Mary permaneceu imóvel. Ele parou de tocar a flauta e começou a se levantar do chão. Movimentou-se de forma tão vagarosa que mal parecia estar se mexendo, mas finalmente ficou em pé, e em seguida o esquilo fugiu apressadamente para o galho de sua árvore, o faisão retraiu a cabeça e os coelhos ficaram nas quatro patas e começaram a saltar para longe, embora de forma alguma eles parecessem assustados.

— Sou Dickon — o menino disse. — Sei qu'ocê é a Senhorita Mary.

Então Mary percebeu que de alguma forma ela soubera de imediato quem ele era. Quem mais poderia estar encantando coelhos e faisões como os nativos encantavam as cobras na Índia? Ele tinha uma boca grande e vermelha, e seu sorriso tomava conta de todo seu rosto.

— Eu me levantei devagar — ele explicou — porque se ocê faz um movimento rápido espanta eles. A gente tem que se mexê de leve e falá baixo quando tem criatura silvestre por perto.

Ele não falou com ela como se eles nunca tivessem se visto antes, mas como se a conhecesse muito bem. Mary não sabia nada de garotos e falou com ele de um jeito um pouco rígido, porque se sentiu meio tímida.

— Você recebeu a carta de Martha? — ela perguntou.

Ele acenou que sim com a cabeça de cabelos encaracolados e da cor da ferrugem.

— Por isso eu vim.

Ele se inclinou para pegar algo que estava no chão ao seu lado, quando estava tocando a flauta.

— Trouxe os apetrecho de jardinagem. Tem uma pazinha, um ancinho, um forcado e uma enxada. Ora! Eles são dos bom. Tem uma colher de pedreiro também. E a mulher da loja deu mais um saquinho de papoula branca e espora azul, quando eu comprei as outra semente.

— Você vai me mostrar as sementes? — Mary perguntou.

Ela queria poder falar como ele. O modo como ele falava era tão vivo e leve. Parecia que ele gostava dela e não tinha nenhum receio de não ser correspondido por ela, embora ele fosse apenas um menino da charneca, com roupas remendadas, um rosto engraçado e uma cabeleira despenteada e da cor da ferrugem. Quando ela se aproximou dele, notou que havia um perfume fresco de urze, grama e folhas nele, quase como se ele fosse feito daquela fragrância. Gostou muito disso e quando olhou para aquele rosto engraçado, de bochechas vermelhas e olhos redondos e azuis, esqueceu-se de que tinha se sentido tímida.

— Vamos sentar nesse pedaço de tronco e ver tudo — ela disse.

Eles se sentaram, e ele tirou do bolso do casaco um rústico pacotinho marrom. Ele desamarrou o barbante e dentro havia muito mais pacotinhos limpos com a figura de uma flor em cada um deles.

— Tem um monte de resedá e papoula — ele disse. — Resedá é a coisa mais cheirosa que tem quando cresce, e ele vai crescê em tudo quanto é lugar qu'ocê jogá eles, igual que as papoula. Elas vão aparecê e florescê só de ocê assobiá pra elas, elas são as melhor de todas.

Ele parou e virou a cabeça rapidamente, e seu rosto de bochechas da cor de papoula brilhou.

— Onde tá aquele pisco que tá chamano a gente? — ele perguntou.

O gorjeio veio de um arbusto espesso de azevinho, brilhante com bagas escarlates, e Mary achou que sabia de quem era o canto.

— Ele está realmente nos chamando? — ela perguntou.

— Tá — disse Dickon, como se fosse a coisa mais natural do mundo. — Ele tá chamano alguém que é amigo dele. É como se ele tivesse falano: "Eu tô aqui. Olha pra mim. Quero proseá um pouquinho". Ele tá ali no arbusto. De quem é ele?

— É do Ben Weatherstaff, mas acho que ele me conhece um pouco — respondeu Mary.

— Ora, ele conhece ocê sim — disse Dickon no seu tom baixo de voz de novo. — E ele gosta de ocê. Ele adotô ocê. Ele vai me contá tudo de ocê num instante.

Ele se moveu para bem perto do arbusto com os movimentos lentos, que Mary tinha notado antes, e então produziu um som quase igual ao gorjeio do próprio pisco. O pisco ouviu por uns segundos, intensamente, e depois cantou exatamente como se estivesse respondendo à pergunta.

— Ora, ele é seu amigo — riu Dickon.

— Você acha que ele é? — exclamou Mary com ansiedade. Ela queria tanto saber. — Você acha que ele realmente gosta de mim?

— Ele num ia ficá perto de ocê se num gostava — respondeu Dickon. — Os passarinho é uns escolhedor exigente, e um pisco é capaz de desprezá uma pessoa mais que um homem. Vê, ele tá quereno falá com ocê agora. "Ocê num consegue reconhecê um amigo?", ele tá falano.

E realmente parecia que era verdade. Ele se movimentou e gorjeou e se inclinou, enquanto saltitava no arbusto.

— Você entende tudo o que os pássaros dizem? — perguntou Mary.

O sorriso de Dickon se espalhou até parecer que ele todo se resumia àquela boca grande e vermelha, e ele coçou a cabeça.

— Eu acho que sim, e eles acha que sim — ele disse. — Eu vivo na charneca com eles faz muito tempo. Eu vejo eles quebrá a casca do ovo e saí dela e ficá com peninha e aprendê a voá e começá a cantá, até penso que sou um deles. Às vez eu acho que sou um passarinho, ou uma raposa, ou um coelho, ou um esquilo, ou até um besouro, num sei bem.

Ele riu e voltou para o tronco e começou a falar sobre as sementes de flores de novo. Ele lhe contou como elas ficariam quando florescessem; ele lhe falou como plantar, cuidar e tratar delas e regar.

— Tá veno aqui — ele disse subitamente, se virando para olhá-la. — Vou plantá elas pra ocê eu mesmo. Onde fica o seu jardim?

As finas mãos de Mary se apertaram pousadas no colo. Ela não sabia o que dizer, então por um longo minuto não disse nada. Não tinha pensado nisso. Sentiu-se miserável. E se sentiu enrubescer e depois empalidecer.

— Ocê tem um pedacinho de jardim, num tem? — Dickon perguntou.

Era verdade que ela tinha enrubescido e depois empalidecido. Dickon viu essa transformação, e, como ela não dizia nada, ele começou a ficar confuso.

— Eles num dero pra ocê nenhum pedacinho? — ele indagou. — Ocê num tem ainda?

Ela ergueu as mãos apertadas e o encarou.

— Eu não sei nada a respeito de meninos — ela disse devagar. — Você pode manter segredo, se eu lhe contar um? É um grande segredo. Eu não sei o que faria se alguém descobrisse. Acho que poderia morrer! — Ela disse a última frase com bastante ênfase.

Dickon parecia mais confuso que nunca e coçou a cabeça de novo, mas respondeu de forma muito bem-humorada.

— Eu guardo segredos o tempo todo — ele disse. — Se eu num consigo escondê coisas de outros menino, segredo sobre filhotes de raposa, ninho de passarinho e toca de animalzinho, num tinha como ficá seguro na charneca. Ora, eu consigo guardá segredo.

A Senhorita Mary não pretendia esticar as mãos e agarrar as mangas da camisa dele, mas foi o que fez.

— Eu roubei um jardim — ela disse rapidamente. — Não é meu. Não é de ninguém. Ninguém o quer, ninguém liga para ele, ninguém sequer entra nele. Talvez tudo já esteja morto nele. Eu não sei.

Ela começou a se sentir exaltada e mais mandona do que sempre tinha se sentido na vida.

— Eu não me importo, eu não me importo! Ninguém tem o direito de tirá-lo de mim, pois eu me importo com ele, e eles não. Eles o estão deixando morrer, tudo está trancado lá dentro — ela terminou de forma arrebatada; cobriu o rosto com os braços e desatou a chorar. Pobrezinha da Senhorita Mary...

Os curiosos olhos azuis de Dickon ficaram cada vez mais arregalados.

— Ei-ei-ei! — exclamou ele lentamente; e o jeito de falar significava tanto curiosidade quanto solidariedade.

— Não tenho nada para fazer — disse Mary. — Nada me pertence. Eu o encontrei e tomei posse dele. Eu fiz como o pisco, e eles não vão tomá-lo dele.

— Onde ele fica? — perguntou Dickon num tom de voz baixo.

A Senhorita Mary se levantou do tronco de árvore na hora. Ela sabia que estava mandona de novo, e obstinada, e não se importou nem um pouco. Ela era imperiosa e indiana e ao mesmo tempo impetuosa e infeliz.

— Venha comigo, vou lhe mostrar — ela disse.

Ela o conduziu pela trilha dos loureiros até o caminho onde a hera crescia espessa. Dickon a seguiu com uma expressão estranha no rosto, quase de compaixão. Ele sentia como se estivesse sendo conduzido para olhar algum ninho de um pássaro desconhecido e por isso devia se movimentar de forma suave. Quando ela caminhou em direção ao muro e levantou o ramo de hera pendurado, ele se assustou. Havia uma porta, e Mary a empurrou lentamente para abri-la, e eles passaram juntos por ela, e então Mary parou e acenou com a mão num gesto desafiador.

— É este — ela disse. — É um jardim secreto, e eu sou a única pessoa no mundo que quer que ele esteja vivo.

Dickon olhou em volta de todo o jardim, e de novo, e mais uma vez.

— Ora! — ele sussurrou brandamente. — É um lugar esquisito e bonito! Parece que a gente tá num sonho.

CAPÍTULO 11

O NINHO DO TORDO

Por dois ou três minutos, Dickon ficou olhando ao redor, enquanto Mary o observava; depois ele começou a caminhar sem fazer barulho, andando com até mais suavidade que Mary tinha andado da primeira vez que se achou dentro daqueles quatro muros. Os olhos dele pareciam capturar tudo, as árvores cinzentas com trepadeiras cinzentas que as escalavam e pendiam em seus galhos, o entrelaçamento nos muros e entre a grama, os nichos de plantas perenes com os assentos de pedra e os grandes vasos de flores altos.

— Eu nunca que pensei que ia vê esse lugar — falou por fim num sussurro.

— Você sabia sobre ele? — perguntou Mary.

Ela perguntara em voz alta, e ele fez um sinal para ela.

— A gente tem que falá baixo — ele disse —, ou alguém vai ouvi a gente e vai querê sabê o que tamo fazeno aqui.

— Ah! Eu me esqueci! — Mary disse, sentindo-se assustada e tapando a boca com a mão rapidamente. — Você sabia do jardim? — ela perguntou novamente depois de ter se recuperado.

Dickon fez que sim com a cabeça.

— Martha me contou que tinha um onde ninguém entrava — ele respondeu. — A gente ficava curioso pra sabê como o jardim era.

Ele parou e olhou ao redor o encantador entrelaçamento acinzentado em volta dele, e seus olhos grandes pareciam estranhamente contentes.

— Ora! Os ninho vão aparecê aqui quando a primavera chegá — ele disse. — É o lugar mais seguro pros ninho em toda Inglaterra. Ninguém que ia chegá perto de um emaranhado de árvore e roseira. Me admira que todos os passarinho da charneca num faz os ninho aqui.

A Senhorita Mary colocou a mão no braço dele de novo sem perceber.

— Vão nascer rosas? — ela sussurrou. — Você sabe? Eu acho que elas podem estar todas mortas.

— Ora! Não! Num tão... nem todas! — ele respondeu. — Olha aqui!

Foi até a árvore mais próxima, uma bem velha com líquen cinza em toda a casca, mas mantendo uma cortina de ramos e galhos emaranhada. Ele tirou do bolso uma faca compacta e abriu uma das lâminas.

— Tem um monte de galho seco e morto que tem que sê cortado — disse ele. — E tem um monte de planta velha, mas que era nova no ano passado. Essas aqui são nova — e ele tocou um broto que era verde acastanhado em vez do cinza, duro e seco.

Mary também tocou o broto de forma ansiosa e com reverência.

— Este aqui? — perguntou ela. — Este aqui está bem vivo mesmo?

Dickon arqueou a grande boca sorridente.

— Tem tanta viveza quanto ocê ou eu — ele disse; e Mary lembrou-se de que Martha tinha lhe dito que "viveza" significava que tem "vida" ou "vigor".

— Fico contente que tenha viveza! — sussurrou admirada. — Quero que todos tenham viveza. Vamos andar em volta do jardim todo e contar quantos deles tem viveza.

Ela estava quase ofegante de ansiedade, e Dickon estava tão ansioso quanto ela. Foram de árvore em árvore e de arbusto em arbusto. Dickon carregava a faca na mão e lhe mostrava coisas as quais ela achava deslumbrantes.

— Eles crescero livre — ele disse —, mas as mais forte vão florescê mesmo. As mais delicada morrero, e as outra crescero muito, e espalharo bastante, até ficá uma maravilha. Vê aqui! — e ele derrubou um galho espesso e cinza que parecia seco. — As pessoa pode pensá que isso é madeira morta, mas eu num acho que é bem lá na raiz. Vou cortá mais embaixo pra vê.

Ele se ajoelhou e com a faca e cortou o galho que parecia sem vida, não muito acima do solo.

— Viu?! — ele perguntou de forma exultante. — Eu num disse pra ocê. Essa planta ainda tá viva. Olha ela.

Mary estava ajoelhada antes de ele falar, olhando fixamente toda concentrada.

— Quando tá um pouco esverdeado e suculento, ele tem viveza — ele explicou. — Quando a parte de dentro tá seca e quebra fácil, como esse pedaço aqui, eu corto fora, tá acabado. Tem umas raiz grande aqui como todas as planta viva que brota, e se as planta velha são cortadas e enterrada e cuidada, elas vai vivê — ele parou e ergueu o rosto olhando os ramos que subiam e se penduravam acima dele. — Vai tê uma fonte de rosas aqui no verão.

Eles foram de arbusto em arbusto e de árvore em árvore. Ele era muito forte e hábil com a faca e sabia como cortar as plantas secas e mortas, e dizer quando um galho ou ramo pouco promissor ainda tinha vida verde nele. Em pouco tempo Mary começou a achar que também sabia, e, enquanto ele cortava um galho que parecia sem vida, ela exclamava de alegria em voz baixa, quando avistava o menor tom de verde úmido. A pá, a enxada e o forcado foram muito úteis. Ele lhe mostrou como usar o forcado enquanto cavava ao redor das raízes com a pá e revolvia a terra para deixar o ar entrar.

Eles estavam trabalhando laboriosamente ao redor de uma das maiores roseiras arbustivas, quando ele avistou algo que o deixou surpreso.

— Ora! — ele exclamou, apontando para a grama a alguns centímetros de distância. — Quem fez isso ali?

Era um dos lugares que Mary havia limpado em volta dos brotinhos verde-claros.

— Fui eu — disse Mary.

— Ora, eu achei qu'ocê num sabia nada de jardinagem! — ele exclamou.

— Não sei — ela afirmou —, mas elas eram tão pequenas, a grama tão espessa e forte e parecia que elas não tinham espaço para respirar. Então abri espaço para elas. Nem mesmo sei que tipo de flores é.

Dickon se aproximou e ajoelhou ao lado delas, dando seu largo sorriso.

— Ocê tava certa — disse ele. — Um jardineiro num ia dizê mais que isso. Elas vão crescê como os feijão do João e o pé de feijão. Elas são croco, galanto, e aquelas ali é narciso — virando-se para outro pedacinho de terra —, e aqui tem narciso-de-cheiro. Ora! Vai sê uma belezura.

Ele correu de uma clareira a outra.

— Ocê fez um serviço e tanto pra uma menininha — ele disse a examinando.

— Eu estou engordando — Mary disse — e ficando mais forte. Eu estava sempre cansada. Quando eu cavo, não me sinto nem um pouco cansada. Gosto de sentir o cheiro da terra, quando ela está revolvida.

— É muito bom pra ocê — ele disse, balançando a cabeça afirmativamente de forma sábia. — Num tem nada melhor que cheiro de terra limpa, a não ser o cheiro de coisas cresceno fresca quando a chuva cai nelas. Eu vou pra charneca em muitos dia de chuva e deito debaixo dos arbusto pra ouvi o barulho bom dos pingo da chuva na urze e respiro forte e forte. A ponta do meu nariz treme igual que o dos coelho, a mãe diz.

— Você nunca pega resfriado? — Mary inquiriu, encarando-o com curiosidade. Ela nunca tinha visto um garoto tão engraçado e ao mesmo tempo tão encantador.

— Eu nunca — ele disse, sorrindo largamente. — Nunca que peguei resfriado desde que nasci. Eu num fui criado fechado. Eu corria por toda charneca em todos tipo de tempo, igual que os coelho faz. A mãe diz que eu já respirei tanto ar puro em doze ano que num tem como pegá um resfriado. Sou tão forte quanto o caule dum espinheiro branco.

Ele trabalhava o tempo todo em que falava, e Mary o seguia e o ajudava com o seu forcado ou colher de pedreiro.

— Tem muito trabalho pra fazê aqui!— ele disse uma vez, olhando ao redor quase de forma triunfal.

— Você vai voltar para me ajudar a fazer o que for preciso? — Mary suplicou. — Eu tenho certeza de que posso ajudar também. Eu consigo arrancar as ervas daninhas e fazer tudo o que você me pedir. Ah! Por favor, venha, Dickon!

— Eu venho todos os dia se ocê qué, com chuva ou sol — ele respondeu com firmeza. — É a melhor diversão que já tive na vida, a gente aqui trancado e fazeno um jardim renascê.

— Se você vier — disse Mary —, se você me ajudar a reviver o jardim, eu vou... eu não sei o que vou fazer — ela concluiu sem esperança. O que se poderia fazer para um menino como aquele?

— Eu vou falá pra ocê o que fazê — disse Dickon, com seu sorriso largo. — Ocê vai engordá e vai ficá com tanta fome como as raposinha e eu vou te ensiná a falá como os pisco. Ora! A gente vai se diverti bastantão.

Ele começou a caminhar por todos os lados, olhando para as árvores e para os muros e os arbustos com uma expressão pensativa.

— Eu num quero fazê esse lugar parecê com o jardim dum jardineiro, tudo aparado, arrumado e limpo, ocê qué? — ele perguntou. — Fica melhor quando as coisas cresce por conta própria, e balança e se agarra umas nas outra.

— Não vamos deixá-lo arrumadinho, não — disse Mary de forma ansiosa. — Não pareceria um jardim secreto se fosse arrumadinho.

Dickon ficou coçando a cabeleira ruiva com um olhar um pouco confuso.

— É um jardim secreto com toda certeza — ele disse —, mas parece que alguém fora o pisco deve de tê vindo aqui desde que fecharo ele dez ano atrás.

— Mas a porta estava trancada e a chave enterrada — disse Mary. — Ninguém conseguiria entrar.

— É verdade — ele afirmou. — É um lugar esquisito. Pra mim parece que tem um pouco de poda aqui e ali, mais recente que dez ano atrás.

— Mas como poderia ter sido feita? — perguntou Mary.

Ele estava examinando um galho de uma roseira arbustiva e balançou a cabeça.

— E num é! Como pode! — ele murmurou. — Com a porta trancada e a chave enterrada.

A Senhorita Mary sentia que por mais anos que vivesse nunca esqueceria aquela primeira manhã quando seu jardim começara a desabrochar. É claro, parecia que estava florescendo naquela manhã. Quando Dickon começou a limpar o terreno para plantar sementes, ela se lembrou do que Basil tinha cantado para ela, quando ele a ficou provocando.

— Existe alguma flor parecida com sinos? — ela inquiriu.

— Lírio-do-vale — ele respondeu, cavando com a colher de pedreiro —, e tem campainha dos jardim e campânula.

— Vamos plantar algumas — disse Mary.

— Aqui já tem lírio-do-vale, que eu vi. Eles vão crescê muito junto, e a gente tem que separá eles, mas tem fartura. As outra leva dois ano pra flori quando saí da semente, mas eu posso trazê algumas planta do jardim da nossa casa. Por que é qu'ocê qué elas?

Então Mary lhe contou a respeito de Basil e dos irmãos e irmãs dele na Índia e quanto ela detestou todos eles e a forma como eles a chamavam de "Dona Mary Bem Mandona".

— Eles dançavam ao meu redor e cantavam para mim assim:

Dona Mary Bem Mandona,
O que cresce em seu jardim?
Muitos cravos-de-defunto,
Com sininhos e jasmim.

— Acabei de me lembrar disso e fiquei curiosa para saber se existiam realmente flores como sininhos.

Ela franziu um pouco a testa e cravou a colher de pedreiro na terra com raiva.

— Eu não era tão mandona quanto eles.

Dickon riu.

— Ora! — ele disse, e, enquanto esmigalhava um torrão de solo escuro e fértil, ela viu que ele inalava o aroma saído dele. — Ninguém precisa de sê mandão quando tem flor e coisas do tipo e um monte de bichinho livre e amigável correno e fazeno casa pra morá, ou fazeno ninho e cantano e assobiano, precisa?

Mary, ajoelhada ao lado dele e segurando as sementes, olhou o e parou de franzir a testa.

— Dickon — disse ela —, você é tão bom quanto Martha disse que era. Eu gosto de você, e com você são cinco pessoas. Eu nunca pensei que gostaria de cinco pessoas.

Dickon se sentou nos calcanhares como Martha fazia quando estava polindo a grelha. Ele realmente parecia engraçado e encantador, Mary pensou, com os olhos grandes e azuis e as bochechas vermelhas e o nariz arrebitado parecendo feliz.

— Ocê gosta só de cinco pessoa? — ele perguntou. — Quem são as outra quatro?

— Sua mãe e Martha — Mary conferiu cada uma contando nos dedos —, e o pisco e Ben Weatherstaff.

Dickon deu uma gargalhada de forma que foi obrigado a sufocar o som colocando o braço para tapar a boca.

— Eu sei qu'ocê me acha um menino esquisito — ele disse —, mas eu acho qu'ocê é a menina mais esquisita que eu já vi na vida.

Então Mary fez algo estranho. Ela se curvou e lhe fez uma pergunta que nunca tinha imaginado fazer para ninguém antes. E tentou fazê-la no sotaque de Yorkshire, pois essa era a língua dele, e na Índia um nativo sempre ficava satisfeito se você conhecesse o seu modo de falar.

— Ocê gosta de mim? — ela perguntou.

— Ora! — ele respondeu com sinceridade. — Claro que gosto. Eu gosto de ocê um montão, e o pisco também, eu acredito mesmo!

— São dois então — Mary afirmou. — São dois que gostam de mim.

E depois eles começaram a trabalhar com mais afinco e com mais alegria que nunca. Mary ficou surpresa e triste quando ouviu o relógio grande no pátio soar a hora de sua refeição do meio-dia.

— Eu tenho de ir — ela disse com pesar. — E você também tem de ir, não?

Dickon sorriu largamente.

— Minha comida é fácil de carregá comigo — ele disse. — A mãe sempre põe um pouco de qualquer coisa aqui nos bolso.

Ele apanhou seu casaco da grama e tirou do bolso um pacotinho saliente amarrado num lenço vermelho e branco, limpo e rústico. Ele continha dois pedaços grossos de pão com uma fatia de recheio no meio.

— Quase sempre é pão — ele disse —, mas hoje tem uma fatia fina de bacon de recheio.

Mary achou que era uma refeição esquisita, mas ele parecia pronto para desfrutar dela.

— Corre pra comê a sua comida — ele disse. — Vou acabá com a minha primeiro. Vou trabalhá mais um pouco antes de voltá pra casa.

Ele se sentou e se encostou a uma árvore.

— Vou chamá o pisco — ele disse —, e dá a casca do toucinho pra ele picá. Eles gosta bastantão de gordura.

Mary mal podia deixá-lo. De repente era como se ele fosse um tipo de elfo do bosque que desapareceria quando ela voltasse de novo ao jardim. Ele parecia bom demais para ser de verdade. Ela caminhou vagarosamente em direção à porta e quando estava no meio do caminho parou e voltou.

— O que quer que aconteça, você... você nunca contará para ninguém? — ela disse.

As bochechas da cor da papoula estavam inchadas depois da primeira mordida de pão com toucinho, mas ele conseguiu sorrir de um jeito encorajador.

— Se ocê era um tordo e me mostrava onde tava o seu ninho, ocê acha que eu ia contá pra alguém? Eu num ia — ele disse. — Ocê tá a salvo igual se era um tordo.

E ela tinha certeza absoluta de que estava.

CAPÍTULO 12

POSSO GANHAR UM PEDACINHO DE TERRA?

Mary correu tão depressa que estava quase sem fôlego quando chegou ao seu quarto. Os cabelos estavam desarranjados na testa e as bochechas de um rosado vivo. Sua refeição a esperava sobre a mesa, e Martha aguardava perto dela.

— Ocê tá um pouco atrasada — ela disse. — Onde é qu'ocê tava?

— Eu encontrei o Dickon! — disse Mary. — Eu encontrei o Dickon!

— Eu sabia que ele vinha — disse Martha de forma exultante. — O que é qu'ocê achou dele?

— Eu achei... achei ele bonito! — Mary disse num tom de voz seguro.

Martha pareceu bem surpresa, mas ao mesmo tempo satisfeita também.

— Bem — ela disse —, ele é o melhor rapaz que já nasceu nesse mundo, mas a gente nunca que pensou nele como bonito. O nariz dele é muito arrebitado.

— Eu gosto do nariz arrebitado dele — disse Mary.

— E os olhos é tão redondo — disse Martha, um pouquinho indecisa. — Mas eles têm uma cor bonita.

— Eu gosto dos olhos redondos dele — disse Mary. — E eles são exatamente da cor do céu sobre a charneca.

Martha ficou radiante de satisfação.

— A mãe diz que eles é dessa cor porque ele tá sempre olhano pra cima pros passarinho e pras nuvem. Mas ele tem a boca grande, num tem?

— Eu adoro a boca grande dele — disse Mary obstinadamente. — Eu queria que a minha fosse grande como a dele.

Martha deu um sorriso de satisfação.

— Ia parecê um bocado engraçado nesse seu rostinho pequeno — ela disse. — Mas eu sabia que ia sê desse jeito a hora qu'ocê botava os olho nele. O que é qu'ocê achou das semente e dos apetrecho pro jardim?

— Como você sabe que ele os trouxe? — perguntou Mary.

— Nunca que achei que ele num ia trazê. Era certo que ele ia trazê, se tinha os apetrecho em Yorkshire. Ele é um rapaz qu'ocê pode confiá.

Mary ficou com receio de que Martha pudesse começar a fazer perguntas difíceis, mas não fez. Ela estava muito interessada nas sementes e nos utensílios de jardinagem, e houve só um momento em que Mary ficou assustada. Foi quando Martha começou a perguntar onde as flores seriam plantadas.

— Pra quem é qu'ocê pediu? — ela indagou.

— Ainda não pedi para ninguém — disse Mary, com hesitação.

— Bem, eu que num pedia pro jardineiro-chefe. Ele tem o nariz muito empinado, o Seu Roach.

— Eu nunca o vi — disse Mary. — Só vi os subordinados e Ben Weatherstaff.

— Se eu era ocê, eu pedia pro Ben Weatherstaff — aconselhou Martha. — Ele num é tão malvado quanto parece, tudo é rabugice. O Seu Craven deixa ele fazê o que qué, porque ele tava aqui quando a Dona Craven era viva, e ele fazia ela ri. Ela gostava dele. Talvez ele pode achá um canto pra ocê em algum lugar que num atrapalha.

— Se fosse um lugar que não atrapalhasse e que ninguém quisesse, ninguém *iria* se importar se eu ficasse com ele, não é? — Mary concluiu com ansiedade.

— Num ia tê porquê — respondeu Martha. — Ocê num ia prejudicá ninguém.

Mary comeu sua refeição tão rápido quando pode e, quando se levantou da mesa disposta a correr para o quarto e pôr o chapéu novamente, Martha a interrompeu.

— Eu tenho uma coisa pra te falá — ela disse. — Achei melhor deixá ocê comê primeiro. O Seu Craven voltou esta manhã, e eu acho que ele qué vê ocê.

Mary empalideceu.

— Hã! — ela exclamou. — Ora essa! Ora essa! Ele não quis me ver quando cheguei. Ouvi Pitcher dizer que ele não queria.

— Bem — explicou Martha —, a Dona Medlock disse que é por causa da mãe. Ela tava indo pra aldeia de Thwaite e encontrou ele. Ela nunca que tinha falado com ele antes, mas a Dona Craven visitou a nossa casinha umas duas ou três vez. Ele tinha se esquecido, mas a mãe não, e ela criou coragem e parou ele. Eu num sei o que é que ela disse pra ele de ocê, mas ela disse alguma coisa que fez ele botá na cabeça de vê ocê antes de viajá de novo amanhã.

— Hã! — exclamou Mary. — Ele vai viajar amanhã? Fico muito contente!

— Ele vai ficá muito tempo fora. Num vai voltá até o outono ou o inverno. Vai viajá pros exterior. Ele sempre vai pra lá.

— Ah! Eu fico muito... muito contente! — disse Mary com gratidão.

Se ele não voltasse até o inverno, ou mesmo o outono, haveria tempo para ver o jardim secreto voltar à vida. Mesmo se ele descobrisse e depois o tomasse dela, pelo menos ela teria aproveitado o bastante.

— Quando você acha que ele gostaria de me...

Ela não acabou a frase, porque a porta se abriu, e a Sra. Medlock entrou. Estava usando seu melhor vestido preto e uma touca, e a gola do vestido era fechada por um grande broche com a imagem do rosto de um homem. Era o retrato colorido do Sr. Medlock que tinha falecido havia anos, e ela sempre o usava quando se vestia bem. Ela parecia nervosa e agitada.

— Você está despenteada — ela disse prontamente. — Vá pentear-se; Martha, ajuda-a a colocar o melhor vestido. O Sr. Craven me pediu para levá-la ao escritório.

Todo o rosado das faces de Mary esmaeceu. Seu coração começou a palpitar, e ela se sentiu voltar a ser aquela criança dura, sem atrativos e calada. Ela nem ao menos respondeu para a Sra. Medlock, apenas se virou e caminhou para o seu quarto, seguida por Martha. Não disse nada enquanto seu vestido era trocado e o cabelo penteado, e depois de estar bem-arrumada seguiu a Sra. Medlock descendo pelos corredores em silêncio. O que havia para dizer? Era obrigada a ir ver o Sr. Craven, e ele não gostaria dela e ela não gostaria dele. Sabia o que ele pensaria dela.

Ela foi conduzida até uma parte da casa onde não tinha ido antes. Finalmente a Sra. Medlock bateu numa porta, e, quando alguém disse: "Entre", elas entraram na sala juntas. Um homem estava sentado numa poltrona em frente à lareira, e a Sra. Medlock falou com ele.

— Esta é a Senhorita Mary, senhor — disse ela.

— Você pode ir e deixe-a aqui. Tocarei o sino quando quiser que você a leve — disse o Sr. Craven.

Quando ela saiu e fechou a porta, Mary só conseguiu ficar imóvel esperando, uma coisinha sem graça torcendo uma mãozinha na outra. Ela podia ver que aquele homem na cadeira não era tão corcunda assim, mas um homem com os ombros salientes, um tanto arqueados, e tinha cabelos pretos com muitos fios brancos. Ele virou a cabeça por sobre os ombros salientes e dirigiu-se a ela.

— Venha aqui! — ele disse.

Mary aproximou-se dele.

Ele não era feio. O rosto seria bonito, se ele não parecesse tão infeliz. Parecia que a visão dela o preocupava e o aborrecia, e ele não tinha a menor ideia do que fazer com ela.

— Você está bem? — ele perguntou.

— Sim — Mary respondeu.

— Eles cuidam bem de você?

— Sim.

Ele esfregou a testa com impaciência enquanto a olhava.

— Você está muito magra — ele disse.

— Estou engordando — Mary respondeu no seu conhecido jeitinho duro.

Que rosto triste que ele tinha! Seus olhos negros davam a impressão de que mal a viam, como se vissem algo além, e ele mal conseguia manter os pensamentos nela.

— Eu me esqueci de você — disse ele. — Como poderia me lembrar de você? Eu pretendia contratar uma professora ou uma babá, ou alguém que fizesse esse tipo de serviço, mas me esqueci.

— Por favor — começou Mary. — Por favor... — mas então um nó na garganta a fez silenciar.

— O que você queria falar? — ele perguntou.

— Eu sou... eu sou muito grande para ter uma babá — disse Mary. — E, por favor... por favor, não contrate uma professora para mim ainda.

Ele esfregou novamente a testa e a encarou.

— Foi isso o que aquela mulher Sowerby disse — ele murmurou distraidamente.

Então Mary se agarrou num pouquinho de coragem.

— Ela é... ela é a mãe de Martha? — ela balbuciou.

— Sim, acho que sim — ele respondeu.

— Ela sabe tudo a respeito de crianças — disse Mary. — Ela tem doze. Ela sabe.

Ele pareceu se animar.

— O que você quer fazer?

— Eu quero brincar lá fora — Mary respondeu, com a esperança de que sua voz não tremesse. — Eu não gostava de fazer isso na Índia. Mas brincar lá fora me faz sentir fome aqui, e eu estou engordando.

Ele a estava observando.

— A Sra. Sowerby disse que isso faria bem a você. Talvez faça — ele disse. — Ela achava que seria melhor para você ficar mais forte antes de ter uma professora.

— Eu me sinto forte quando brinco e o vento vem da charneca — afirmou Mary.

— Onde você brinca? — ele perguntou a seguir.

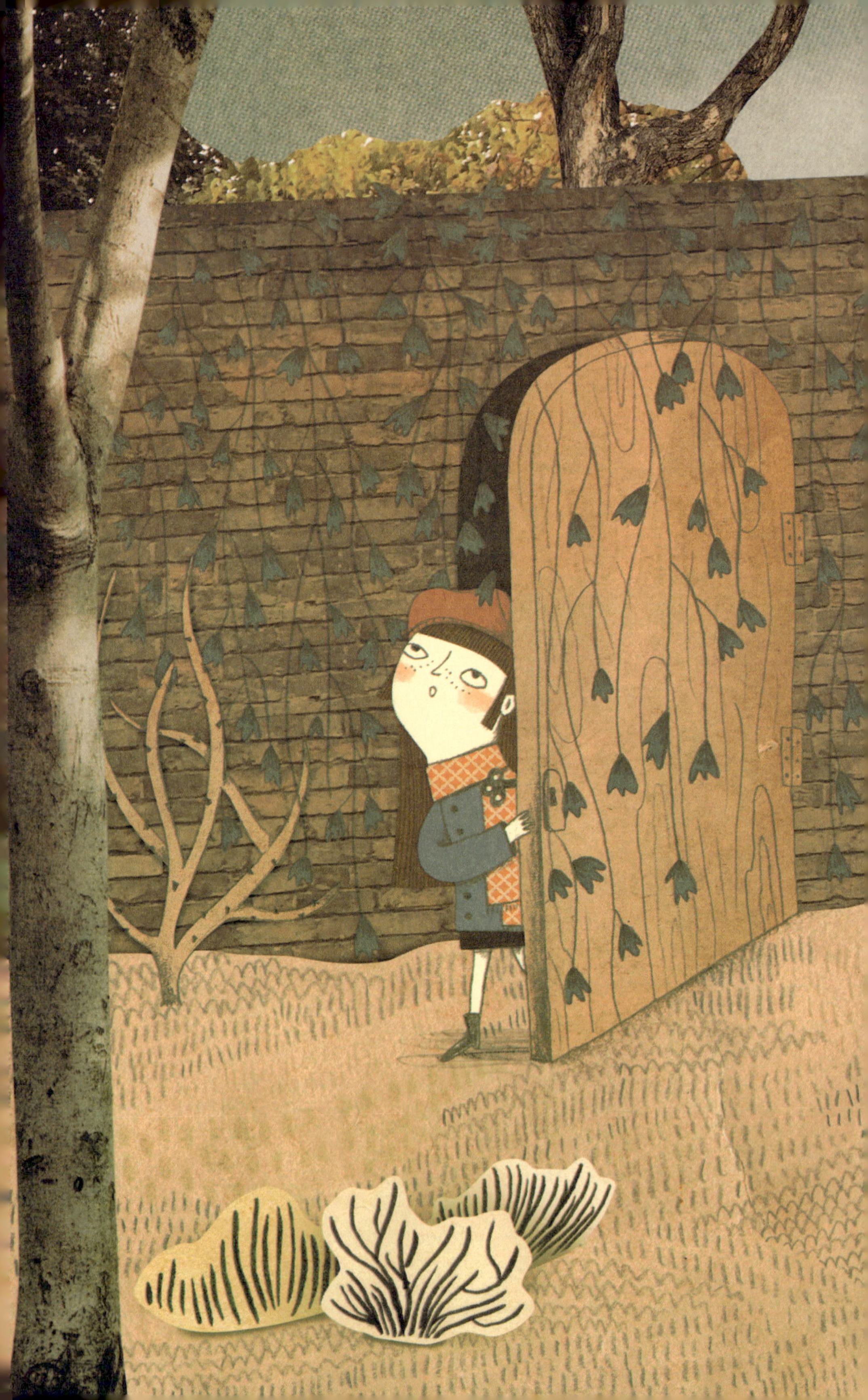

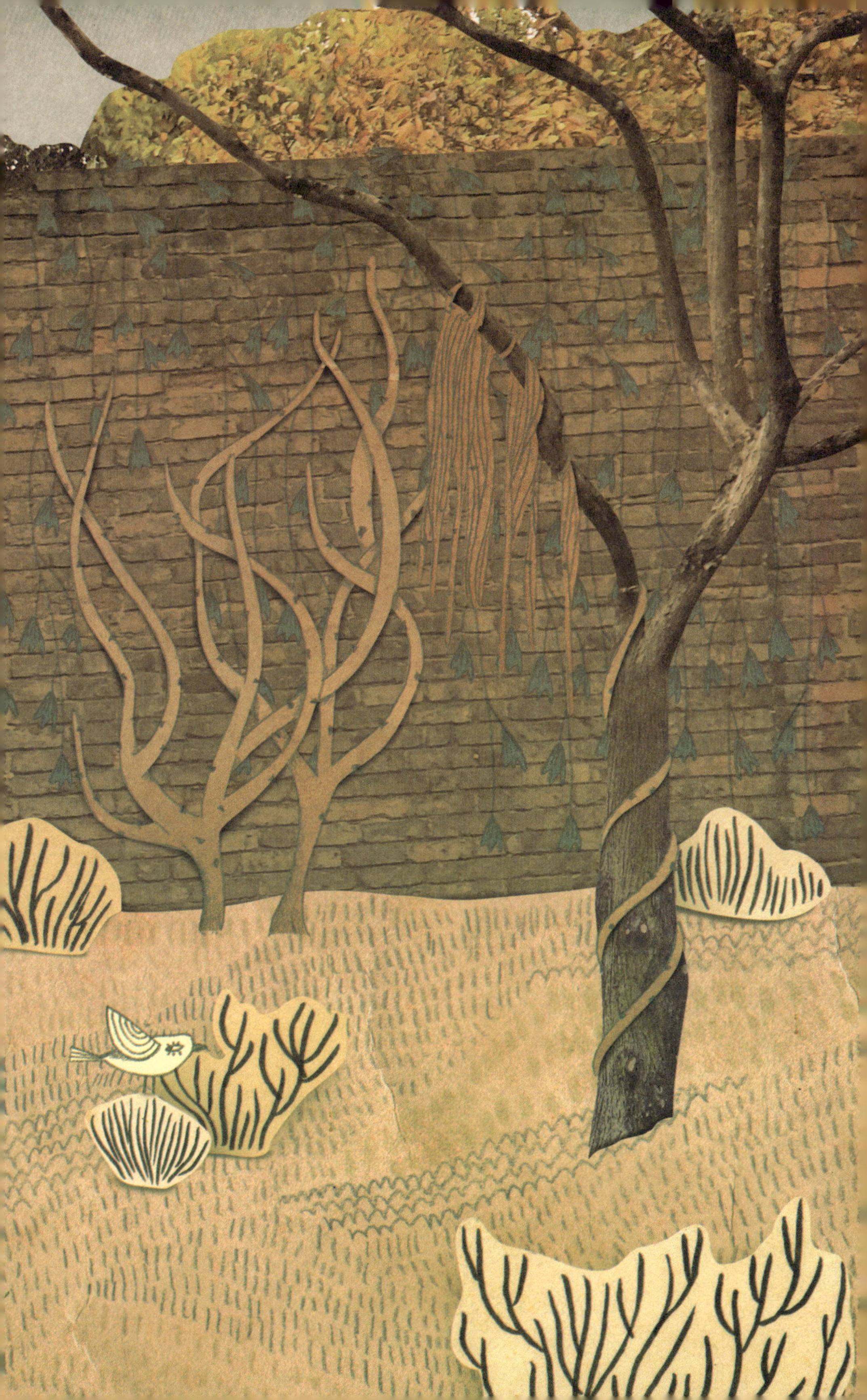

— Em toda parte — balbuciou Mary. — A mãe de Martha me deu uma corda de pular. Eu pulo e corro... e olho ao redor para ver se tem coisas começando a brotar da terra. Eu não faço mal algum.

— Não fique tão assustada — ele disse com uma voz preocupada. — Uma criança como você não poderia fazer mal algum! Você pode fazer o que quiser.

Mary colocou as mãos na garganta, porque ficou receosa de que ele pudesse ver o nó que se formava pela sua agitação. Ela se aproximou um pouco mais dele.

— Posso? — ela disse, trêmula.

O rostinho ansioso dela parecia preocupá-lo ainda mais.

— Não fique tão assustada — ele exclamou. — É claro que você pode. Eu sou seu guardião, embora não seja satisfatório para nenhuma criança. Não posso lhe dar tempo nem atenção. Sou muito doente, triste e desatento; mas quero que você seja feliz e alegre. Não sei nada a respeito de crianças, mas a Sra. Medlock providenciará para que você tenha tudo o que precisar. Eu pedi para trazê-la aqui hoje, porque a Sra. Sowerby disse que eu precisava vê-la. A filha dela tinha falado sobre você. Ela achava que você precisava de ar fresco e liberdade para correr por aí.

— Ela sabe tudo a respeito de crianças — Mary disse novamente sem se dar conta.

— Ela deve saber — disse o Sr. Craven. — Eu achei muita ousadia da parte dela me parar na charneca, mas ela disse que... a Sra. Craven tinha sido muito boa com ela... — Parecia ser muito difícil para ele pronunciar o nome da esposa morta. — Ela é uma mulher respeitável. Agora que estou vendo você, acho que ela disse coisas sensatas. Brinque lá fora o quanto quiser. Aqui é um lugar grande, e você pode ir aonde quiser e se divertir como quiser. Há alguma coisa que você queira? — como se um súbito pensamento tivesse lhe ocorrido. — Você quer brinquedos, livros, bonecas?

— Posso... — balbuciou Mary — posso ganhar um pedacinho de terra?

Em sua ansiedade ela não percebeu o quanto soaram estranhas as suas palavras e que não eram aquelas que tinha tido a intenção de dizer. O Sr. Craven pareceu bem surpreso.

— Terra! — ele repetiu. — O que você quer dizer com isso?

— Terra para plantar sementes... e fazer as coisas crescerem... para vê-las ganhando vida... — Mary hesitou.

Ele a olhou fixamente por um momento e depois passou as mãos rapidamente sobre os olhos.

— Você... se interessa tanto assim por jardins? — ele perguntou lentamente.

— Eu não sabia nada sobre eles na Índia — disse Mary. — Eu estava sempre doente e cansada, e sempre fazia muito calor lá. Às vezes eu fazia canteirinhos na areia e fincava flores neles. Mas aqui é diferente.

O Sr. Craven se levantou e se pôs a caminhar vagarosamente pela sala.

— Um pedacinho de terra... — ele disse para si, e Mary achou que de alguma forma ela o tinha feito se lembrar de algo. Quando ele parou e falou com ela, seus olhos escuros pareciam quase ternos e bondosos.

— Você pode ter o quanto de terra quiser — ele disse. — Você me lembra de alguém que gostava de terra e das coisas que cresciam nela. Quando você encontrar o pedacinho de terra que quer — disse com um ar sorridente — pegue-o, criança, e faça-o ganhar vida.

— Posso escolher de qualquer lugar... se for um que ninguém queira?

— De qualquer lugar — ele respondeu. — Bem! Você deve ir agora, estou cansado. — Ele tocou o sino para chamar a Sra. Medlock. — Adeus. Eu devo ficar fora todo o verão.

A Sra. Medlock veio tão rapidamente que Mary pensou que ela provavelmente estivesse esperando no corredor.

— Sra. Medlock — o Sr. Craven lhe disse —, agora que vi a criança, entendo o que a Sra. Sowerby queria dizer. Ela deve se fortalecer antes de começar a ter aulas. Dê-lhe comida saudável e natural. Deixe-a correr à vontade no jardim. Não fique muito atrás dela. Ela precisa de liberdade, ar fresco e de travessura. A Sra. Sowerby virá vê-la de vez em quando e a Senhorita Mary também poderá visitá-la.

A Sra. Medlock parecia satisfeita. Estava aliviada por ouvir que não precisava "ficar muito atrás" de Mary. Ela sentia que a menina era uma responsabilidade enfadonha e na verdade a tinha visto o mínimo possível. Além disso, ela gostava da mãe de Martha.

— Obrigada, senhor — ela disse. — Susan Sowerby e eu fomos à escola juntas, e ela é a mulher mais sensata e bondosa que alguém pode conhecer em pouco tempo de convivência. Eu nunca tive filhos, e ela teve doze, e nunca houve crianças mais saudáveis ou melhores do que as dela. A Senhorita Mary não corre perigo com elas. Eu mesma sempre ouvi os conselhos de Susan Sowerby a respeito de crianças. Ela é o que poderíamos chamar alguém de mente sã, se é que o senhor me entende.

— Entendo — o Sr. Craven disse. — Leve a Senhorita Mary agora e peça a Pitcher que venha aqui.

Quando a Sra. Medlock a deixou no final de seu próprio corredor, Mary voou de volta para o quarto. Encontrou Martha esperando lá. Martha tinha, de fato, se apressado para voltar depois de ter tirado a mesa do almoço.

— Eu posso ter o meu jardim! — Mary exclamou. — Eu posso tê-lo onde quiser! Não terei uma professora por um bom tempo! Sua mãe está vindo me ver e eu poderei ir à sua casinha! Ele disse que uma menininha como eu não pode fazer mal algum e que eu posso fazer o que quiser... em qualquer lugar!

— Ora! — disse Martha com satisfação —, foi muito bom da parte dele, num foi?

— Martha — disse Mary de forma solene —, ele é um homem realmente bom, só tem um rosto muito triste e sua testa é muito franzida.

Ela correu o mais rápido que pôde para o jardim. Tinha ficado fora por muito mais tempo do que tinha achado que deveria e sabia que Dickon teria ido embora cedo para fazer sua caminhada de oito quilômetros. Quando ela passou pela porta sob a hera, viu que ele não estava trabalhando onde ela o tinha deixado. Os utensílios de jardinagem estavam juntos debaixo de uma árvore. Ela correu até eles, olhando ao redor de todo o lugar, mas Dickon não estava em nenhum lugar visível. Ele tinha ido embora, e o jardim secreto estava vazio — exceto pelo pisco que tinha acabado de voar passando pelo outro lado do muro e pousou num ramo de roseira arbustiva olhando para ela.

— Ele foi embora — ela disse com aflição. — Oh! Ele era... ele era... ele era apenas um elfo do bosque?

Algo branco preso no ramo da roseira arbustiva chamou sua atenção. Era um pedaço de papel; na verdade, era um pedaço da carta que ela tinha escrito para Martha enviar a Dickon. Estava presa no ramo com um espinho longo, e no mesmo instante ela soube que tinha sido deixada lá por Dickon. Havia umas letras de forma escritas de modo irregular na carta e uma espécie de desenho. Primeiro ela não conseguiu entender do que se tratava. Depois viu que era um ninho com um pássaro dentro. Na parte de baixo estavam as letras de forma que diziam:

— Eu vou voltá.

CAPÍTULO 13
EU SOU O COLIN

Mary levou o desenho para casa quando foi jantar e o mostrou à Martha.

— Ora! — disse Martha com grande orgulho. — Eu num sabia que nosso Dickon era tão esperto assim. É o desenho de um tordo da charneca que tá no ninho, tão grande como ele é, tal e qual.

Então Mary entendeu que Dickon fizera o desenho com o intuito de ser uma mensagem. Ele tinha feito isso para lhe assegurar de que o segredo dela estaria guardado. O jardim era o ninho dela e ela, um tordo da charneca. Ah, como ela realmente gostava daquele menino estranho e simples!

Ela esperava que ele voltasse no dia seguinte e adormeceu desejando que a manhã chegasse.

Mas nunca se sabe o tempo que vai fazer em Yorkshire, especialmente na primavera. Mary foi acordada durante a noite pelo som de gotas pesadas de chuva batendo contra a janela. Chovia torrencialmente, e o vento estava "uivante" rodeando cada canto e as chaminés da imensa casa antiga. Mary se sentou na cama e se sentiu triste e zangada.

— A chuva está tão mandona quanto eu já fui — ela disse. — Ela veio porque sabia que eu não queria que viesse.

Mary enterrou o rosto de volta no travesseiro. Não chorou, mas ficou deitada e detestou o som pesado da chuva que caía, detestou o vento e o seu jeito "uivante". Não conseguia voltar a dormir. O som pesaroso a mantinha acordada, porque ela se sentia pesarosa também. Se ela tivesse se sentido alegre, provavelmente o vento a teria embalado para dormir. Como ele "uivava" e como as grandes gotas de chuva caíam e batiam contra a vidraça!

— Parece que tem uma pessoa perdida na charneca, perambulando e chorando sem parar — ela disse.

Ela havia permanecido acordada virando de um lado para outro na cama por cerca de uma hora, quando subitamente algo a fez se sentar e virar a cabeça em direção à porta para escutar. Ela ficou escutando.

— Não é o vento dessa vez — ela disse num sussurro. — Não se trata do vento. É diferente. É aquele choro que já ouvi antes.

A porta do quarto estava entreaberta, e o som vinha do corredor de baixo, um som fraco e distante de um choro irritante. Ouviu-o por algum tempo e a cada minuto ela tinha mais e mais certeza. Sentiu que tinha de descobrir o que era aquilo. Parecia ainda mais estranho que o jardim secreto e a chave enterrada. Talvez o fato de estar de péssimo humor a tenha tornado corajosa. Ela se levantou da cama e ficou ali.

— Vou descobrir o que é isso — ela disse. — Todo mundo está dormindo e não me importo com a Sra. Medlock... não me importo!

Havia uma vela ao lado de sua cama, ela a pegou e saiu silenciosamente do quarto. O corredor parecia muito comprido e escuro, mas ela estava agitada demais para se importar com isso. Achava que se lembrava dos lugares onde tinha de virar para encontrar o corredor curto com a porta coberta por uma tapeçaria — aquela por onde a Sra. Medlock aparecera no dia em que ela se perdeu. O som viera daquela passagem. Assim, ela continuou com sua luz fraca, quase tateando o caminho, e com o coração batendo tão alto que ela imaginou conseguir ouvi-lo. O longínquo e fraco choro continuava e ele a guiava. Às vezes parava por um instante ou outro e depois recomeçava. Era esse o lugar para virar? Ela parou e pensou. Sim, era. Para baixo nesta passagem e depois à esquerda, em seguida até dois degraus grandes, depois à direita novamente. Sim, lá estava a porta com a tapeçaria.

Ela a abriu com delicadeza e a fechou atrás de si permaneceu no corredor e pôde ouvir o choro com muita clareza, embora o som dele fosse baixo. Vinha do outro lado da parede à sua esquerda e um pouco mais adiante havia uma porta. Pôde avistar um vislumbre de luz vindo por baixo dela. Havia Alguém chorando naquele quarto, e esse Alguém era bem jovem.

Assim ela caminhou em direção à porta e a abriu, e lá permaneceu em pé no aposento!

Era um quarto grande com mobília antiga e elegante. Havia um fogo baixo brilhando tenuemente na lareira, e uma luzinha reluzia ao lado de uma cama com dossel entalhado e com cortinas de brocado, e na cama estava deitado um menino chorando, com irritação.

Mary se admirou, pois não sabia se aquele era um lugar real ou se havia voltado a dormir novamente e estava sonhando sem o saber.

O menino tinha um rosto fino e delicado, da cor do marfim, e os olhos pareciam muito grandes. Ele também tinha uma farta cabeleira que caía na testa em mechas espessas, o que fazia seu rosto ficar ainda menor. Parecia um menino doente, mas chorava como se estivesse cansado e zangado e não como se estivesse com dor.

Mary permaneceu perto da porta com a vela na mão, prendendo a respiração. Depois atravessou o quarto lentamente e, quando se aproximou, a luz chamou a atenção do menino; ele virou a cabeça no travesseiro e arregalou os olhos para ver Mary; seus olhos cinzentos se arregalaram de tal forma que ficaram imensos.

— Quem é você? — ele perguntou por fim num sussurro, meio assustado. — Você é um fantasma?

— Não, não sou — Mary respondeu, o sussurro dela também parecendo meio assustado. — E você é?

Ele a encarava incessantemente. Mary não conseguia deixar de perceber que olhos estranhos ele tinha. Eram como ágata cinza e pareciam grandes demais para aquele rosto, porque eram aumentados por grandes cílios negros.

— Não — ele respondeu depois de esperar um pouco. — Eu sou o Colin.

— Quem é Colin? — ela perguntou com hesitação.

— Eu sou Colin Craven. Quem é você?

— Eu sou Mary Lennox. O Sr. Craven é meu tio.

— Ele é meu pai — disse o menino.

— Seu pai! — exclamou Mary. — Ninguém nunca me disse que ele tinha um filho! Por que eles não me contaram?

— Venha aqui — ele disse, ainda mantendo os estranhos olhos pousados nela e com uma expressão de ansiedade.

Ela se aproximou da cama, e ele esticou a mão para tocá-la.

— Você é real, não é? — ele perguntou. — Eu tenho uns sonhos tão reais muitas vezes. Você poderia ser um deles.

Mary tinha colocado um penhoar de lã antes de sair de seu quarto e pôs uma ponta dele entre os dedos do menino.

— Passe a mão e veja como ele é grosso e quente — ela disse. — Eu posso lhe dar um beliscão se você quiser, para lhe mostrar como sou real. Por um instante eu achei que você fosse um sonho também.

— De onde você veio? — ele perguntou.

— Do meu quarto. O vento uivava tanto que eu não conseguia dormir e, como ouvi alguém chorando, quis descobrir de quem era o choro. Por que você estava chorando?

— Porque eu não conseguia dormir também, e minha cabeça estava doendo. Diga-me como você se chama de novo.

— Mary Lennox. Ninguém nunca lhe disse que eu tinha vindo morar aqui?

Ele ainda estava sentindo a dobra do penhoar dela, mas parecia que começava a acreditar um pouco mais na existência dela.

— Não — ele respondeu. — Eles não se atreveriam.

— Por quê? — perguntou Mary.

— Porque eu poderia ter ficado com medo de que você me visse. Eu não deixo as pessoas me verem nem falarem comigo.

— Por quê? — Mary perguntou novamente, sentindo-se cada vez mais confusa.

— Porque estou quase sempre assim, doente e tendo de ficar deitado. Meu pai também não deixa as pessoas falarem comigo. Os criados não têm autorização para falar a meu respeito. Se eu viver, vou ficar corcunda, mas não vou viver muito. Meu pai odeia pensar que vou ficar como ele.

— Nossa, que casa esquisita que é esta! — Mary disse. — Que casa esquisita! Tudo é uma espécie de segredo. Os quartos são trancados, os jardins são trancados... e você! Você está trancado também?

— Não. Eu fico neste quarto porque não quero sair daqui. É que sair me cansa muito.

— O seu pai vem ver você? — Mary arriscou perguntar.

— Às vezes. Normalmente quando estou dormindo. Ele não quer me ver.

— Por quê? — Mary não conseguiu evitar a pergunta de novo.

Um traço de indignação passou pelo rosto do menino.

— Minha mãe morreu quando eu nasci, e meu pai se sente infeliz quando olha para mim. Ele acha que eu não sei, mas ouvi as pessoas falarem. Ele quase chega a me odiar.

— Ele odeia o jardim, porque ela morreu — disse Mary, meio que falando para si.

— Que jardim? — o menino perguntou.

— Oh! Só... só um jardim de que ela gostava — disse Mary gaguejando. — Você sempre ficou aqui?

— Quase sempre. Às vezes me levavam para lugares no litoral, mas não queria muito ficar lá, porque as pessoas me encaravam. Eu usava um troço de ferro para manter minhas costas retas, mas um médico ilustre de Londres veio me ver e disse que aquilo era absurdo. Disse para tirarem aquilo e para me manterem ao ar livre. Eu odeio o ar fresco e não quero sair.

— Eu não gostava de ficar ao ar livre quando cheguei aqui — disse Mary. — Por que você fica me olhando desse jeito?

— Por causa dos sonhos que são tão reais — ele respondeu, meio rabugento. — Às vezes quando abro os olhos, não acredito que eu esteja acordado.

— Nós dois estamos acordados — disse Mary. Ela deu uma rápida olhada em volta do quarto com seu teto alto, cantos sombrios e a luz fraca do fogo. — Parece um sonho, estamos no meio da noite, e todos na casa estão dormindo, todos, menos nós. Estamos bem acordados.

— Eu não quero que isso seja um sonho — o menino disse com impaciência.

Repentinamente Mary pensou em algo.

— Se você não quer que as pessoas o vejam — ela começou —, você quer que eu vá embora?

Ele ainda segurava a dobra do penhoar dela e deu um pequeno puxão.

— Não — ele disse. — Vou ter certeza de que você é um sonho, se for embora. Se você for real, sente-se naquele grande escabelo e fale. Eu quero ouvir você falar a seu respeito.

Mary colocou a vela na mesa perto da cama e se sentou no escabelo almofadado. Ela não queria ir embora de forma alguma. Queria ficar naquele misterioso quarto escondido e falar com o menino misterioso.

— O que você quer que eu lhe conte? — ela perguntou.

Ele queria saber há quanto tempo ela estava em Misselthwaite; queria saber em qual corredor ficava o quarto dela; o que tinha feito; se ela não gostava da charneca tanto quanto ele; onde ela havia morado antes de vir para Yorkshire. Ela respondeu a todas essas perguntas e a muitas outras, e ele ficou deitado com a cabeça no travesseiro, ouvindo. Ele fez com que ela lhe contasse muitas coisas a respeito da Índia e sobre a viagem pelo oceano. Ela descobriu que, como havia ficado inválido, ele não tinha aprendido muito das coisas que as crianças aprendiam. Uma de suas enfermeiras o ensinara a ler quando ele era bem pequeno; por isso estava sempre lendo e procurando por figuras em fascinantes livros.

Embora o pai o visse raramente quando estava acordado, davam-lhe todos os tipos de coisas maravilhosas para entretê-lo. No entanto, ele nunca parecia estar entretido. Ele podia ter qualquer coisa que pedisse, e eles nunca lhe pediam para fazer coisas que ele não quisesse.

— Todo mundo é obrigado a fazer as coisas que eu quero — ele disse com indiferença. — Fico doente se eu for contrariado. Ninguém acredita que eu vá viver até me tornar adulto.

Ele disse isso como se estivesse acostumado com aquela ideia e como se ela não tivesse mais importância para ele. Pareceu gostar do som da voz de Mary. Enquanto ela continuava a falar, ele a escutava de forma interessada mas sonolenta. Uma ou duas vezes, ela ficou em dúvida se ele tinha ou não aos poucos caído no sono. Mas por fim ele fez uma pergunta que começou um novo assunto.

— Quantos anos você tem? — ele perguntou.

— Tenho dez — respondeu Mary, ficando mais à vontade por um momento —, assim como você.

— Como você sabe disso? — ele exigiu saber com surpresa na voz.

— Porque quando você nasceu, a porta do jardim foi trancada e a chave enterrada. E ele está trancado há dez anos.

Colin quase se sentou, virando na direção dela e se apoiando nos cotovelos.

— Que porta de jardim está trancada? Quem fez isso? Onde a chave foi enterrada? — ele perguntou como se repentinamente estivesse muito interessado.

— É... era o jardim que o Sr. Craven odeia — disse Mary com nervosismo. — Ele trancou a porta. Ninguém... ninguém sabe onde ele enterrou a chave.

— Que tipo de jardim é esse? — Colin persistiu com ansiedade.

— Ninguém tem permissão de entrar lá há dez anos — foi a resposta cautelosa de Mary.

Mas era tarde para ser cautelosa. Ele era muito parecido com ela. Ele também não tinha nada para ocupar a mente, e a ideia de um jardim secreto o atraiu da mesma forma que a tinha atraído. Ele fez uma pergunta após outra. Onde ele ficava? Ela nunca tinha procurado pela porta? Ela nunca tinha perguntado aos jardineiros?

— Eles não vão falar sobre isso — disse Mary. — Eu acho que eles foram instruídos a não responder perguntas.

— Eu vou fazê-los responder — disse Colin.

— Você conseguiria? — Mary balbuciou, começando a se sentir amedrontada. Se ele conseguisse fazer as pessoas responderem perguntas, o que poderia acontecer!

— Todo mundo é obrigado a me agradar. Eu já lhe disse isso — acrescentou. — Se eu vivesse, este lugar me pertenceria em algum momento. Todos eles sabem disso. Vou fazê-los me contar.

Mary não tinha consciência de como ela havia sido mimada, mas ela conseguia ver claramente que esse misterioso menino tinha sido. Ele achava que o mundo todo lhe pertencia. Como ele era esquisito e com que frieza falava em não viver.

— Você acha que não vai viver? — ela perguntou, em parte porque estava curiosa, em parte porque tinha esperança de fazê-lo se esquecer do jardim.

— Eu acho que não — respondeu ele de forma tão indiferente quanto dissera anteriormente. — Até onde vai a minha memória, ouvi as pessoas comentarem que não vou viver. No começo, elas achavam que eu era muito pequeno para entender; agora, acham que eu não ouço. Mas eu ouço. Meu médico é primo do meu pai. Ele é bem pobre e, se eu morrer, herdará toda Misselthwaite depois que o meu pai estiver morto. Chego a pensar que ele não quer que eu viva.

— Você quer viver? — indagou Mary.

— Não — ele respondeu, de forma rabugenta e cansada. — Mas eu não quero morrer. Quando eu me sinto doente e me deito aqui, penso sobre isso até chorar e fico chorando.

— Eu o ouvi chorando por três vezes — disse Mary —, mas eu não sabia quem era. Você estava chorando por causa disso? — Ela queria tanto que ele se esquecesse do jardim.

— Acho que sim — ele respondeu. — Vamos falar de outra coisa. Fale sobre aquele jardim. Você não quer vê-lo?

— Quero — respondeu Mary, com um tom de voz bem baixo.

— Eu também — ele prosseguiu de forma persistente. — Eu acho que nunca realmente quis ver algo antes, mas eu quero ver esse jardim. Quero a chave enterrada. Quero a porta destrancada. Eu os deixaria me levar lá na minha cadeira. Isso seria respirar ar fresco. Eu vou fazê-los abrir a porta.

Ele tinha começado a ficar bem empolgado, e seus olhos estranhos começaram a brilhar como estrelas e pareciam mais intensos do que nunca.

— Eles têm de me agradar — ele disse. — Vou fazê-los me levar lá e vou deixá-la ir também.

Mary apertou as mãos. Tudo poderia ser estragado — tudo! Dickon nunca voltaria. Ela nunca mais se sentiria um tordo num ninho seguro.

— Oh, não... não... não... não faça isso! — ela exclamou.

Ele a encarou como se achasse que ela tivesse enlouquecido!

— Por quê? — ele perguntou. — Você disse que queria vê-lo.

— E quero — ela respondeu quase soluçando —, mas se você fizer com que eles abram a porta e o levem lá dessa forma, ele não será um jardim secreto.

Ele se inclinou ainda mais para frente.

— Secreto? — ele perguntou. — O que você quer dizer? Conte para mim.

As palavras de Mary quase se atropelavam.

— Veja bem... veja bem — ela disse ofegante —, se ninguém souber, mas apenas nós... se tiver uma porta escondida em algum lugar debaixo da hera... se tiver... e nós pudermos achá-la; e se nós pudermos passar pela porta juntos e trancá-la atrás de nós, sem que ninguém saiba que há alguém lá dentro, nós poderemos chamá-lo de nosso jardim e fingir que... que somos tordos e que ele é nosso ninho, se brincarmos lá todos os dias e enterrarmos e plantarmos sementes e fizermos tudo voltar a viver...

— Ele está morto? — ele a interrompeu.

— Logo estará se ninguém cuidar dele — ela continuou. — Os bulbos vão viver, mas as rosas...

Ele a fez parar novamente porque estava com a mesma empolgação que ela.

— O que são bulbos? — ele interveio rapidamente.

— São narcisos, lírios e galantos. Eles estão trabalhando dentro da terra agora... empurrando brotinhos verde-claros, porque a primavera está chegando.

— A primavera está chegando? — ele perguntou. — Como é a primavera? Não dá para perceber a primavera dentro do quarto, quando você está doente.

— É o sol brilhando na chuva e a chuva caindo no brilho do sol, e coisas empurrando e trabalhando debaixo da terra — disse Mary. — Se o jardim for um segredo, e nós pudermos entrar lá, poderemos ver as coisas crescendo cada vez mais a cada dia e ver quantas rosas estão vivas. Dá para você entender? Oh, dá para você entender quanto seria melhor se fosse um segredo?!

Ele se deixou cair de costas nos travesseiros e ficou deitado lá com uma expressão curiosa no rosto.

— Eu nunca tive um segredo — ele disse —, exceto o de não viver até me tornar adulto. Eles não sabem que eu sei disso, então é um tipo de segredo. Mas eu gosto mais deste último segredo.

— Se você não os fizer levá-lo ao jardim — suplicou Mary —, talvez... eu tenho quase certeza de que vai conseguir descobrir como entrar lá de algum jeito. E aí... se o médico quiser que você saia na sua cadeira, e se você sempre pode fazer o que quer, talvez... talvez nós pudéssemos encontrar algum menino que consiga empurrar a sua cadeira, e então poderemos ir sozinhos, e aí sempre será um jardim secreto.

— Eu vou... gostar... disso — ele disse bem devagar, seus olhos como os de um sonhador. — Eu vou gostar disso. Não vou me incomodar com o ar fresco do jardim secreto.

Mary começou a recobrar o fôlego e a se sentir segura, porque a ideia de manter o segredo pareceu ter agradado a ele. Ela tinha certeza de que se continuasse a falar e conseguisse fazer com que visualizasse o jardim em sua mente como ela o tinha visto, ele gostaria tanto do jardim que não poderia suportar a ideia de que alguém pudesse pisar lá dentro quando quisesse.

— Vou lhe contar como eu *acho* que ele é, se pudéssemos ir lá — ela disse. — Ele está trancado há tanto tempo que talvez as coisas tenham crescido de um jeito desordenado.

Ele permaneceu deitado e sem se mexer, ouvindo enquanto ela continuava a contar sobre as rosas que *poderiam* formar arcos estando penduradas de uma árvore a outra... sobre os muitos pássaros que *poderiam* ter feito seus ninhos lá, porque tratava-se de um lugar seguro. E então ela lhe contou a respeito do pisco de Ben Weatherstaff, e havia tanto para falar sobre o pisco e era tão fácil e seguro falar sobre isso que ela parou de sentir medo. O pisco lhe agradou tanto que ele sorriu até ficar quase bonito, pois a princípio Mary tinha achado que ele era até mais sem graça do que ela, com seus olhos grandes e grossas mechas de cabelo.

— Eu não sabia que os pássaros poderiam ser assim — ele disse. — Mas se você fica dentro de um quarto, você nunca sabe das coisas. Quantas coisas você sabe. Eu sinto como se você tivesse estado dentro do jardim.

Ela não sabia o que dizer, então não disse nada. Ele evidentemente não esperava por uma resposta e, em seguida, lhe fez uma surpresa.

— Vou deixá-la ver algo — ele disse. — Você está vendo aquela cortina de seda cor-de-rosa pendurada na parede do outro lado da cornija da lareira?

Mary não tinha reparado nela antes, mas ergueu os olhos e a viu. Era uma fina cortina de seda pendurada sobre o que se assemelhava a um quadro.

— Sim — ela respondeu.

— Tem um cordão preso nela — disse Colin. — Vá até lá e o puxe.

Mary se levantou, sentindo um mistério, e encontrou o cordão. Ao puxá-lo, a cortina de seda correu no trilho e revelando um retrato. Era a imagem de uma moça com um sorriso estampado no rosto. Ela tinha cabelos brilhantes, presos com um laço azul, e seus olhos cinza eram encantadores, exatamente iguais aos olhos tristes de Colin, como ágata cinza, parecendo duas vezes maiores do que realmente eram por causa dos grandes cílios negros.

— Ela é minha mãe — disse Colin em tom tristonho. — Não entendo por que ela morreu. Às vezes a odeio por ela ter partido.

— Que esquisito! — disse Mary.

— Se ela estivesse viva, acho que eu não estaria sempre doente — ele murmurou. — Imagino que eu teria de viver também. Assim meu pai não teria de odiar olhar para mim. Eu acredito que eu teria as costas fortes. Feche a cortina de novo.

Mary fez conforme havia sido pedido e voltou ao seu escabelo.

— Ela é muito mais bonita do que você — ela disse —, mas os olhos dela são exatamente como os seus; pelo menos eles têm a mesma forma e cor. Por que a cortina fica fechada sobre ela?

Ele se mexeu com desconforto.

— Eu os fiz fazer isso — ele disse. — Às vezes não gosto de vê-la me olhando. Ela sorri muito; enquanto estou doente e me sinto infeliz. Além disso, ela é minha e não quero que ninguém a veja.

Depois de alguns minutos em silêncio Mary perguntou:

— O que a Sra. Medlock faria se soubesse que eu estive aqui?

— Ela faria o que eu diria a ela para fazer — ele respondeu. — E eu lhe diria que queria que você viesse aqui e conversasse comigo todos os dias. Estou feliz por você ter vindo.

— Eu também — disse Mary. — Vou vir tanto quanto puder, mas — ela hesitou — eu tenho de procurar pela porta do jardim todos os dias.

— Sim, você deve — disse Colin —, e você pode me contar sobre isso depois. Ele ficou deitado pensando por alguns minutos, como fizera antes, e depois falou novamente:

— Eu acho que você deve ser um segredo também. Não vou contar a eles até que descubram. Eu posso sempre mandar a enfermeira sair do quarto e dizer que quero ficar sozinho. Você conhece Martha?

— Sim, eu a conheço muito bem — disse Mary. — Ela cuida de mim.

Ele acenou a cabeça em direção ao corredor afastado.

— Ela dorme no outro quarto. A enfermeira foi embora ontem para passar a noite com a irmã e sempre faz Martha cuidar de mim quando ela quer sair. Martha pode lhe dizer quando vier aqui.

Foi então que Mary entendeu o olhar perturbado de Martha quando ela lhe fizera perguntas sobre o choro que ouvia.

— Martha sabia sobre você o tempo todo? — ela perguntou.

— Claro; ela cuida de mim com frequência. A enfermeira gosta de ficar longe de mim, e então Martha vem.

— Eu já estou aqui há algum tempo — disse Mary. — Eu devo ir agora? Você parece estar com sono.

— Eu queria dormir antes que você fosse embora — ele disse timidamente.

— Feche os olhos — disse Mary, arrastando o escabelo para mais perto dele —, e eu vou fazer o que a minha Aia fazia na Índia. Vou acariciar e afagar a sua mão e cantar algo bem baixinho.

— Talvez eu goste disso — ele disse, sonolento.

De alguma forma ela se sentia triste por ele e não queria que ele permanecesse acordado; então se apoiou na cama e começou a acariciar e a afagar a mão dele e a cantar uma musiquinha bem baixinho em hindustâni.

— Que gostoso! — disse ele ainda mais sonolento, e ela continuou cantando e o afagando; e, quando olhou de novo para ele, os longos cílios negros estavam pousados no rosto, porque seus olhos encontravam-se fechados; e ele dormia profundamente. Assim, ela se levantou suavemente, pegou a vela e saiu de mansinho sem fazer barulho.

CAPÍTULO 14
UM JOVEM RAJÁ

A charneca se escondia em meio à névoa quando amanheceu, e a chuva não tinha cessado de cair. Não dava para ir lá fora. Martha estava tão ocupada que Mary não conseguiu falar com ela; mas à tarde ela pediu que Martha viesse e se sentasse com ela no quarto de criança. Ela veio e trouxe uma meia que estava sempre tricotando, quando não tinha nada para fazer.

— Qual é o problema com ocê? — ela perguntou assim que se sentou. — Ocê parece que tem uma coisa pra falá.

— E tenho. Eu descobri o que era aquele choro — disse Mary.

Martha deixou o tricô cair nos joelhos e encarou-a com olhos espantados.

— Ocê num descobriu! — ela exclamou. — De jeito nenhum!

— Eu o ouvi durante a noite — continuou Mary. — E me levantei e saí para ver de onde ele vinha. Era o Colin. Eu o descobri.

O rosto de Martha ficou vermelho de espanto.

— Ora! Senhorita Mary! — ela disse meio lamentando. — Isso num podia acontecê... num podia! Isso vai me trazê problema. Eu nunca que falei nada dele pra ocê... mas isso vai me trazê problema. Eu posso perdê meu emprego e o que é que a mãe vai fazê!

— Você não vai perder o emprego — disse Mary. — Ele ficou feliz por eu ter ido lá. Nós conversamos sem parar, e ele disse que ficou feliz por eu ter ido lá.

— Ele ficou? — Martha se admirou. — Ocê tem certeza? Ocê num sabe como ele fica quando uma coisa irrita ele. Ele já é um rapagão pra chorá como um bebê, mas quando tá com raiva, ele grita de verdade pra assustá a gente. Ele sabe que a gente depende desse emprego.

— Ele não estava irritado — disse Mary. — Eu perguntei a ele se queria que eu fosse embora e ele me fez ficar. Ele me fez perguntas, e eu me sentei num grande escabelo e falei com ele sobre a Índia, sobre o pisco e os jardins. Ele não queria que eu fosse embora. Ele me deixou ver o retrato da mãe dele. Antes de ir embora, eu cantei para ele dormir.

Martha ficou muito ofegante de espanto.

— Eu mal posso acreditá em ocê! — ela afirmou. — É como se ocê ia direto pra cova do leão. Se ele tava do jeito que quase sempre fica, tinha tido um dos seus acesso de raiva e acordado a casa toda. Ele num deixa nenhum estranho vê ele.

— Ele me deixou vê-lo. Eu olhei para ele o tempo todo e ele olhou para mim. Nós nos encaramos! — disse Mary.

— Eu num sei o que fazê! — exclamou a agitada Martha. — Se a Dona Medlock descobre, ela vai pensá que eu num cumpri as ordem e contei pra ocê e eu vou tê de voltá pra mãe.

— Ele não vai contar nada para a Sra. Medlock ainda. É para ser um tipo de segredo, mas só no começo — disse Mary com firmeza. — E ele disse que todos são obrigados a fazer o que ele quer.

— E é, é bem verdade... aquele menino mau! — suspirou Martha, enxugando a testa com o avental.

— Ele disse que a Sra. Medlock tem de obedecer. E ele quer que eu vá conversar com ele todos os dias. E você vai me dizer quando ele quer que eu vá.

— Eu! — disse Martha. — Eu vou perdê meu emprego... claro que vou!

— Você não vai se você estiver fazendo o que ele quer que você faça, e todos têm ordens para lhe obedecer — argumentou Mary.

— Isso significa que — exclamou Martha com os olhos arregalados — ele foi gentil com ocê!

— Eu acho que ele quase gostou de mim — respondeu Mary.

— Então ocê deve de tê enfeitiçado ele! — Martha decidiu, respirando fundo.

— Você quer dizer feito Mágica? — interrogou Mary. — Ouvi falar de Mágica na Índia, mas não sei fazer isso. Eu só fui ao quarto dele, fiquei surpresa ao vê-lo, continuei parada e olhando. E então ele se virou e ficou me olhando. E ele achou que eu fosse um fantasma ou um sonho e eu pensei a mesma coisa. E foi tão esquisito estar lá sozinhos no meio da noite sem saber nada um do outro. E começamos a fazer perguntas. E quando eu perguntei se eu deveria ir embora, ele disse que não.

— O mundo vai acabá! — Martha respirou fundo.

— Qual é o problema com ele? — perguntou Mary.

— Ninguém sabe ao certo — disse Martha. — O Seu Craven perdeu a cabeça quando ele nasceu. Os médico pensaro em interná ele, porque a dona Craven havia morrido, como eu disse pra ocê. Ele num queria botá os olho no menino. Ele só delirava e falava que ia sê outro corcunda como ele e que era melhor ele morrê.

— O Colin é corcunda? — Mary perguntou. — Ele não parece ser.

— Ainda num é — disse Martha. — Mas começou tudo errado pra ele. A mãe disse que tinha problema e choro suficiente aqui na casa pra fazê qualquer criança crescê errado. Eles tinha medo que as costa dele era fraca, e eles tava sempre cuidando disso, ficano com ele deitado e num deixano ele andá. Uma vez eles colocaro um colete nele, mas ele ficou tão irritado que aí caiu doente mesmo. Aí um médico ilustre veio vê ele e fez eles tirá aquilo. Ele falou com os outro médico bem bravo... de um jeito educado. Ele disse que tinha muito remédio e muito mimo.

— Eu acho que ele é muito mimado — disse Mary.

— Ele é o pior rapaz que já existiu! — disse Martha. — Eu num digo que ele num ficou doente. Ele teve tosse e gripe que quase matou ele umas duas ou três vez. Uma vez ele teve febre reumática e outra tifóide. Ora! A Dona Medlock ficou bem assustada então. Ele ficou fora de si, e ela falava com a enfermeira, achano que ele num sabia de nada, e ela disse: "Ele vai morrê dessa vez com certeza, e é a melhor coisa pra ele e pra todo mundo". E ela olhou pra ele e ele tava com os olhão aberto, olhano pra ela sabeno quem ela era. Ela num sabia o que ia acontecê com ela, mas ele só olhou pra ela e disse: "Me dá água e para de falá".

— Você acha que ele vai morrer? — perguntou Mary.

— A mãe disse que num tem como uma criança vivê se num tomá ar fresco e num fazê nada só fica deitado de costa, veno livro com figura e tomano remédio. Ele é fraco e detesta o trabalho que dá pra levá ele pra fora; e pega resfriado tão fácil que ele fala que o ar faz mal pra ele.

Mary se sentou e olhou o fogo.

— Eu me pergunto — ela disse lentamente — se não vai fazer bem para ele sair e ir aos jardins e ver as coisas crescendo. Isso me fez bem.

— Um dos pior acesso que ele já teve — disse Martha — foi uma vez que levaro ele onde as rosa fica perto da fonte. Ele tava leno no jornal sobre pessoas que pegaro uma coisa com o nome de "resfriado da rosa", e ele começou a espirrá e disse que tinha pegado. Tinha um jardineiro novo que num sabia das regra e tava passano e olhou pra ele com curiosidade. Ele teve um acesso de raiva e disse que o jardineiro tinha olhado pra ele, porque ele ia sê corcunda. Ele chorou até ficá com febre e passou mal a noite toda.

— Se ele ficar bravo comigo alguma vez, eu nunca mais volto para vê-lo — disse Mary.

— Ele vai tê ocê se ele quisé tê ocê — disse Martha. — É melhor ocê sabê disso desde o começo.

Logo depois, o sino tocou e ela enrolou o tricô.

— Acho que a enfermeira qué que eu fique com ele um pouquinho — ela disse. — Espero que ele esteje de bom humor.

Ela saiu do quarto por cerca de dez minutos e depois voltou com uma expressão confusa.

— Ora, ocê enfeitiçou ele — ela disse. — Ele levantou e tá no sofá com os livro de gravura. Ele disse pra enfermeira voltá depois das seis hora. Eu tive que ficá no quarto pegado. No minuto que ela saiu, ele me chamou e disse "Quero qu'ocê chama a Mary Lennox pra conversá comigo, e lembra qu'ocê num pode contá pra ninguém". Melhor ocê ir o mais rápido possível.

Mary estava disposta a ir rapidamente. Ela não tinha tanta vontade de ver Colin quanto tinha de ver Dickon; mas queria muito vê-lo.

Havia um fogo brilhante na lareira quando ela entrou no quarto dele, e com a luz do dia ela viu que o quarto era muito bonito na verdade. Havia cores vivas nos tapetes, nas tapeçarias, nos quadros e nos livros, nas paredes, o que o fazia parecer brilhante e confortável apesar de o céu estar cinza e a chuva caindo. Até mesmo Colin parecia fazer parte de um quadro. Ele estava enrolado num roupão de veludo e sentado numa grande almofada de brocado. Ele tinha uma mancha vermelha em cada bochecha.

— Entre — ele disse. — Fiquei pensando em você a manhã toda.

— Eu também fiquei — afirmou Mary. — Você nem imagina quanto Martha está assustada. Ela disse que a Sra. Medlock vai pensar que ela me contou a seu respeito e que ela vai perder o emprego.

Ele ficou carrancudo.

— Vá e diga a ela para vir aqui — ele disse. — Ela está no quarto ao lado.

Mary foi e trouxe Martha com ela. Pobre Martha estava tremendo dos pés à cabeça. Colin ainda estava carrancudo.

— Você tem ou não de fazer o que me agrada? — ele a interpelou.

— Eu tenho que fazê o que o agrada, senhor — Martha falou hesitante, ficando toda vermelha.

— Medlock faz ou não faz o que me agrada?

— Todo mundo faz, senhor — disse Martha.

— Bem, então, se eu lhe ordenei que trouxesse a Senhorita Mary aqui, como poderia Medlock mandá-la embora, se ela descobrir isso?

— Por favor, num deixa ela descobri, senhor — suplicou Martha.

— Eu vou mandar *Medlock* embora se ela ousar dizer uma só palavra sobre tal assunto — disse o Patrãozinho Craven com imponência. — Ela não vai gostar disso; pode ter certeza.

— Obrigada, senhor — fazendo uma mesura. — Quero cumpri com os meu dever, senhor.

— O seu dever é o que eu quero — disse Colin com mais imponência ainda. — Eu vou cuidar de você. Agora vá embora.

Quando a porta se fechou atrás de Martha, Colin encontrou a Senhorita Mary olhando-o com olhos arregalados, como se ele a tivesse feito pensar em alguma coisa.

— Por que você está me olhando assim? — ele lhe perguntou. — Em que você está pensando?

— Estou pensando em duas coisas.

— Quais são elas? Sente-se e me conte.

— A primeira é que — disse Mary, sentando-se no grande escabelo — uma vez na Índia, eu vi um menino que era um Rajá. Ele estava coberto com rubis, esmeraldas e diamantes. Falava com as pessoas como você falou com Martha. Todo mundo tinha de fazer tudo o que ele mandava fazer no mesmo instante. Eu acho que elas seriam mortas se não fizessem.

— Eu quero que me conte sobre os Rajás daqui a pouco — ele disse —, mas primeiro me conte qual é a segunda coisa.

— Estava pensando — disse Mary — em como você é diferente de Dickon.

— Quem é Dickon? — ele disse. — Que nome esquisito!

Ela bem que podia contar a ele, ela achava que podia falar sobre Dickon sem mencionar o jardim secreto. Ela tinha gostado de ouvir Martha falar sobre ele. Além disso, desejava falar sobre ele. Parecia que isso o trazia para perto dela.

— Ele é irmão de Martha. Ele tem doze anos — ela explicou. — Ele não se parece com ninguém no mundo. Ele consegue encantar raposas, esquilos e pássaros como os nativos faziam com as cobras. Ele toca uma música suave na flauta, e eles se aproximam para ouvir.

Havia alguns livros grandes na mesa ao lado de Colin e de repente ele puxou um em sua própria direção.

— Há uma imagem de um encantador de cobras aqui — ele exclamou. — Venha vê-la.

O livro era lindo com ilustrações muito coloridas e ele apontou uma delas.

— Ele consegue fazer isso? — ele perguntou com ansiedade.

— Ele tocou a flauta e eles ouviram — Mary explicou. — Mas ele não chama isso de Mágica. Ele diz que isso acontece porque ele fica tanto tempo na charneca que conhece a maneira de ser dos animais. Ele diz que às vezes sente como se ele próprio fosse um pássaro ou um coelho, porque gosta tanto deles. Eu acho que ele fez perguntas para o pisco. Era como se eles conversassem com gorjeios suaves.

Colin se deitou de costas na almofada, e seus olhos ficaram cada vez maiores e as manchas nas bochechas começaram a queimar.

— Conte-me mais sobre ele — ele disse.

— Ele conhece tudo sobre ovos e ninhos — Mary continuou. — E sabe onde vivem as raposas, os texugos e as lontras. Ele guarda seus segredos, assim nenhum outro menino encontrará suas tocas e os assustará. Ele conhece tudo sobre o que cresce e o que vive na charneca.

— Ele gosta da charneca? — perguntou Colin. — Como ele consegue isso se ali é um lugar amplo, vazio e triste?

— É o lugar mais lindo do mundo — protestou Mary. — Milhares de coisas adoráveis crescem nela e há milhares de novas criaturinhas ocupadas fazendo seus ninhos, tocas e covas, escavando ou cantando ou ainda chiando um com outro. Eles estão tão ocupados e se divertindo tanto debaixo da terra, nas árvores ou nas urzes. É o mundo deles todos.

— Como você sabe de tudo isso? — perguntou Colin, virando-se nos cotovelos para encará-la.

— Eu nunca fui lá exceto uma vez de fato — disse Mary de repente se precavendo. — Passei por ela de carruagem à noite. Achei-a horrível. Martha me falou sobre ela primeiro e depois foi Dickon. Quando Dickon fala sobre ela, você sente que pode ver as coisas e ouvi-las, como se estivesse em pé no meio das urzes, com o sol brilhando e o tojo exalando um cheiro de mel... e tudo repleto de abelhas e de borboletas.

— Você nunca vê coisas, se está doente — disse Colin com impaciência. Ele parecia uma pessoa ouvindo um novo som à distância e com curiosidade para saber do que se tratava.

— Você não consegue ver, se ficar num quarto — disse Mary.

— Eu não poderia ir à charneca — ele disse num tom de ressentimento.

Mary ficou em silêncio por um minuto e depois disse algo audacioso.

— Você deveria... algum dia.

Ele se mexeu como se estivesse espantado.

— Ir à charneca! Como eu poderia? Eu vou morrer.

— Como você sabe? — disse Mary sem piedade. Ela não gostava do jeito que ele falava sobre a morte. Ela não se sentia muito compadecida. Sentia um pouco como se ele chegasse a se vangloriar disso.

— Ah, eu tenho ouvido falar sobre isso desde sempre — ele respondeu, rabugento. — Eles estão sempre cochichando sobre isso e pensam que eu não percebo. Além disso, eles querem que eu morra.

A Senhorita Mary se sentiu bem mandona. Apertou um lábio contra o outro.

— Se eles quisessem que eu morresse — ela disse —, eu não morreria. Quem quer que isso aconteça?

— Os criados... e, claro, o Dr. Craven, porque ele herdaria Misselthwaite e deixaria de ser pobre para se tornar rico. Ele não ousa falar isso, mas sempre parece animado quando pioro. Quando tive febre tifoide, ele ficou imponente. Acho que meu pai também quer.

— Eu não acredito que ele queira — disse Mary de forma bem persistente.

Isso fez com que Colin se virasse e olhasse de novo para ela.

— Não acredita? — ele perguntou.

E depois ele se deitou de costas na almofada e ficou parado, como se estivesse pensando. E houve um longo silêncio. Talvez os dois estivessem pensando coisas estranhas em que as crianças habitualmente não pensam.

— Eu gosto do ilustre médico de Londres, porque ele mandou retirar o colete de ferro — disse Mary por fim. — Ele disse que você iria morrer?

— Não.

— O que ele disse?

— Ele não cochichou — respondeu Colin. — Talvez ele soubesse que eu detesto cochicho. Eu o ouvi dizer algo bem alto. Ele disse: "O rapaz viveria, se mudasse de ideia a respeito de morrer. Façam-no se sentir feliz". Parecia que ele estava de mau humor.

— Eu vou lhe dizer quem talvez possa fazê-lo se sentir feliz — disse Mary refletindo. Ela sentia que teria de resolver essa questão de um jeito ou de outro. — Eu acredito que Dickon conseguiria. Ele está sempre falando de coisas vivas. Ele nunca fala de coisas mortas nem de coisas que estão doentes. Ele está sempre olhando para cima no céu para ver os pássaros voarem... ou para baixo na terra para ver algo crescer. Ele tem grandes olhos azuis que estão sempre bem abertos para olhar tudo. E ele dá tal sorriso com aquela boca grande... e as bochechas são tão vermelhas... tão vermelhas quanto as cerejas.

Ela puxou o banquinho para mais perto do sofá, e sua expressão mudou muito com a lembrança da grande boca e dos olhos bem abertos.

— Veja bem — ela disse. — Não vamos falar sobre morte; não gosto disso. Vamos falar sobre vida. Vamos falar muito sobre Dickon. E depois vamos olhar as suas ilustrações.

Foi a melhor coisa que ela poderia ter dito. Falar sobre Dickon significava falar sobre a charneca, sobre a casinha e as catorze pessoas que moravam nela com dezesseis xelins por semana — e as crianças que engordavam na grama da charneca como os pôneis selvagens. E sobre a mãe de Dickon — e a corda de pular — e a charneca com o sol batendo ali — e sobre brotinhos verde-claros apontando para fora da terra escura. E tudo era tão vivo que Mary falou mais do que já tinha falado na vida — e Colin falou e ouviu como nunca tinha feito antes. E os dois começaram a rir do nada como as crianças fazem quando estão felizes juntas. E riram tanto que no fim fizeram tanto barulho como se fossem duas criaturas de dez anos saudáveis e naturais, em vez de uma menininha dura e pouco afetuosa e um menino doente que acreditava que ia morrer.

Eles se divertiram tanto que se esqueceram das ilustrações e da hora. Eles tinham rido muito alto sobre Ben Weatherstaff e o pisco, e Colin estava na verdade sentado como se tivesse se esquecido das costas fracas, quando de repente se lembrou de algo.

— Você sabe que há uma coisa na qual nunca tínhamos pensado — ele disse. — Nós somos primos.

Parecia tão esquisito que eles tivessem falado tanto e nunca se lembrado dessa coisa simples que riram mais que nunca, porque estavam com vontade de rir de tudo. E, no meio da diversão, a porta se abriu e o Dr. Craven e a Sra. Medlock entraram.

O Dr. Craven ficou de fato alarmado e a Sra. Medlock quase caiu para trás, porque ele acidentalmente trombou com ela.

— Deus Santo! — exclamou a pobre Sra. Medlock com os olhos quase saltando da órbita. — Deus Santo!

— O que é isso? — interrogou o Dr. Craven, aproximando-se. — O que significa isso?

Então Mary se lembrou do menino Rajá novamente. Colin respondeu como se o sobressalto do médico ou o susto da Sra. Medlock não tivessem a menor importância. Ele ficou tão pouco perturbado ou mesmo assustado, como se um gato velho e um cachorro tivessem entrado no quarto.

— Esta é a minha prima, Mary Lennox — disse ele. — Eu pedi que ela viesse conversar comigo. Eu gosto dela. Ela deve vir conversar comigo toda vez que eu pedir que venha.

O Dr. Craven se voltou de forma reprovadora para a Sra. Medlock.

— Ah, senhor! — disse ela ofegante. — Eu não sei como isso aconteceu. Não há um criado na casa que ousasse falar... todos estão cumprindo as ordens.

— Ninguém lhe contou nada — disse Colin. — Ela me ouviu chorando e me encontrou por conta própria. Estou feliz por ela ter vindo. Não seja tola, Medlock.

Mary viu que o Dr. Craven não pareceu satisfeito, mas era muito claro que ele não ousava se opor ao seu paciente. Ele se sentou ao lado de Colin para medir a sua pulsação.

— Infelizmente houve agitação demais. Agitação não faz bem a você, meu rapaz — ele disse.

— Eu vou ficar agitado se ela for embora — respondeu Colin, seus olhos começando a ficar estranhamente brilhantes. — Estou melhor. Ela me faz bem. A enfermeira deve trazer o chá dela com o meu. Vamos tomar chá juntos.

A Sra. Medlock e o Dr. Craven se olharam de uma forma perturbada, mas não havia nada a fazer.

— Ele realmente parece bem melhor, senhor — arriscou-se a Sra. Medlock. — Mas... — pensando bem — ele parecia melhor já esta manhã, antes de ela vir aqui.

— Ela esteve aqui ontem à noite. Ela ficou comigo durante um bom tempo. Cantou uma canção em hindustâni para mim e me fez dormir — disse Colin. — Senti-me melhor quando acordei. Queria o meu café da manhã. Quero o meu chá agora. Diga isso para a enfermeira, Medlock.

O Dr. Craven não permaneceu por muito tempo. Ele falou com a enfermeira por uns minutos, quando ela entrou no quarto e fez algumas recomendações para Colin. Ele não deve falar muito; não deve se esquecer de que está doente; não deve se esquecer de que fica cansado com muita facilidade. Mary achou que havia muitas coisas desagradáveis que ele não deveria esquecer.

Colin parecia irritado e mantinha seus estranhos olhos com cílios negros fixos no rosto do Dr. Craven.

— Eu *quero* me esquecer disso — ele disse por fim. — Ela me faz esquecer disso tudo. Por isso a quero aqui.

O Dr. Craven não parecia feliz quando saiu do quarto. Ele lançou um olhar confuso para a menininha sentada no grande escabelo. Ela tinha se tornado uma criança imóvel e silenciosa novamente assim que ele entrou no quarto e o médico não conseguia entender qual era o encantamento. De qualquer modo, o menino, na verdade, parecia realmente mais luminoso — e ele suspirou bem fundo quando desceu o corredor.

— Eles estão sempre querendo que eu coma alguma coisa quando eu não quero — disse Colin, quando a enfermeira trouxe o chá e o colocou na mesa ao lá do sofá. — Agora, se você comer, eu como. Esses bolinhos parecem tão saborosos e estão quentes. Conte-me sobre os Rajás.

CAPÍTULO 15

FAZENDO NINHO

Depois de outra semana de chuva, a alta abóbada do céu azul reapareceu e o sol que inundava tudo estava bem quente. Embora não tivesse havido oportunidade de ver nem o jardim secreto, nem Dickon, a Senhorita Mary tinha se divertido muito. A semana não parecera longa. Ela tinha passado horas de cada dia com Colin no quarto dele, conversando sobre Rajás ou sobre jardins ou sobre Dickon e sobre a casinha na charneca. Eles tinham visto livros e ilustrações esplêndidos, e algumas vezes Mary havia lido coisas para Colin, e outras vezes ele tinha lido um pouco para ela. Quando ele estava entretido e interessado, ela achava que ele não parecia de forma alguma um inválido, a não ser pelo rosto pálido e por ele ficar sempre no sofá.

— Você é uma jovem bem danadinha, pois se levantou da cama porque ouviu algo e foi atrás para ver o que era, como fez naquela noite — a Sra. Medlock disse uma vez. — Mas temos de admitir que foi uma bênção para todos nós. Ele não teve mais acesso de raiva nem ataque de lamúrias desde que vocês se tornaram amigos. A enfermeira estava prestes a abandonar o caso porque estava cansada dele, mas ela disse que não se incomoda em ficar agora que você está dividindo a tarefa com ela — comentou rindo um pouco.

Em suas conversas com Colin, Mary tinha tentado ser bem cautelosa a respeito do jardim secreto. Havia coisas que ela queria descobrir sobre o primo, mas sentia que tinha que descobri-las sem fazer perguntas diretas. Em primeiro lugar, quando ela começou a gostar de estar na companhia dele, queria descobrir se ele era o tipo de menino para quem se podia contar um segredo. Ele não era nem um pingo parecido com Dickon, mas estava obviamente tão contente com a ideia de um jardim sobre o qual ninguém sabia nada a respeito que ela achou que talvez ele pudesse ser confiável. Mas ela não o conhecia há muito tempo para ter certeza. A segunda coisa que ela queria descobrir era a seguinte: se ele fosse confiável — se ele realmente fosse —, seria possível levá-lo ao jardim sem que ninguém descobrisse? O médico ilustre tinha dito que ele deveria tomar ar fresco, e Colin dissera que não se importaria com o ar fresco num jardim secreto. Talvez se ele tomasse muito ar fresco, conhecesse Dickon e o pisco e visse as coisas crescendo lá, ele não pensasse tanto em morrer. Às vezes, quando Mary se olhava no espelho nos últimos tempos, percebia que ela parecia uma criatura bem diferente daquela criança que tinha chegado da Índia. Essa criança parecia mais bonita. Até Martha notara a mudança nela.

— O ar da charneca tá fazeno bem pra ocê — ela tinha dito. — Ocê num tá nem tão amarela nem tão magricela. Até os seus cabelo num tá tão escorrido. Tem vida aí quereno saí pra fora.

— O cabelo é como eu — disse Mary. — Está crescendo mais forte e mais encorpado. Tenho certeza de que tem mais para crescer.

— Parece mesmo, com certeza — disse Martha, tirando um pouco o cabelo do rosto da menina. — Ocê num tá tão feia agora e tá com as bochecha rosada.

Se os jardins e o ar fresco tinham sido benéficos para ela, talvez pudessem ser bons para Colin. Mas, então, se ele odiava que as pessoas olhassem para ele, talvez não gostasse de ver Dickon.

— Por que você fica bravo quando as pessoas olham para você? — ela perguntou um dia.

— Eu sempre odiei isso — ele respondeu —, mesmo quando eu era muito pequeno. Nesse tempo, quando eles me levavam para o litoral, eu ficava deitado no meu carrinho. Todo mundo me olhava fixamente, e as damas paravam e falavam com a minha enfermeira e depois elas começavam a cochichar, e eu sabia então que elas estavam dizendo que eu não viveria até me tornar adulto. Então, às vezes, elas acariciavam o meu rosto e diziam: "Pobre criança!". Uma vez quando uma delas fez isso, eu gritei alto e mordi a mão dela. Ela ficou tão assustada que saiu correndo.

— Ela achou que você tinha ficado louco como um cachorro — disse Mary, sem nenhuma afeição.

— Não me incomodo com o que ela tenha pensado — disse Colin, ficando carrancudo.

— Eu me admiro de você não ter gritado e me mordido quando entrei no seu quarto — disse Mary. Em seguida lentamente ela começou a sorrir.

— Eu achei que você fosse um fantasma ou um sonho — ele disse. — Você não consegue morder um fantasma ou um sonho, e, se você gritar, eles não se incomodam.

— Você odiaria se... se um menino olhasse para você? — Mary perguntou de modo incerto.

Ele se deitou de costas na almofada e hesitou pensativamente.

— Tem um menino... — ele disse de forma demorada, como se tivesse pensando em cada palavra — tem um menino que eu não me importaria. É aquele menino que sabe onde as raposas vivem: Dickon.

— Tenho certeza de que você não se importaria se fosse ele — disse Mary.

— Os pássaros e os outros animais não ligam — ele disse, ainda refletindo a respeito —, talvez seja por isso que eu também não. Ele é um tipo de encantador de animais, e eu sou um menino animal.

Então ele riu e ela riu também; na verdade os dois acabaram rindo muito e acharam a ideia de um menino animal escondido na toca engraçada.

O que Mary sentiu depois foi que ela não precisava se inquietar por Dickon.

Na primeira manhã quando o céu estava azul de novo, Mary acordou muito cedo. O sol inundava com raios oblíquos as venezianas e havia algo tão alegre nessa visão que ela pulou da cama e correu até a janela. Puxou as venezianas e abriu a janela; uma grande lufada de ar fresco e perfumado entrou e soprou sobre ela. A charneca estava com um tom azulado e parecia que o mundo todo tinha algo de Mágico. Havia um barulhinho delicado de assobio aqui, ali e em toda parte, como se um bando de pássaros estivesse começando a se afinar para um concerto. Mary colocou a mão para fora da janela, deixando-a ao sol.

— Está quente... quente! — ela disse. — Os pontinhos verdes vão começar a empurrar sem parar, o que vai fazer com que os bulbos e as raízes trabalhem e lutem com toda a força debaixo da terra.

Ela se ajoelhou se debruçando para fora da janela o máximo que pôde, respirando grandes lufadas e inalando o ar até começar a rir porque ela se lembrou do que a mãe de Dickon tinha dito sobre a ponta do nariz dele tremer como a de um coelho.

— Deve ser bem cedo — ela disse. — As nuvenzinhas estão todas rosadas; eu nunca vi o céu desse jeito. Ninguém está em pé. Não ouço nem mesmo os meninos do estábulo.

Um pensamento repentino a fez se levantar com um pulo.

— Não posso esperar! Vou ver o jardim!

Mary tinha aprendido a colocar a roupa sozinha a essa altura e se vestiu em cinco minutos. Conhecia uma porta lateral que ela conseguia abrir sem ajuda e voou degraus abaixo só de meias, calçando os sapatos no *hall*. Tirou a corrente, o ferrolho e a tranca da porta; quando a abriu, pulou o degrau com um salto; lá estava ela em pé na grama, que parecia ter se tornado mais verde, e com o sol a inundando, doces lufadas quentes sobre ela, e assobios, gorjeios e cantos vindos de cada arbusto e de cada árvore. Ela bateu palmas de pura alegria e elevou os olhos para o céu, ele estava tão azul, tão rosado, tão perolado e branco, inundado com a luz da primavera, que sentiu que ela própria deveria assobiar e cantar alto; e os piscos, os tordos e as cotovias possivelmente não conseguiriam evitar a cantoria. Correu entre os arbustos e pelos caminhos em direção ao jardim secreto.

— Já está tudo diferente — disse ela. — A grama está mais verde, e as coisas estão brotando na terra por toda parte, e outras estão desenrolando, fazendo com que botões verdes de folhas se mostrem. Tenho certeza de que Dickon virá esta tarde.

A longa chuva quente havia realizado coisas estranhas nos canteiros herbáceos, que ladeavam o caminho perto da parede mais baixa. Havia coisas brotando e saindo das raízes de touceiras, e aqui e ali havia na verdade vislumbre de roxo e amarelo estendendo-se entre as hastes dos crocos. Seis meses antes a Senhorita Mary não teria visto como o mundo acordava, mas agora ela não perdia nada.

Ao chegar ao local onde a porta ficava escondida atrás da hera, ela assustou-se com um curioso som ruidoso. Era o crocitar de um corvo e vinha do alto do muro. Foi quando Mary olhou para cima e viu que lá estava um grande pássaro preto-azulado de plumagem brilhante empoleirado, olhando vivamente para baixo e para ela. Nunca tinha visto um corvo antes. Ele a fez ficar um pouco nervosa, mas no instante seguinte abriu as asas e voou pelo jardim. Ela tinha esperanças de que ele não ficasse lá dentro e fechou a porta, curiosa para saber se ele lá ficaria. Quando já estava bem dentro do jardim, notou que o corvo provavelmente tinha a intenção de ficar, porque pousara numa macieira anã e debaixo da árvore estava deitado um animal avermelhado com cauda espessa; os dois observavam o corpo inclinado e os cabelos vermelho-ferrugem de Dickon, que estava ajoelhado na grama trabalhando duro.

Mary atravessou o jardim velozmente na direção dele.

— Oh, Dickon! Dickon! — ela gritou. — Como você conseguiu chegar aqui tão cedo! Você conseguiu! O sol mal acabou de sair!

Ele se levantou, rindo e radiante, com o cabelo despenteado; seus olhos tal como um pedaço do céu.

— Ora! — exclamou ele. — Eu tava em pé antes dele. Como é que eu podia ficá deitado! Todas as coisa boa do mundo começaro essa manhã, começaro. E tá trabalhano, zumbino, roçano, piano, fazeno ninho e exalano perfume; até ocê saí pra fora em vez de ficá dormino. Quando o sol sai de verdade, a charneca fica louca de alegria, e eu tava no meio das urze, e eu corri como louco mesmo, gritano e cantano. E vim direto pra cá. Eu num podia ficá longe. Ora, o jardim tava aqui esperano!

Mary colocou as mãos no peito, ofegante, como se ela mesma tivesse corrido.

— Oh, Dickon! Dickon! — disse ela. — Estou tão feliz que mal consigo respirar!

Vendo que ele falava com uma estranha, o animal de cauda espessa se levantou de seu lugar debaixo da árvore e se aproximou dele, e o corvo, crocitando uma vez, voou de seu galho em direção ao chão e silenciosamente pousou no ombro do menino.

— Este é o filhotinho de raposa — disse ele, esfregando a cabeça vermelha do animalzinho. — O nome dele é Capitão. E este aqui é Fuligem. Fuligem voou pela charneca comigo, e Capitão correu como se os cão de caça tava atrás dele. Os dois sentiro o que eu senti.

Nenhuma das criaturas parecia estar com um pingo de medo de Mary. Quando Dickon começou a andar pelo jardim, Fuligem permaneceu no ombro dele e Capitão andou a trote ao lado dele.

— Vê aqui! — disse Dickon. — Vê como esses sairo, e aqueles e aqueles lá! E ora! Olha esses aqui!

Ele se ajoelhou e Mary se agachou ao lado dele. Eles tinham encontrado uma touceira de crocos fervilhando em roxo, laranja e ouro. Mary inclinou o rosto para baixo, beijando seguidamente as plantinhas.

— Nunca se beija uma pessoa dessa forma... — disse ela quando levantou a cabeça. — As flores são diferentes.

Ele ficou confuso, mas sorriu.

— Ora! — exclamou ele. — Eu beijo a mãe muitas vez assim, quando eu chego da charneca depois de um dia perambulano, e ela fica parada lá junto da porta no sol, pareceno tão feliz e satisfeita!

Eles corriam de uma parte a outra do jardim e encontravam tantas maravilhas que tinham de se lembrar de cochichar ou falar baixo. Ele mostrou a ela botões de folha intumescidos em galhos de roseiras que pareciam estar mortos. Mostrou também dez mil novos pontinhos verdes brotando do húmus. Inalaram a umidade morna da primavera encostando seus jovens narizes ávidos na terra; cavaram, removeram coisas e riram baixinho de entusiasmo até os cabelos da Senhorita Mary ficarem tão desarrumados como os de

Dickon, e suas bochechas quase tão vermelhas da cor da papoula como as dele.

Havia todo tipo de alegria na terra do jardim secreto naquela manhã, e no meio de todo aquele contentamento veio o encanto mais cativante de todos, porque era mais maravilhoso. Algo ligeiro voou pelo muro e lançou-se por entre as árvores até o canteiro que crescia rente a elas, era como se fosse uma pequena chama trêmula: o passarinho de peito vermelho que trazia algo pendurado no bico. Dickon ficou completamente imóvel e colocou a mão em Mary, como se eles tivessem sido descobertos rindo numa igreja.

— A gente num pode se mexê — ele cochichou em seu claro sotaque de Yorkshire. — A gente num pode quase respirá. Eu sabia que ele tava fazeno a corte da última vez que eu vi ele. É o pisco do Ben Weatherstaff. Ele tá fazeno ninho. Ele vai ficá aqui se a gente num pelejá com ele.

Eles se sentaram acomodados no gramado e ficaram imóveis.

— A gente tem que fingí que num tá olhano ele tão de perto — disse Dickon. — Agora ele vai ficá bem com a gente, se pensá que a gente num qué se intrometê. Vai ficá um bocado diferente quando tudo isso acabá. Ele começou a arrumação da casa. Vai ficá mais arredio e pronto pra entendê errado as coisa. Ele tá sem tempo pra fazê visita e ficá fofocano. A gente tem que fingi que é grama, árvore e arbusto. Depois quando ele ficá acostumado de vê a gente, eu vou triná um pouquinho, e ele vai sabê que a gente num tá no caminho.

A Senhorita Mary não tinha tanta certeza de saber fingir ser grama, árvore e arbusto, como Dickon parecia saber. Mas ele lhe dissera essa coisa estranha como se fosse a mais simples e natural do mundo, e ela sentiu que devia ser algo muito fácil para ele. Na verdade ela o observou curiosa por uns minutos com cuidado para saber se era possível de repente ele se tornar verde com galhos e folhas crescendo. Mas ele só ficou sentado completamente imóvel e quando falou baixou a voz de forma tão suave que era curioso que ela conseguisse ouvi-lo, mas ela conseguiu.

— Faz parte da primavera, essa coisa de fazê ninho — ele disse. — Eu garanto que sempre foi assim do mesmo jeito todo ano desde que o mundo é mundo. Eles têm o jeito deles de pensá e de fazê as coisa, e é melhor ninguém se metê. Ocê pode perdê um amigo na primavera fácil, fácil mais que em outra estação se ficá curioso demais.

— Se a gente falar sobre ele, eu não consigo deixar de olhar para ele — disse Mary da forma mais doce que conseguiu. — A gente tem de falar sobre outra coisa. Há algo que quero lhe contar.

— Ele vai gostá mais, se a gente falá de outras coisa — disse Dickon. — O que é qu'ocê tem pra me contá?

— Bem... você sabe a respeito de Colin? — ela cochichou.

Ele virou a cabeça para olhá-la.

— O que é qu'ocê sabe dele? — ele perguntou.

— Eu o vi. Tenho conversado com ele todos os dias desta semana. Ele quer que eu vá conversar com ele. Ele diz que eu o faço esquecer de que ele está doente e de que vai morrer — respondeu Mary.

Dickon pareceu de fato aliviado assim que o sobressalto se dissipou de seu rosto.

— Tô feliz com isso — ele exclamou. — Tô bem feliz. Assim me sinto melhor. Eu sabia que num podia dizê nada sobre ele e eu num gosto de tê que escondê coisa.

— Você não gosta de esconder o jardim? — perguntou Mary.

— Nunca vou falá dele — ele respondeu. — Mas eu falo pra mãe: "Mãe", eu falo: "eu tenho um segredo pra guardá. Num é ruim, ocê sabe disso. Num é pior que escondê onde os ninho dos passarinho fica. Ocê num liga, liga?".

Mary sempre queria ouvir falar a respeito da mãe de Dickon.

— O que ela disse? — ela perguntou, sem nenhum medo de ouvir.

Dickon deu um sorriso largo com doce suavidade.

— É bem o jeito dela de dizê — ele respondeu. — Ela roçou minha cabeça um pouquinho, riu e disse: "Ora, rapaz, ocê pode tê todos os segredo do mundo. Eu te conheço faz doze ano.".

— Como você sabia de Colin? — perguntou Mary.

— Todo mundo que conhece o Seu Craven sabe que ele tem um filho que pode ficá aleijado, e sabe que o Seu Craven num gosta de falá disso. O povo tem pena do Seu Craven, porque a Dona Craven era uma dama tão linda, e eles se gostava tanto. A Dona Medlock sempre para no nosso chalé quando vai pra Thwaite, e ela num liga de conversá com a mãe em frente da gente, porque ela sabe que a gente é criança criada pra tê confiança. Como é qu'ocê descobriu ele? Martha tava em apuro da última vez que voltou pra casa. Ela disse qu'ocê tinha ouvido a choradeira dele e tava fazeno pergunta e ela num sabia o que dizê.

Mary lhe contou a história sobre o vento uivante da meia-noite que a tinha acordado e sobre os tênues sons distantes de lamento que a conduziram até o corredor escuro carregando uma vela e que acabara com ela abrindo a porta do quarto pouco iluminado em que havia uma cama com dossel no canto. Quando ela descreveu a pequena face branca de marfim e os grandes olhos com cílios negros, Dickon balançou a cabeça.

— São igual que os olho da mãe dele, só que os dela tava sempre sorrino, eles dizem — ele disse. — Eles fala que o Seu Craven não suporta olhá o menino quando ele tá acordado, porque os olho dele são igual que os da mãe e ao mesmo tempo parece tão diferente naquele rostinho triste.

— Você acha que ele quer morrer? — cochichou Mary.

— Não, mas ele nunca que queria tê nascido. A mãe, ela diz que é a pior coisa do mundo pra uma criança. As criança que num são desejada num vão pra frente. O Seu Craven, ele compra tudo que o dinheiro pode comprá pro pobre menino, mas ele queria esquecê que o menino existe. Por causa de uma coisa, ele tem medo de olhá o menino um dia e descobri que ele ficou corcunda.

— Colin também tem tanto medo disso que não se senta — disse Mary. — Ele disse que está sempre pensando que se ele sentir um caroço se formando nas costas, vai enlouquecer e chorar até morrer.

— Ora! Ele num deve de ficá deitado lá pensano coisas assim — disse Dickon. — Nenhum menino pode melhorá se pensá uma coisa desse tipo.

A raposa estava deitada perto dele, olhando para cima e pedindo um carinho de vez em quando. Dickon se inclinou e acariciou o pescoço dela com leveza e pensou por uns minutos em silêncio. Logo ele se levantou e olhou ao redor do jardim.

— Quando a gente veio aqui pela primeira vez — ele disse —, parecia que tudo tava cinza. Olha em volta agora e diz se ocê num vê diferença.

Mary olhou e prendeu a respiração um pouco.

— Ah! — ela exclamou —, o muro cinza está mudando. É como se uma névoa verde estivesse tomando conta de tudo lentamente. É quase um véu verde de névoa.

— Sim — disse Dickon. — E vai ficá mais verde e mais verde até o cinza sumi. Ocê pode adivinhá o que é que eu tô pensano?

— Eu sei que é alguma coisa boa — disse Mary com ansiedade. — Acredito que seja algo sobre Colin.

— Eu tava pensano que se ele ficasse aqui fora ele num ia vê um caroço cresceno nas costa; ele ia vê os broto de flor brotano nas roseira, e era bem capaz dele ficá curado — explicou Dickon. — Eu tava pensano com os meus botão se a gente podia fazê ele ficá de bom humor e vim aqui e ficá deitado debaixo das árvore na cadeira dele.

— Eu também fiquei imaginando isso. Eu pensei nisso quase o tempo todo que falava com ele — disse Mary. — Eu queria saber se ele conseguia guardar segredo e se a gente conseguiria trazê-lo aqui sem que ninguém nos visse. Eu pensei que talvez você pudesse empurrar a cadeira dele. O médico disse que ele deveria tomar ar fresco e, se ele quisesse que nós o levássemos para fora de casa, ninguém ousaria lhe desobedecer. Ele não iria sair com outras pessoas e talvez elas ficassem felizes se ele saísse conosco. Ele poderia dar ordens para os jardineiros ficarem longe e assim eles não nos encontrariam.

Dickon estava pensando muito a respeito disso enquanto roçava as costas de Capitão.

— Ia sê bom pra ele, eu garanto — ele disse. — A gente num acha que era melhor ele num tê nascido. A gente é só duas criança olhano um jardim crescê, e ele ia sê mais uma. Dois menino e uma menina só olhano tudo na primavera. Eu garanto que ia sê melhor que essas coisa de médico.

— Ele está deitado há tanto tempo no quarto e está sempre com tanto medo das costas que isso o deixou adoentado — disse Mary. — Ele sabe muitas coisas que estão nos livros, mas não sabe nada além disso. Ele diz que está muito doente para notar as coisas, que odeia sair e detesta jardins e jardineiros. Mas ele gosta de ouvir falar sobre este jardim, porque é um segredo. Eu não me atrevi a lhe contar muito, mas ele disse que queria ver o jardim.

— A gente vai trazê ele aqui um dia com certeza — disse Dickon. — Eu posso muito bem empurrá a cadeira dele. Ocê notou que o pisco e sua companheira tão trabalhano enquanto a gente tá sentado aqui? Olha pra ele empoleirado naquele galho imaginano se é bom colocá aquele graveto que ele carrega no bico.

Ele deu um daqueles seus assobios baixos, e o pisco virou a cabeça e o olhou indagador, ainda segurando o graveto. Dickon falou com ele como Ben Weatherstaff falava, mas o tom de Dickon era de um conselho de amigo.

— Onde qué qu'ocê colocá — ele disse — vai ficá bom. Ocê sabia como fazê esse ninho antes de saí do ovo. Continua, rapaz. Ocê num tem um minuto a perdê.

— Ah, eu gosto mesmo de ouvir você falar com ele! — Mary disse, rindo com satisfação. — Ben Weatherstaff dá bronca nele e caçoa dele, e ele dá pulinhos e parece entender cada palavra, e sei que ele gosta disso. Ben Weatherstaff diz que ele é vaidoso, que ele preferiria que jogassem pedras neles a passar despercebido.

Dickon riu também e continuou rindo.

— Ocê sabe que a gente num vai te aborrecê — ele disse para o pisco. — A gente é quase silvestre também. A gente é fazedô de ninho também, a gente te abençoa. Presta atenção pra que a gente num seje descoberto.

E embora o pisco não tenha respondido, porque seu bico estava cheio, Mary sabia que quando ele voasse com seu graveto para seu canto do jardim, o escuro de seus olhos de orvalho brilhante significava que ele não contaria o segredo deles por nada deste mundo.

CAPÍTULO 16

EU NÃO! — DISSE MARY

Eles realmente encontraram o que fazer naquela manhã, e Mary estava atrasada ao voltar para casa, e também com tanta pressa para retomar o trabalho, que se esqueceu completamente de Colin até o último momento.

— Diga ao Colin que eu não posso vê-lo ainda — ela disse para Martha. — Estou muito ocupada no jardim.

Martha ficou bem assustada.

— Ora! Senhorita Mary — ela disse. — Pode sê que ele vai ficá de mau humor quando eu falá pra ele.

Mas Mary não tinha medo dele como as outras pessoas e não era do tipo que se sacrificasse.

— Não posso ficar — ela respondeu. — Dickon está esperando por mim — e ela saiu correndo.

A tarde foi ainda mais fascinante e ativa que a manhã tinha sido. Rapidamente quase todas as ervas daninhas tinham sido arrancadas do jardim, e a maior parte das roseiras e árvores tinha sido podadas e a terra ao redor delas limpa. Dickon tinha trazido sua pá e ensinado Mary a usar os utensílios dela; já dava para ver com certeza que o belo lugar selvagem não se tornaria um "jardim de jardineiro", seria um monte de coisas crescendo antes de a primavera acabar.

— Vai tê flor de maçã e flor de cereja no alto — Dickon disse, trabalhando sem parar com toda sua força. — E pessegueiro e ameixeira florino defronte daqueles muro, e o gramado vai sê um tapete de flor.

A pequena raposa e o corvo estavam tão felizes e ocupados quanto eles, e o pisco e sua companheira voavam para lá e para cá como pequenos relâmpagos. Às vezes o corvo batia as asas negras e planava longe por cima das copas das árvores no parque. Cada vez que fazia isso, voltava e se empoleirava perto de Dickon, crocitando várias vezes como se relatasse suas aventuras, e Dickon conversava com ele exatamente como tinha falado com o pisco. Uma vez, quando Dickon estava tão ocupado que não lhe respondeu prontamente, Fuligem voou no ombro dele e beliscou delicadamente a orelha do menino com seu grande bico. Quando Mary quis descansar um pouco, Dickon se sentou com ela debaixo de uma árvore e tirou uma flauta do bolso e tocou algumas notas suaves; dois esquilos apareceram no muro para olhar e ouvir.

— Ocê tá um pouco mais forte do que era — Dickon disse, olhando para ela, que estava cavando. — Ocê tá começano a ficá diferente, com certeza.

Mary estava radiante pelo exercício e animação.

— Eu estou engordando dia após dia — ela disse completamente triunfante. — A Sra. Medlock terá de comprar roupas maiores para mim. Martha disse que o meu cabelo está crescendo mais grosso. Não está tão ralo e escorrido.

O sol estava começando a se pôr e irradiava raios oblíquos de um dourado profundo por entre as árvores, quando se despediram.

— Amanhã vai sê bom — disse Dickon. — Vou começá a trabalhá antes do sol nascê.

— Eu também — disse Mary.

Ela voltou correndo para casa o mais rápido que suas pernas conseguiam correr. Queria contar a Colin sobre o filhote de raposa e o corvo de Dickon e sobre o que a primavera vinha fazendo. Tinha certeza de que ele gostaria de ouvir. No entanto, não foi nada agradável quando abriu a porta do quarto e viu Martha em pé esperando por ela com um rosto aflito.

— Qual é o problema? — ela perguntou. — O que Colin disse quando você falou que eu não poderia vê-lo?

— Ora! — disse Martha — Eu queria qu'ocê tinha ido. Ele quase teve um dos seus acesso de raiva. Tivemos que distraí ele a tarde toda pra mantê ele calmo. Ele olhava o relógio o tempo todo.

Mary contraiu os lábios. Não estava acostumada a levar em consideração as outras pessoas, assim como Colin, e não via por que um menino resmungão deveria interferir nas coisas de que ela mais gostava. Não sabia quão abomináveis eram as pessoas que ficavam doentes e nervosas, e não sabiam que podiam controlar o seu mau gênio, sem precisar deixar os outros em volta doentes e nervosos também. Quando ela tivera dor de cabeça na Índia, tinha feito o possível para que todos tivessem dor de cabeça ou algo bem pior. E sentiu que estava completamente certa; mas é claro que agora ela sentia que Colin estava completamente errado.

Ele não estava no sofá quando ela entrou no quarto dele. Estava deitado de costas na cama e não virou a cabeça na direção dela quando ela entrou. Tratava-se de um mau começo; e Mary marchou até ele com seu jeito duro.

— Por que você não se levantou? — ela perguntou.

— Eu me levantei de fato esta manhã, quando achei que você viria — ele respondeu, sem olhar para ela. — Eu mandei que eles me colocassem de volta na cama à tarde. Minhas costas doíam, minha cabeça doía e eu estava cansado. Por que você não veio?

— Eu estava trabalhando no jardim com Dickon — disse Mary.

Colin ficou carrancudo, mas se dignou a olhar para ela.

— Eu não vou permitir que esse menino venha aqui, se você for ficar com ele em vez de ficar aqui e conversar comigo — ele disse.

Mary se enfureceu. Ela conseguia ficar furiosa sem fazer barulho. Era só ficar azeda e obstinada e não se importar com o que acontecesse.

— Se você mandar Dickon embora, eu nunca mais venho a este quarto de novo! — ela retrucou.

— Você terá de vir, se eu quiser — disse Colin.

— Não venho! — afirmou Mary.

— Faço você vir — disse Colin. — Eles vão arrastá-la para cá.

— Eles vão, Sr. Rajá! — exclamou Mary com fúria. — Eles podem me arrastar para cá, mas não conseguirão me fazer falar, quando me trouxerem. Vou me sentar e cerrar os dentes e não vou falar uma única coisa sequer com você. Não vou nem mesmo olhar para você. Vou olhar fixamente para o chão!

Eles formavam uma bela dupla, um encarando o outro. Se fossem dois menininhos de rua, teriam se atracado numa luta desenfreada até rolarem no chão. Como não eram, partiram para o próximo passo.

— Você é uma criatura egoísta! — gritou Colin.

— E você é o quê? — disse Mary. — Os egoístas sempre dizem isso. Qualquer um é egoísta para quem não faz o que ele quer. Você é mais egoísta do que eu. Você é o menino mais egoísta que já encontrei.

— Não sou! — vociferou Colin. — Sou tão egoísta quanto o seu belo Dickon é! Ele manteve você brincando na terra, enquanto sabia que eu estava totalmente sozinho. Ele é egoísta, se você quer saber!

Os olhos de Mary soltaram fogo.

— Ele é o melhor menino que já existiu na face da terra! — ela disse. — Ele é... ele é como um anjo! — Pareceu-lhe meio tolo falar aquilo, mas ela não se importou.

— Um belo anjo! — Colin zombou com ferocidade. — Ele é um menino simples, que mora numa casinha na charneca!

— Ele é melhor do que um Rajá simples! — rebateu Mary. — Ele é mil vezes melhor!

Como ela era a mais forte dos dois, começou a ficar em vantagem. A verdade é que ele nunca tinha tido uma briga com ninguém como ele na vida; de modo geral foi muito bom para ele, embora nem ele nem Mary tivessem consciência do que estava acontecendo. Ele virou a cabeça no travesseiro, fechou os olhos e uma grande lágrima caiu escorrendo pelo seu rosto. Ele estava começando a se sentir patético e a ter pena de si próprio — de mais ninguém.

— Não sou tão egoísta quanto você, porque estou sempre doente, e tenho certeza de que um caroço está se formando nas minhas costas — ele disse. — E eu vou morrer, além de tudo.

— Você não vai! — Mary o contradisse de forma nada solidária.

Ele arregalou os olhos com indignação. Nunca tinha ouvido tal coisa dita assim antes. Ficou ao mesmo tempo furioso e um pouco satisfeito, se é que dava para ficar dos dois jeitos ao mesmo tempo.

— Não vou? — ele gritou. — Eu vou! Você sabe que vou! Todo mundo diz que vou.

— Eu não acredito nisso! — disse Mary com azedume. — Você só fala isso para fazer com que as pessoas tenham pena. Acho que você sente orgulho disso. Não acredito nisso! Se você fosse um menino bom, isso seria verdade... mas você é horrível!

Apesar das costas fracas, Colin se sentou na cama com uma raiva completamente saudável.

— Saia deste quarto! — ele gritou, agarrou o travesseiro e o atirou nela. Não tinha força suficiente para atirá-lo longe, então o travesseiro apenas caiu nos pés dela, mas o rosto de Mary parecia tão duro quanto um quebra-nozes.

— Eu vou... — ela disse — e não vou voltar!

Ela foi caminhando até a porta e quando chegou lá, deu meia-volta e falou novamente.

— Eu ia lhe contar muitas coisas legais — ela disse. — Dickon trouxe a raposa e o corvo, e eu ia lhe contar tudo sobre eles. Agora não vou lhe contar nada!

Ela marchou até a porta e a fechou atrás de si; do lado de fora, para sua grande surpresa, encontrou a enfermeira parada como se estivesse escutando e, mais surpreendente ainda, ela estava rindo. Era uma jovem mulher corpulenta e bonita, que não devia ter se formado enfermeira de jeito algum, uma vez que não suportava inválidos e estava sempre dando desculpas para deixar Colin aos cuidados de Martha ou de qualquer um que pudesse ocupar o seu lugar. Mary nunca tinha gostado dela, e simplesmente parou e a encarou, enquanto a mulher continuava dando risadinhas tapando a boca com um lenço.

— De que você está rindo? — ela lhe perguntou.

— De vocês dois jovens — disse a enfermeira. — A melhor coisa que poderia acontecer para aquela coisinha doentia e mimada era ter alguém para enfrentá-lo que fosse tão mimado quanto ele —, e ela riu tapando a boca com o lenço de novo. — Se ele tivesse uma megerinha como irmã para brigar com ele, teria sido a salvação dele.

— Ele vai morrer?

— Eu não sei e não me importo — disse a enfermeira. — Metade do que o aflige é histeria e birra.

— O que é histeria? — perguntou Mary.

— Você vai descobrir se o fizer ter um acesso de raiva depois disso; mas de qualquer forma você lhe deu motivo para ficar histérico, e eu estou feliz por isso.

Mary voltou para o seu quarto não se sentindo nem um pouco como tinha se sentido quando veio do jardim. Estava contrariada e frustrada, mas nem um pouco triste por Colin. Ela tivera muita vontade de lhe contar muitas coisas e tentara decidir se seria seguro confiar nele sobre o jardim secreto. Pensara que sim, mas agora tinha mudado de ideia completamente. Ela nunca lhe contaria e ele poderia continuar no quarto, sem nunca tomar ar fresco e morrer, se ele quisesse! Seria bem feito para ele! Sentiu-se tão azeda e insensível que por alguns minutos quase se esqueceu de Dickon e do véu verde se movendo lentamente sobre todo o mundo e do suave vento soprando da charneca.

Martha estava esperando por ela e o aborrecimento em seu rosto foi temporariamente substituído por interesse e curiosidade. Havia uma caixa de madeira em cima da mesa, sua tampa tinha sido removida e revelava estar cheia de pacotes bem-feitos.

— O Seu Craven mandou pra ocê — disse Martha. — Parece que tem livros de gravura dentro.

Mary se lembrou do que ele lhe perguntou no dia em que ela fora ao escritório dele. "Você quer alguma coisa, bonecas, brinquedos, livros?" Ela abriu o pacote com curiosidade para ver se ele tinha mandado uma boneca, e também curiosa para saber o que ela faria com a boneca se ele a tivesse mandado. Mas ele não tinha enviado uma boneca. Havia vários livros bonitos como os que Colin tinha, e dois deles eram sobre jardinagem e estavam cheios de ilustrações.

Havia dois ou três jogos e um lindo estojinho com material para escrever com um monograma de ouro em cima, uma caneta de ouro e um tinteiro.

Tudo era tão bonito que o prazer que sentiu começou a tomar lugar em sua mente, expulsando a raiva. Ela não tinha esperado que ele se lembrasse dela de forma alguma, e seu coração duro ficou completamente amolecido.

— Eu consigo escrever melhor em letra de mão do que em letra de forma — ela disse —, e a primeira coisa que vou escrever com esta caneta será uma carta para contar a ele o quanto estou agradecida.

Se ela não estivesse de mal de Colin, teria corrido para lhe mostrar os presentes imediatamente, e eles teriam olhado as ilustrações e lido algumas coisas nos livros de jardinagem e talvez tentado jogar os jogos; e ele teria se divertido tanto que não pensaria uma só vez que iria morrer nem teria posto as mãos nas costas para ver se um caroço estava se formando. Ele fazia aquilo de um jeito que ela abominava, o que provocava um sentimento de desconforto assustador, porque ele mesmo parecia sempre muito assustado. Ele disse que se sentisse ao menos um pequeno caroço algum dia, saberia que sua corcunda tinha começado a crescer. Algo que ele ouvira a Sra. Medlock cochichar com a enfermeira tinha lhe feito criar uma fantasia que o fazia pensar a respeito disso em segredo até que a fantasia se fixou completamente em sua mente. A Sra. Medlock tinha dito que as costas de seu pai haviam começado a mostrar uma deformidade quando ele era criança. Nunca tinha contado a ninguém exceto a Mary que a maior parte de seus "acessos de raiva", como eles o chamavam, vinha de seu medo histérico e escondido. Mary sentiu-se triste por ele, quando ficou sabendo.

— Ele sempre começava a pensar sobre isso quando estava contrariado ou cansado — ela disse para si mesma. — E ele ficara contrariado hoje. Talvez... talvez ele tenha ficado pensando sobre isso a tarde toda.

Ela permaneceu quieta, olhando para baixo em direção do tapete e pensando.

— Eu disse que nunca mais voltaria... — ela hesitou, franzindo a testa — mas talvez, apenas talvez, eu vá até lá vê-lo... se ele me quiser lá... pela manhã. Talvez ele tente atirar o travesseiro em mim de novo, mas... acho que... vou.

CAPÍTULO 17
UM ACESSO DE RAIVA

Ela havia se levantado muito cedo naquela manhã, tinha trabalhado com afinco no jardim e sentia-se cansada e sonolenta; então, assim que Martha trouxe o jantar, ela comeu e se sentiu satisfeita por ir dormir. Logo que colocou a cabeça no travesseiro, murmurou para si:

— Vou sair antes do café da manhã e trabalhar com Dickon e então depois... eu acho... vou ver Colin.

Ela pensou que fosse tarde da noite quando foi acordada por sons tão horríveis que pulou da cama no mesmo instante. O que foi isso — o que foi isso? No minuto seguinte ela teve absoluta certeza de saber do que se tratava. As portas se abriam e se fechavam e havia um corre-corre no corredor; alguém estava se lamentando e gritando ao mesmo tempo, gritando e se lamentando de um jeito horrível.

— É Colin — ela disse. — Ele está tendo um daqueles acessos de raiva que a enfermeira chamou de histeria. Como é horrível!

Assim que ela ouviu os gritos e soluços, entendeu por que as pessoas ficavam tão assustadas e por isso deixavam que ele fizesse o que quisesse, em de vez de tentar fazê-lo parar. Ela tapou os ouvidos e se sentiu triste e trêmula.

— Não sei o que fazer. Não sei o que fazer — ela continuou repetindo. — Não consigo aguentar isso.

Uma hora imaginou que ele pudesse parar se ela o fosse ver, mas depois se lembrou de como ele a tinha expulsado do quarto e achou que talvez ao vê-la ele pudesse piorar. Mesmo pressionando as mãos com força para tapar os ouvidos, não conseguia abafar os sons horríveis. Ela odiou tanto aqueles sons e estava tão horrorizada com eles que de repente começaram a deixá-la com raiva e ela sentiu vontade de ter um acesso de raiva também e assustá-lo da mesma forma que ele a estava assustando. Não estava acostumada aos humores de ninguém, a não ser os dela mesma. Tirou as mãos dos ouvidos, se levantou num salto e bateu os pés no chão.

— Ele tem de parar! Alguém tem de fazê-lo parar! Alguém devia bater nele! — ela exclamou.

Logo a seguir, ouviu passos apressados no corredor, a porta se abriu e a enfermeira entrou. Ela não estava rindo de forma alguma agora. Até parecia bem pálida.

— Ele acabou ficando histérico — ela disse apressadamente. — Ele vai fazer mal a si mesmo. Ninguém pode fazer nada por ele. Você vem e tenta, como uma boa criança. Ele gosta de você.

— Ele me expulsou do quarto dele essa manhã — disse Mary, batendo os pés no chão com irritação.

A irritação da menina deixou a enfermeira bem satisfeita. A verdade era que ela estava com receio de que fosse encontrar Mary chorando e escondendo a cabeça debaixo das cobertas.

— Está certo — ela disse. — Você está no humor certo. Vá lá e dê uma bronca nele. Dê a ele algo novo que o faça pensar. Por favor, vá, criança, o mais rápido que puder.

Foi só bem depois que Mary percebeu que a coisa tinha sido engraçada e ao mesmo tempo horrível — era engraçado um bando de adultos estar tão apavorado que recorria a uma garotinha justamente por achar que ela era quase tão má quanto o próprio Colin.

Ela voou pelo corredor e quanto mais perto chegava dos gritos mais raiva sentia. Estava se sentindo muito má quando chegou até a porta. Empurrando-a com força a abriu e atravessou o quarto até a cama com dossel.

— Pare! — ela praticamente gritou. — Pare! Eu odeio você! Todo mundo odeia você! Eu queria que todos saíssem da casa e deixassem você gritar até morrer! Você *iria* gritar até morrer num minuto, e era o que eu queria!

Uma criança boazinha e solidária nunca poderia ter pensado em dizer tais coisas, mas aconteceu que o choque de ter ouvido aquilo foi a melhor coisa para aquele menino histérico que ninguém nunca tinha ousado conter ou contradizer.

Ele estava deitado de bruços batendo no travesseiro com as mãos e na verdade quase pulou, virando-se muito rapidamente com o som de uma vozinha furiosa. O rosto dele estava horrível, branco, vermelho e inchado, e ele estava ofegante e engasgado; mas a pequena selvagem Mary não se comoveu nem um pinguinho.

— Se você der outro grito... — ela disse — eu grito também... e eu consigo gritar mais alto que você e vou assustá-lo, vou assustá-lo!

Na verdade, ele tinha parado de gritar, já que ela o tinha assustado muito. O grito que ele conteve quase o sufocou. As lágrimas escorriam pela face e tremia por inteiro.

— Não consigo parar! — ele falou ofegante e soluçando. — Não consigo... não consigo!

— Você consegue! — gritou Mary. — Metade do que te aflige é histeria e birra... só histeria... histeria... histeria! — e ela batia o pé a cada vez que dizia isso.

— Eu sinto o caroço... eu o sinto — Colin falou engasgado. — Sabia que apareceria. Vou ter uma corcunda nas costas e depois vou morrer — e começou a se contorcer de novo, virou o rosto, soluçou e gemeu, mas não gritou.

— Você não sentiu um caroço! — Mary o contradisse com firmeza. — Se você sentiu foi só um caroço histérico. Histeria forma caroços. Não tem nenhum problema com as suas costas horríveis... nada além de histeria! Vire-se e deixe-me olhar!

Ela gostou da palavra "histeria" e sentia que ela produzia um efeito nele. Ele provavelmente sentia o mesmo que ela e nunca tinha ouvido falar nisso antes.

— Enfermeira — ela ordenou —, venha aqui e me mostre as costas dele agora mesmo!

A enfermeira, a Sra. Medlock e Martha estavam paradas e amontoadas perto da porta olhando fixamente para ela, com as bocas semiabertas. Todas as três tinham suspirado com medo por mais de uma vez. A enfermeira se aproximou como se estivesse meio amedrontada. Colin começou a se erguer com grandes soluços e sem fôlego.

— Talvez ele... ele não me deixe — ela hesitou com voz baixa.

Colin a ouviu, de qualquer forma, ele falou ofegante entre dois soluços:

— Mos-mostre a ela! Ela... ela vai ver então!

Não eram mais que umas costinhas mirradas e magrelas para se ver quando ficaram expostas. Cada costela podia ser contada assim como cada vértebra da espinha dorsal, embora a Senhorita Mary não as tenha contado, quando se abaixou para examiná-las com um rostinho selvagem e solene. Ela tinha uma expressão tão azeda e antipática que a enfermeira virou a cabeça de lado para esconder uma contração na boca. Houve um minuto completo de silêncio, até mesmo Colin tentou segurar a respiração enquanto Mary examinava a espinha dorsal dele de cima a baixo e de baixo a cima, tão atentamente como se ela fosse o doutor ilustre de Londres.

— Não tem um único caroço aí! — ela disse finalmente. — Não tem um caroço tão grande quanto um alfinete... exceto caroço de ossos, e você só conseguiu senti-los porque é magro. Eu também tenho caroço de ossos na coluna, e eles costumavam espetar tanto quanto os seus, até que comecei a engordar, e ainda não engordei o suficiente para escondê-los. Não há caroço tão grande quanto um alfinete! Se você disser que vê algum, eu vou rir!

Ninguém exceto o próprio Colin sabia o efeito que aquelas palavras de mau humor infantis exerciam sobre ele. Se ele já tivesse tido alguém com quem falar a respeito de seus temores secretos — se ele já tivesse ousado se permitir fazer perguntas — se ele tivesse tido companheiros infantis e não tivesse permanecido deitado de costas naquela enorme casa fechada, respirando uma atmosfera pesada com medo de pessoas que na sua maioria eram ignorantes e estavam cansadas dele, ele teria descoberto que a maior parte de seus pavores e de suas doenças era criada por ele mesmo. Mas ele tinha ficado deitado e pensara em si e em suas dores e em seu aborrecimentos por horas, meses e anos. E agora aquela menininha brava e sem compaixão insistia obstinadamente que ele não estava doente quando pensava estar, e sentia de fato que ela devia estar falando a verdade.

— Eu não sabia — arriscou-se a enfermeira — que ele achava que tinha um caroço na espinha dorsal. As costas dele são fracas porque ele não tenta se sentar. Eu poderia ter falado para ele que não havia caroço.

Colin engoliu em seco e virou o rosto um pouco para olhá-la.

— Po-poderia? — ele disse de forma patética.

— Sim, Senhor.

— Viu! — disse Mary, e ela também engoliu em seco.

Colin virou o rosto novamente e exceto por suas prolongadas respirações com interrupções, que representavam o final dos ataques de soluços, ele continuou deitado por um momento, embora muitas lágrimas escorressem pela sua face e molhassem o travesseiro. De fato, as lágrimas significavam que um magnífico e estranho alívio tinha se apoderado dele. Logo ele virou e olhou a enfermeira novamente e curiosamente não parecia um Rajá de forma alguma quando falou com ela.

— Você acha que... eu poderei... viver até me tornar adulto? — ele perguntou.

A enfermeira não era esperta nem compassiva, mas pôde repetir algumas das palavras do médico de Londres.

— O senhor provavelmente viverá se fizer o que dizem para fazer e não der espaço para as suas irritações, e tomar muito ar fresco.

O acesso de raiva de Colin tinha passado, e ele estava fraco, esgotado por causa do choro e talvez isso o tenha feito se sentir gentil. Ele esticou um pouco a mão na direção de Mary, fico feliz por dizer que Mary estava branda porque o seu acesso de raiva também tinha passado, e a mão dela encontrou a dele a meio caminho, o que era um jeito de fazer as pazes.

— Eu vou... eu vou sair com você, Mary — ele disse. — Eu não vou odiar o ar fresco, se nós conseguirmos achar... — Ele se lembrou a tempo de segurar a língua e não dizer "se conseguirmos achar o jardim secreto" e finalizou —, eu vou gostar de sair com você, se Dickon vier e empurrar a minha cadeira. Quero realmente ver Dickon, a raposa e o corvo.

A enfermeira refez a cama desfeita, sacudiu e arrumou os travesseiros. Depois ela fez um caldinho de carne para Colin e deu para Mary também, que ficou muito satisfeita de tomá-lo depois de seu desgaste. A Sra. Medlock e Martha alegremente escapuliram, e depois que tudo ficou limpo, calmo e em ordem, a enfermeira parecia muito feliz achando que pudesse escapulir também. Ela era uma jovem saudável que ressentia suas horas de sono roubadas e bocejou de forma muito evidente quando olhou para Mary, que tinha empurrado o grande escabelo para perto da cama com dossel e estava segurando a mão de Colin.

— Você pode ir dormir — a enfermeira disse. — Ele vai cair no sono logo logo, se não ficar muito perturbado. Depois eu mesma vou me deitar no quarto ao lado.

— Você gostaria que eu cantasse aquela canção que aprendi com a minha Aia? — Mary sussurrou para Colin.

Sua mão puxou a dela com gentileza e ele virou os olhos cansados para ela em súplica.

— Oh, sim! — ele respondeu. — É uma música tão suave. Eu vou dormir num minuto.

— Vou fazê-lo dormir — Mary disse para a enfermeira bocejante. — Você pode ir se quiser.

— Bem — disse a enfermeira, com uma tentativa de relutância. — Se ele não dormir em meia hora, pode me chamar.

— Tudo bem — respondeu Mary.

A enfermeira estava fora do quarto num minuto e assim que ela saiu, Colin puxou a mão de Mary novamente.

— Eu quase falei — ele disse —, mas parei na hora certa. Não vou falar e vou dormir, mas você disse que tinha um monte de coisas legais para me contar. Você tem... você acha que encontrou o caminho para entrar no jardim secreto?

Mary olhou para seu rostinho abatido e cansado e seus olhos inchados, e o coração dela se abrandou.

— S-sim — ela respondeu — Eu acho que sim. E se você dormir eu lhe contarei amanhã.

A mão dele tremeu.

— Ah, Mary! — ele disse. — Ah, Mary! Se eu pudesse entrar lá, eu acho que viveria até me tornar adulto! Você acha que em vez de cantar a canção da Aia... você pode só me contar de forma gentil, como fez da primeira vez que esteve aqui, como você imagina que ele seja por dentro? Tenho certeza de que isso me fará dormir.

— Claro — Mary respondeu. — Feche os olhos.

Ele fechou os olhos e ficou deitado totalmente imóvel. Ela segurou a mão dele e começou a falar bem pausadamente e com uma voz bem baixinha.

— Eu acho que ele ficou abandonado por tanto tempo... que as plantas cresceram num entrelaçamento adorável. Acho que as roseiras subiram, e continuaram subindo e subindo até se pendurarem nos galhos e muros e rastejarem pelo chão... quase como uma estranha névoa cinza. Algumas delas morreram, mas muitas... estão vivas e quando o verão chegar haverá cortinas e fontes de rosas. Acho que o chão está forrado de narcisos, galantos e lírios abrindo caminho na escuridão da terra. Agora que a primavera começou, talvez... talvez...

O suave e monótono som da voz de Mary estava fazendo com que ele ficasse cada vez mais imóvel, e ela, percebendo isso, continuou.

— Talvez elas estejam aparecendo no gramado... talvez haja cachos de crocos roxos e dourados... agora mesmo. Talvez as folhas estejam começando a sair e a se desenrolar, e... talvez o cinza esteja mudando e um véu de névoa verde esteja se movendo lentamente... lentamente... sobre tudo. E os pássaros estão vindo espiar... porque é... tão seguro e silencioso. E talvez... talvez... talvez... — muito suave e lentamente de verdade — o pisco tenha encontrado uma companheira... e estejam fazendo um ninho.

E Colin adormeceu.

CAPÍTULO 18

OCÊ NUM TEM UM MINUTO A PERDÊ

É claro que Mary não acordou cedo na manhã seguinte. Ela dormiu até tarde porque estava cansada e, quando Martha trouxe o café da manhã, ela contou que embora Colin estivesse completamente quieto, ele estava doente e febril, como ele sempre ficava depois de ter se exaurido num ataque de choro. Mary tomou seu café da manhã devagar, enquanto ouvia.

— Ele disse que queria qu'ocê, por favor, ia lá vê ele assim que possível — Martha disse. — É esquisito, mas ele pegou afeição por ocê. Ocê com certeza deu uma lição nele na noite passada... num foi? Ninguém nunca que ia fazê uma coisa dessa. Ora! Pobre rapaz! Ele é tão mimado que num tem mais salvação. A mãe diz que tem duas coisa pior que pode acontecê pra uma criança: nunca tê as coisa do jeito que ela qué... ou sempre tê as coisa do jeito que ela qué. Ela num sabe qual é a pior. Ocê tava num humor e tanto também, né? Mas ele disse pra mim quando eu entrei no quarto dele: "Por favor, pede pra Senhorita Mary pra ela por favor vim falá comigo". Imagine ele falano por favor! Ocê vai, Senhorita?

— Vou correndo ver Dickon primeiro — disse Mary. — Não, vou ver Colin primeiro e lhe contar... eu sei o que vou lhe contar — com uma inspiração repentina.

Ela estava de chapéu quando apareceu no quarto de Colin e por uns segundos ele pareceu desapontado. Ele estava na cama. O rosto estava tão branco que dava dó e havia círculos escuros em volta dos olhos.

— Estou feliz que tenha vindo — ele disse. — Minha cabeça está doendo e todo o meu corpo também, por isso me sinto cansado. Você vai a algum lugar?

Mary se aproximou e se inclinou perto dele.

— Não vou demorar — ela disse. — Vou encontrar Dickon, mas vou voltar. Colin, é... é algo relacionado ao jardim.

O rosto dele se iluminou e recobrou um pouco de cor.

— Oh! É mesmo? — ele exclamou. — Eu sonhei com ele a noite toda. Eu ouvi você dizer algo sobre o cinza mudar para verde, e sonhei que eu estava em pé num lugar repleto de folhinhas verdes tremulantes... e havia pássaros em ninhos em toda parte e eles pareciam tão delicados e serenos. Vou ficar deitado e pensar sobre isso até você voltar.

Em cinco minutos, Mary estava com Dickon no jardim deles. A raposa e o corvo estavam com ele novamente e, dessa vez, ele tinha trazido dois esquilos domesticados.

— Eu vim montado no pônei essa manhã — ele disse. — Ora! Ele é um bom companheirinho... Pulinho é mesmo! Eu trouxe esses dois no meu bolso. Esse aqui é o Noz e esse outro ali é o Casca.

Quando o menino disse "Noz" um dos esquilos pulou no ombro direito dele e quando disse "Casca", o outro pulou no ombro esquerdo.

Quando eles se sentaram no gramado, com Capitão rodeado a seus pés, Fuligem solenemente ouvindo do alto de uma árvore e Noz e Casca xeretando perto deles, pareceu a Mary que seria quase insuportável deixar tal deleite; mas, quando ela começou a contar sua história, por alguma razão a expressão esquisita no rosto de Dickon aos poucos foi mudando sua opinião. Ela pôde ver que ele sentia mais tristeza por Colin do que ela. Ele olhava para o céu e para tudo em volta.

— Ouve só os passarinho... o mundo parece que tá cheio deles... tudo assobiano e pipilano — ele disse. — Olha eles voano como flecha, e escutano e chamano um o outro. Com a chegada da primavera, parece que tudo no mundo tá fazeno um chamamento. As folha tá desenrolano dum jeito que dá pra vê... e, pode acreditá, o cheiro bom tá espalhado! — falou inalando com seu nariz arrebitado. — E aquele pobre menino deitado e fechado veno tão pouco que ele acaba pensano em coisa que faz ele chorá. Ora! ora! A gente tem que trazê ele aqui... a gente tem que fazê ele olhá e ouvi e cheirá o ar e fazê ele ficá encharcado de brilho do sol. E a gente num tem tempo a perdê com isso.

Quando ele ficava muito interessado em algo, frequentemente falava completa e abertamente com sotaque de Yorkshire, embora em outras ocasiões ele tentasse modificar o seu dialeto para que Mary pudesse entender melhor. Mas ela adorava seu generoso Yorkshire e tinha de fato tentado aprender a falá-lo ela mesma. De forma que falava um pouquinho agora.

— Isso, a gente num tem um átimo pra desperdiçá — ela disse (o que significava — Sim, de verdade, nós não temos um minuto a perder). — Vou falá pra ele o que é que a gente vai fazê primeiro — ela prosseguiu, e Dickon deu um sorriso largo, porque quando a menininha tentava enrolar a língua para falar Yorkshire isso o divertia muito. — Ele tomou grande afeição por ocê. Ele quer vê ocê e quer vê Fuligem e Capitão. Quando eu voltá pra casa pra falá com ele, eu vou tratá com ele se ocê pode vê ele amanhã de manhã... e trazê os bichinho com ocê... e depois... aos pouco, quando tivé mais folha aparecendo, e tivé um botão de flor ou dois, a gente leva ele pra fora e ocê empurra a cadeira dele e a gente traz ele aqui e mostra tudo pra ele.

Quando terminou, ela estava muito orgulhosa dela mesma. Nunca tinha feito um discurso tão longo em Yorkshire antes; e ela tinha conservado tudo na memória muito bem.

— Ocê tem que falá um pouco de Yorkshire como fez agora com o Patrãozinho Colin — Dickon riu à vontade. — Ocê vai fazê ele ri e num tem coisa melhor pra gente doente nessa hora que ri. A mãe diz que acredita que meia hora de boa risada toda manhã pode curá um sujeito que tava com febre tifoide.

— Eu vou falar em Yorkshire com ele hoje mesmo — disse Mary, rindo com vontade também.

O jardim tinha chegado num ponto que, todo dia e toda noite, parecia haver Mágicos passando por ele e retirando encantos da terra e dos galhos das árvores com varinhas mágicas. Era difícil sair e deixar tudo aquilo, especialmente porque Noz tinha na verdade subido no vestido dela, e Casca, no tronco da macieira debaixo da qual eles estavam sentados, olhava para ela com olhos curiosos. Mas ela voltou para a casa e quando se sentou perto da cama de Colin, ele começou a farejar como Dickon fazia, embora não daquela forma experiente.

— Você está cheirando flores e... e coisas frescas — ele exclamou completamente alegre. — Que cheiro bom que você tem? É fresco e quente e doce tudo ao mesmo tempo.

— É o vento soprano da charneca — disse Mary. — É o resultado de sentá na grama debaixo duma árvore com Dickon e com Capitão e Fuligem e Noz e Casca. É a primavera que tá lá fora e o brilho do sol que faz tudo cheirá tão gostoso.

Ela disse tudo com um sotaque tão forte quanto conseguiu, e não dá para saber quanto é forte o sotaque de Yorkshire até ter ouvido alguém pronunciá-lo. Colin começou a rir.

— O que você está fazendo? — ele perguntou. — Eu nunca ouvi você falar assim antes. Parece muito engraçado.

— Eu tô te mostrano um pouquinho de Yorkshire — respondeu Mary de forma triunfante. — Eu num consigo falá tão bem quanto Dickon e Martha, mas dá pra ocê percebê que eu tô adaptano um pouquinho. Ocê num entende um pouco de Yorkshire quando ouve alguém falá? E ocê é um rapaz nascido e criado em Yorkshire! Ora! Eu acho qu'ocê devia era ficá envergonhado de ocê.

E depois ela começou a rir também, e os dois riram até não conseguirem parar mais e riram até que as risadas ecoaram no quarto e a Sra. Medlock veio abrir a porta e se retirou e permaneceu no corredor ouvindo admirada.

— Nossa, pode acreditá! — ela disse, também falando bem abertamente em Yorkshire, porque não havia ninguém para ouvi-la e estava muito surpresa. — Quem é que ia acreditá nisso! Quem é que na face da terra ia pensá num troço desse!

Havia tanto para falar. Parecia que Colin nunca conseguia ouvir bastante sobre Dickon, Capitão, Fuligem, Noz e Casca e sobre o pônei que se chamava Pulinho. Mary tinha dado uma volta pelo bosque com Dickon para ver Pulinho. Ele era um pequenino pônei peludo da charneca com mechas de crina grossas como franjas em cima de seus olhos, com uma cara bonitinha e um focinho aveludado. Ele era um tanto magro por viver da grama da charneca, mas era forte e resistente como se os músculos de suas pequenas pernas fossem feitos de molas de aço. Levantara a cabeça e relinchara gentilmente na mesma hora em que viu Dickon, e trotara em direção a ele, e colocara a cabeça transversalmente no ombro do menino e depois Dickon cochichara alguma coisa na orelha dele e Pulinho respondera com pequenos e curiosos relinchos, baforadas e pufes. Dickon pediu-lhe para dar a patinha dianteira para Mary e depois beijá-la na bochecha com o focinho aveludado.

— Ele realmente entende tudo que Dickon diz? — Colin perguntou.

— Parece que sim — respondeu Mary. — Dickon diz que qualquer coisa consegue entender o que se diz, quando se é amigo de verdade, basta ser amigo de verdade.

Colin ficou deitado sem dizer nada por um tempo e seus estranhos olhos cinzentos pareciam observar a parede, e Mary viu que ele estava pensando.

— Eu queria ser amigo das coisas — ele disse por fim —, mas não sou. Eu nunca tive nenhuma coisa de quem ser amigo, e não consigo aguentar as pessoas.

— Você não consegue me aguentar? — perguntou Mary.

— Sim, eu consigo — ele respondeu. — É engraçado, mas eu até gosto de você.

— Ben Weatherstaff disse que eu era como ele — disse Mary. — Ele disse que garantia que nós dois tínhamos o mesmo temperamento ruim. Eu acho que você é como ele também. Somos os três parecidos: você e eu e Ben Weatherstaff. Ele disse que não havia muito que olhar em nós e que éramos tão azedos quanto parecíamos. Mas eu não me sinto tão azeda quanto eu era depois que conheci o pisco e Dickon.

— Você sentia que odiava as pessoas?

— Sim — respondeu Mary sem nenhuma afetação. — Eu teria detestado você, se o tivesse conhecido antes de conhecer o pisco e Dickon.

Colin esticou a mão e tocou Mary.

— Mary — ele falou —, eu não queria ter dito o que disse sobre mandar Dickon embora. Eu a odiei quando você disse que ele era como um anjo, e eu ri de você, mas... mas talvez ele seja.

— Bem, é um tanto estranho dizer isso — ela admitiu francamente —, porque o nariz dele é arrebitado, ele tem uma boca grande, as roupas dele têm remendos em todos os lugares e ele fala com verdadeiro sotaque de Yorkshire, mas... mas se um anjo viesse de verdade para Yorkshire e vivesse na charneca... se existisse um anjo de Yorkshire... eu acredito que ele entenderia sobre as coisas verdes e saberia fazê-las crescer e saberia conversar com os bichinhos silvestres como Dickon faz, e eles saberiam que ele era um amigo de verdade.

— Eu não me importaria se Dickon olhasse para mim — disse Colin. — Eu quero vê-lo.

— Estou contente que você falou isso — disse Mary. — Porque... porque...

No mesmo instante, ela compreendeu que aquele era o momento de lhe contar. Colin sabia que algo novo estava por vir.

— Porque o quê? — ele perguntou com ansiedade.

Mary estava tão ansiosa que se levantou do escabelo, se aproximou dele e segurou lhe as mãos.

— Posso confiar em você? Eu confiei em Dickon, porque os pássaros confiavam nele. Posso confiar em você... de verdade... *de verdade*? — ela implorou.

O rosto dela estava tão solene que ele quase sussurrou a resposta.

— Pode... pode!

— Bem, Dickon virá vê-lo amanhã de manhã e trará todos os bichinhos com ele.

— Oh! Oh! — Colin exclamou com satisfação.

— Mas isso não é tudo — Mary continuou solene e quase pálida de agitação. — O resto é melhor. Há uma porta para o jardim. Eu a encontrei. Fica debaixo de uma hera no muro.

Se ele fosse um menino forte e saudável, Colin provavelmente teria gritado "Oba! Oba! Oba!", mas ele era fraco e um tanto histérico; seus olhos se arregalaram cada vez mais, e ele ficou ofegante para respirar.

— Oh! Mary! — ele exclamou em meio a um soluço. — Eu vou poder ver o jardim? Eu vou poder entrar nele? Eu vou poder *viver* para entrar nele? — e ele agarrou as mãos dela e as puxou em sua direção.

— Claro que você vai poder vê-lo! — Mary falou bruscamente com indignação. — É claro que você vai poder viver para entrar nele! Não seja tolo!

E ela era tão não histérica, natural e infantil que o fez cair em si e começar a rir dele mesmo. Poucos minutos depois, ela estava sentada no escabelo de novo, contando-lhe não como ela imaginava que o jardim secreto seria, mas como ele era realmente. As dores e o cansaço de Colin foram esquecidos e ele ficou ouvindo arrebatado.

— É exatamente como você imaginava que ele fosse — disse ele por fim. — Parece que você realmente o tinha visto. Você sabe que foi isso o que você disse quando me contou sobre ele a primeira vez.

Mary hesitou um pouco e depois falou a verdade com coragem.

— Eu o tinha visto... e tinha entrado nele — ela disse. — Eu encontrei a chave e entrei lá algumas semanas atrás. Mas eu não me atrevi a contar a você... eu não me atrevi porque eu tinha muito medo de não poder confiar em você... *de verdade*!

CAPÍTULO 19
ELA CHEGOU!

É claro que o Dr. Craven foi chamado pela manhã, depois do acesso de raiva de Colin. Ele sempre era chamado imediatamente depois do ocorrido e sempre encontrava, quando chegava, um menino branco, abalado, deitado na cama, amuado e ainda tão histérico que estava a ponto de ter um novo soluço com a menor palavra que fosse. De fato, o Dr. Craven temia e detestava as dificuldades dessas visitas. Nessa ocasião, ele veio para Misselthwaite Manor só à tarde.

— Como ele está? — ele perguntou à Sra. Medlock com muita irritação, quando chegou. — Ele vai estourar um vaso sanguíneo num desses acessos um dia. O menino é meio insano com histeria e autocomplacência.

— Bem, senhor — respondeu a Sra. Medlock —, o senhor mal vai acreditar em seus olhos, quando o vir. Aquela criança sem graça e com cara de azeda, que é quase tão má quanto ele mesmo, acabou de enfeitiçá-lo. Como ela fez isso, não se sabe. Não há nada especial nela e mal dá para ouvi-la falar, mas ela fez o que nenhum de nós nunca ousou fazer. Apenas voou até ele como uma gatinha na noite passada, bateu os pés no chão e ordenou que ele parasse de gritar, e o assustou de tal forma que ele realmente parou, e esta tarde... bem, venha e veja o senhor mesmo. Só vendo para crer.

A cena que o Dr. Craven viu ao entrar no quarto de seu paciente o assustou de fato. Quando a Sra. Medlock abriu a porta, ele ouviu risadas e tagarelices. Colin estava no sofá de roupão, sentado completamente ereto, olhando uma gravura num dos livros de jardinagem e conversando com a criança sem graça, que, naquele momento, não poderia ser chamada de sem graça de modo algum, porque seu rosto estava todo iluminado de alegria.

— Essas longas esporas de flores azuis... vamos ter muitas dessas — Colin estava anunciando. — São chamadas *Del-phin-iums*.

— Dickon diz que são esporinhas crescidas e imponentes — exclamou a Senhorita Mary. — Já há montes delas lá.

Então eles viram o Dr. Craven e pararam. Mary ficou completamente calada e Colin parecia inquieto.

— Sinto saber que você esteve doente ontem à noite, meu menino — O Dr. Craven disse de forma um pouco nervosa. Ele era um homem um tanto nervoso.

— Estou melhor agora... muito melhor — Colin disse, quase como um Rajá. — Vou sair na minha cadeira daqui a um ou dois dias, se eu estiver bem. Quero tomar um pouco de ar fresco.

O Dr. Craven se sentou ao lado dele e mediu sua pulsação, olhando-o com curiosidade.

— Deverá estar fazendo um dia muito bom para isso — ele disse —, e você deve ter muito cuidado para não se cansar.

— Ar fresco não vai me cansar — disse o pequeno Rajá.

Como houvera vezes em que esse mesmo pequeno cavalheiro tinha gritado em alto e bom som, insistindo que ar fresco lhe provocaria resfriado e o mataria, não era de admirar que seu médico se sentisse um tanto perplexo.

— Achei que você não gostasse de ar fresco — ele disse.

— Não gosto quando estou sozinho — retorquiu o Rajá —, mas minha prima sairá comigo.

— E a enfermeira, é claro? — sugeriu o Dr. Craven.

— Não, não vou levar a enfermeira — disse de forma tão estupenda que Mary não conseguiu deixar de se lembrar do jovem Príncipe nativo com seus diamantes, esmeraldas e pérolas em toda a sua roupa e os grandes rubis na pequena mão escura quando acenava para dar comando aos seus criados que se aproximassem para que fizessem reverências e recebessem ordens.

— Minha prima sabe como tomar conta de mim. Sinto-me sempre melhor quando ela está comigo. Ela me fez melhorar ontem à noite. Um menino muito forte que eu conheço irá empurrar a minha cadeira.

O Dr. Craven ficou um tanto alarmado. Se acontecesse de esse menino desagradável e histérico ficar curado, o doutor perderia a oportunidade de herdar Misselthwaite; mas ele não era um homem sem escrúpulos, embora fosse fraco, e não tinha a intenção de deixá-lo correr um perigo de verdade.

— Ele tem de ser um menino muito forte e firme — ele disse. — Preciso saber alguma coisa sobre ele. Quem é ele? Qual é o nome dele?

— É Dickon — Mary falou alto de repente. Ela sentia de alguma forma que todo mundo que conhecesse a charneca devia conhecer Dickon. E estava mesmo certa. Ela viu que, por um momento, o rosto sério do Dr. Craven relaxou num sorriso de alívio.

— Oh, Dickon — ele disse. — Se for Dickon, você está em total segurança. Ele é tão forte quanto um pônei da charneca, Dickon é mesmo.

— Ocê pode confiá nele — disse Mary. — Ele é o garoto qu'ocê mais pode confiá em Yorkshire. — Ela estava falando em Yorkshire com Colin e não se deu conta de que continuava.

— Dickon lhe ensinou a falar assim? — perguntou o Dr. Craven, rindo abertamente.

— Estou aprendendo como se fosse francês — Mary disse de forma bem fria. — É como um dialeto na Índia. Pessoas muito inteligentes tentam aprendê-los. Eu gosto e Colin também.

— Muito bem — ele disse. — Se vocês se divertem talvez não lhes faça mal algum. Você tomou brometo ontem à noite, Colin?

— Não — Colin respondeu. — Eu não ia tomar mesmo, e depois Mary me fez ficar tranquilo e falou comigo, em voz baixa, até eu dormir... sobre a primavera se espalhando por um jardim.

— É bem confortador — disse o Dr. Craven, mais perplexo que nunca e olhando de soslaio para a Senhorita Mary sentada no escabelo e com os olhos baixos olhando para o tapete e em silêncio. — Você está evidentemente melhor, mas deve se lembrar de...

— Eu não quero me lembrar — interrompeu o Rajá, que apareceu de novo. — Quando eu me deito sozinho e me lembro, eu começo a ter dores em todos os lugares e penso em coisas que me fazem gritar porque eu as odeio. Se houvesse um médico em qualquer lugar que pudesse nos fazer esquecer de que estamos doentes em vez de nos lembrar, eu o faria vir aqui. — E ele acenou para dispensá-lo com sua mão fina que bem poderia estar coberta com anéis de sinete reais feitos de rubis. — É justamente porque minha prima me faz esquecer que ela me faz sentir melhor.

O Dr. Craven nunca tinha feito uma visita tão rápida depois de um "acesso de raiva"; com frequência ele era obrigado a permanecer por um longo tempo e fazer muitas coisas. Essa tarde ele não prescreveu nenhum remédio nem deu alguma nova ordem e foi poupado de presenciar qualquer cena desagradável. Quando desceu, parecia muito pensativo e, quando falou com a Sra. Medlock na biblioteca, ela achou que ele estava um tanto perplexo.

— Então, meu senhor — ela se arriscou —, daria para acreditar nisso?

— É certamente uma nova situação — disse o médico. — E não há como negar que é melhor do que a de antes.

— Eu acredito que Susan Sowerby esteja certa... de verdade — disse a Sra. Medlock. — Eu parei em sua casinha no caminho para Thwaite, ontem, e conversei um pouquinho com ela. E ela disse para mim: "Vê só, Sarah Ann, ela pode num sê uma criança boa, e ela pode num sê uma criança bonita, mas ela é uma criança, e criança precisa de criança". Nós estudamos juntas, Susan Sowerby e eu.

— Ela é a melhor enfermeira que eu conheço — disse o Dr. Craven. — Quando eu a encontro numa casa, sei que as chances de o meu paciente ficar curado são grandes.

A Sra. Medlock sorriu. Ela tinha afeição por Susan Sowerby.

— Ela tem jeito para essas coisas, Susan tem mesmo — ela continuou muito falante. — Eu fiquei pensando a manhã inteira numa coisa que ela falou ontem. Ela disse: "Uma vez quando eu tava dano um sermão nas criança depois de uma briga delas, eu disse pra elas que, quando eu tava na escola, meu professor de jografia disse que o mundo tinha a forma de uma laranja, e eu descobri antes de tê dez ano que uma laranja inteira não é de ninguém. Ninguém tem mais que o seu pedacinho, e tem vez que parece que num tem pedacinho suficiente pra todo mundo. Mas nenhum de ocês pode achá que é dono da laranja inteira ou ocê vai descobri que tá errado, e vai descobri depois de muito sofrimento". "O que as criança aprende com as outra criança", ela disse, "é que num faz sentido agarrá a laranja inteira... casca e tudo. Se ocê agarrá é provável qu'ocê vai ficá até com as semente, e elas é muito amarga pra comê".

— Ela é uma mulher perspicaz — disse o Dr. Craven, vestindo o casaco.

— Bem, ela tem um jeito especial de dizer as coisas — finalizou a Sra. Medlock, muito satisfeita. — Às vezes eu digo para ela: "Ora! Susan, se você fosse uma mulher diferente e não falasse esse Yorkshire tão carregado, eu teria de lhe dizer muitas vezes que você é inteligente".

Naquela noite Colin dormiu sem acordar uma única vez e, quando abriu os olhos de manhã, permaneceu deitado e sorrindo sem saber — sorria porque se sentia tão surpreendentemente confortável. Na verdade era bom estar acordado, e ele se virou e se espreguiçou para valer. Sentiu que os cordões apertados que o prendera tinham se soltado e o deixado livre. Não sabia que o Dr. Craven teria dito que seus nervos tinham relaxado e estavam descansados. Em vez de ficar deitado olhando para a parede e desejar não ter acordado, sua cabeça estava cheia de planos que ele e Mary tinham feito no dia anterior, de imagens do jardim e de Dickon e seus animais silvestres. Era tão bom ter coisas em que pensar. E ele estava acordado não fazia nem dez minutos quando ouviu passos apressados pelo corredor e Mary apareceu na porta. No minuto seguinte ela estava dentro do quarto e tinha ido até sua cama, levando consigo uma lufada de ar fresco cheia do aroma da manhã.

— Você estava lá fora! Você estava lá fora! Tem um cheiro bom de folhas! — ele exclamou.

Mary estivera correndo e seus cabelos estavam soltos e esvoaçantes; estava luminosa por causa do ar e com as bochechas rosadas, embora ela não pudesse ver nada disso.

— Está tão bonito! — ela disse, quase sem fôlego. — Nunca se viu coisa mais bonita! Ela chegou! Eu achei que ela tinha chegado naquela outra manhã, mas ela estava quase chegando. Agora ela chegou! A primavera chegou! Dickon disse!

— Chegou?! — perguntou Colin, admirado, e, embora ele não soubesse realmente nada a respeito da primavera, sentiu seu coração palpitar. Ele na verdade se sentou na cama.

— Abra a janela! — ele acrescentou, rindo em parte por causa de uma empolgação alegre e em parte por causa de suas próprias fantasias. — Talvez iremos ouvir trombetas douradas!

E, embora ele tivesse dito isso em tom de brincadeira, Mary estava na janela num instante e no outro já a tinha escancarado, e frescor, suavidade, aroma e o canto dos pássaros afluíram no quarto.

— Isso é ar fresco — ela disse. — Deite-se de costas e respire profundamente. Isso é o que Dickon faz quando ele está deitado na charneca. Ele diz que sente o ar entrar nas veias; e o ar o faz forte; e ele sente que poderia viver para sempre. Respire e continue respirando.

Ela estava apenas repetindo o que Dickon lhe tinha dito, mas isso agradou a Colin.

— Para sempre! O ar o faz se sentir assim? — ele perguntou e fez o que ela falou, respirou profundamente muitas e muitas vezes até que sentiu que algo completamente novo e agradável estava acontecendo com ele.

Mary estava ao lado da cama dele novamente.

— As coisas estão rompendo da terra — ela prosseguiu apressadamente. — E há flores desabrochando e botões em tudo; e o véu verde cobriu quase todo o cinza e os pássaros estão numa tal pressa para fazer seus ninhos, com medo de estarem atrasados demais, que alguns deles estão lutando por espaço no jardim secreto. E os arbustos de rosa parecem ter verdadeiramente viveza, e há prímulas nos caminhos e no bosque, e as sementes que plantamos nasceram,

e Dickon trouxe a raposa, o corvo, os esquilos e um cordeiro recém-
-nascido.

E então ela fez uma pausa para respirar. O cordeiro recém-
-nascido tinha sido encontrado por Dickon, três dias antes, deitado
ao lado de sua mãe morta entre os arbustos de tojo na charneca. Ele
não era o primeiro cordeiro sem mãe que Dickon havia encontrado,
e ele sabia o que fazer com o animalzinho. Levara o cordeiro para a
casinha, enrolado em sua jaqueta, e o deixou deitado perto do fogo
e deu a ele leite quente. Era uma coisinha fofa, com uma carinha
de bebê, graciosa e inocente e com pernas um pouco longas demais
para o corpo. Dickon o tinha carregado no colo pela charneca e
a mamadeira dele estava em seu bolso com um esquilo, e quando
Mary se sentara debaixo de uma árvore com esse montinho quente
trêmulo em seu colo, ela se sentiu repleta de tal alegria que mal
conseguia falar. Um cordeiro... um cordeiro! Um cordeiro vivo que
deitava no seu colo como um bebê!

Ela descrevia isso com grande alegria, e Colin ouvia e respirava
profundamente, quando a enfermeira entrou. Ela se assustou por
um momento ao ver a janela aberta. Tinha ficado sentada sufocada
muitos dias de calor no quarto, porque seu paciente tinha certeza
de que as janelas abertas deixavam as pessoas resfriadas.

— Tem certeza de não estar com frio, Patrãozinho Colin? — ela
inquiriu.

— Não — foi a resposta. — Estou respirando profundamente
o ar fresco. O ar nos deixa fortes. Vou me levantar e ficar no sofá
para tomar o café da manhã. Minha prima vai tomar o café da
manhã comigo.

A enfermeira saiu do quarto, escondendo um sorriso, para pedir
dois cafés da manhã. Ela achava a sala dos criados mais divertida
do que o quarto do inválido, e justo agora todos queriam ouvir as
novidades do andar superior. Havia muitas piadas a respeito do
jovem recluso e impopular que, como a cozinheira dizia: "tinha
encontrado quem mandasse nele, e era bem feito para ele". A
criadagem tinha se cansado de ouvir sobre os acessos de raiva
do menino, e o mordomo, que era um homem de família, tinha

expressado mais de uma vez sua opinião de que o inválido teria melhorado de tudo "com uma boa surra".

Colin estava no sofá, e o café da manhã para dois fora posto sobre a mesa, e, então, com seu jeito de rajá, anunciou para a enfermeira:

— Um menino, uma raposa, um corvo, dois esquilos e um cordeiro recém-nascido estão vindo me ver esta manhã. Eu quero que eles subam assim que chegarem — ele disse. — Não é para vocês ficarem brincando com os animais na sala dos criados e mantê-los lá. Eu os quero aqui.

A enfermeira deu uma pequena engasgada e tentou disfarçá-la com uma tosse.

— Sim, Senhor — ela respondeu.

— Vou lhe dizer o que você pode fazer — acrescentou Colin, acenando com a mão. — Pode dizer a Martha para trazê-los aqui. O menino é irmão dela. O nome dele é Dickon; ele é um encantador de animais.

— Espero que os animais não mordam, Patrãozinho Colin — disse a enfermeira.

— Eu falei que ele é um encantador — disse Colin austeramente. — Animais de encantadores nunca mordem.

— Há encantadores de cobras na Índia — disse Mary. — E eles podem pôr a cabeça das cobras na boca.

— Deus meu! — a enfermeira se arrepiou.

Eles tomaram o café da manhã com o ar circulando no quarto. O café da manhã de Colin era muito apetitoso e Mary observava Colin com sério interesse.

— Você vai começar a engordar exatamente como eu — ela disse. — Eu nunca queria tomar o café da manhã quando estava na Índia, mas agora sempre quero.

— Eu quero tomar o meu esta manhã — disse Colin. — Talvez seja o ar fresco. Quando você acha que Dickon vai chegar?

Ele não demorou muito tempo para chegar. Em cerca de dez minutos, Mary ergueu a mão.

— Escute! — ela disse. — Você ouviu um crocitar?

Colin escutou e o ouviu, era o som mais estranho do mundo para se ouvir dentro de uma casa, um "cuá-cuá" rouco.

— Ouvi — ele respondeu.

— Esse é o Fuligem — disse Mary. — Escute de novo. Você ouve um balido... um bem fraquinho?

— Oh, sim! — exclamou Colin, cheio de vida.

— É o cordeiro recém-nascido — disse Mary. — Ele está chegando.

As botas de andar na charneca de Dickon eram rústicas e, embora ele tentasse andar sem fazer barulho, elas produziam um som desajeitado enquanto ele andava pelos longos corredores. Mary e Colin o ouviram marchando... marchando, até ele passar pela porta com a tapeçaria em direção ao tapete fofo da passagem para o quarto de Colin.

— Com sua licença, Senhor — anunciou Martha, abrindo a porta — com sua licença, Senhor, aqui tá Dickon e as suas criatura.

Dickon entrou e deu um de seus mais belos sorrisos largos. O cordeiro recém-nascido estava no seu colo e a pequena raposa vermelha trotava ao seu lado. Noz estava sentado em seu ombro esquerdo, Fuligem no direito e a cabeça e as patas de Casca despontavam do bolso de seu casaco.

Colin se sentou lentamente e fixou os olhos neles sem conseguir desviá-los — da mesma forma que encarou Mary a primeira vez que a viu; mas esse era um olhar fixo de admiração e encantamento. A verdade era que por mais que ele tivesse ouvido, não tinha a mínima ideia de como seria aquele menino, e que a raposa, o corvo, os esquilos e o cordeiro iriam estar tão perto dele e da sua amizade que pareciam quase fazer parte de Dickon. Colin nunca tinha falado com um menino na vida e estava tão dominado pelo prazer e curiosidade que nem mesmo concebia falar.

Mas Dickon não se sentiu nem um pouco tímido nem embaraçado. Não tinha se sentido perturbado, porque o corvo não sabia a sua língua, e eles apenas se olharam sem falar um com o outro a primeira vez que se viram. As criaturas eram sempre assim até descobrirem mais sobre você. Ele caminhou até o sofá onde Colin estava e em silêncio colocou o cordeiro recém-nascido no colo de Colin; no mesmo instante o animalzinho virou em volta do roupão quente de veludo do menino e começou a se aninhar cada vez mais nas dobras, acomodando sua cabeça cheia de cachinhos com agitação graciosa. É claro que nenhum menino conseguiria ficar sem falar nada depois disso.

— O que ele está fazendo? — perguntou Colin. — O que ele quer?

— Ele quer a mãe dele — disse Dickon, sorrindo cada vez mais. — Eu o trouxe pra ti com um pouco de fome, porque eu sabia qu'ocê ia gostá de vê ele comê.

Dickon se ajoelhou ao lado do sofá e tirou uma mamadeira de dentro do bolso.

— Vem aqui, pequenininho — ele disse, virando a cabecinha branca de lã com uma mão morena e gentil. — É isso aqui qu'ocê tá quereno. Ocê vai ganhá mais aqui do que daí desse casaco de veludo macio. Aqui agora — e ele empurrou a ponta de borracha da mamadeira na boquinha aninhada, e o cordeiro começou a sugá-la com contentamento voraz.

Depois disso, eles se sentiram à vontade para falar. Quando o cordeiro dormiu, as perguntas brotaram, e Dickon respondeu a todas elas. Contou-lhes como ele tinha encontrado o cordeiro três dias atrás justamente quando o sol estava nascendo. Ele estava na charneca ouvindo uma cotovia e observando-a girar cada vez mais alto no céu, até que ela se transformou numa mancha lá no alto azul.

— Eu quase que perdi ela se não era o canto; e eu tava imaginano como eu conseguia ouvi ela se parecia que ela tava saindo do mundo num minuto... e foi aí que eu ouvi uma outra coisa quase longe no meio dos arbusto de tojo. Era um balido fraquinho, e eu sabia que se tratava de um cordeirinho com fome e sabia que se ele tava com fome era porque tinha perdido a mãe por algum motivo, então comecei a procurá. Ora! Procurei de verdade por ele. Eu saía e entrava no meio dos arbusto de tojo e dava a volta e outra volta e sempre parecia que eu pegava o caminho errado. Mas por fim eu vi um pedacinho branco perto de uma rocha no alto da charneca e aí eu subi e encontrei ele meio morto com frio e choramingano.

Enquanto ele falava, Fuligem saiu e entrou voando com formalidade pela janela aberta e crocitou comentários sobre a vista, enquanto Noz e Casca faziam passeios pela grande árvore do lado de fora, subindo e descendo no tronco, explorando os galhos. Capitão se encolheu perto de Dickon, que preferiu se sentar no tapete em frente à lareira.

Eles olharam as gravuras no livro de jardinagem; Dickon conhecia todas as flores pelo nome que elas tinham no campo e sabia exatamente quais delas já estavam crescendo no jardim secreto.

— Eu num sei dizê esse nome — ele disse, apontando para uma flor sob a qual estava escrito "Aquilégia" —, mas a gente chama ela de columbina, e aquela ali é boca-de-leão e as duas cresce solta nas cerca viva, mas essas é de jardim, e elas é mais grande e imponente. Tem um amontoado de colombina no jardim. Elas vão parecê com uma cama de borboletas azul e branca flutuano quando desabrochá.

— Eu vou ver todas elas! — exclamou Colin. — Eu vou ver todas elas!

— Ora, isso ocê tem que vê — disse Mary com bastante seriedade —, e ocê num tem um minuto a perdê.

CAPÍTULO 20

EU VOU VIVER PARA SEMPRE E SEMPRE E SEMPRE!

Mas eles foram obrigados a esperar por mais de uma semana, porque primeiro houve alguns dias com muito vento e depois Colin quase pegou um resfriado; esses dois acontecimentos seguidos o levariam, sem dúvida, a ficar com muita raiva, caso não fossem tantos planos meticulosos e secretos do que se fazer, e Dickon que ia lá quase todos os dias, mesmo que por poucos minutos, para contar o que estava acontecendo na charneca, nos caminhos e nas cercas vivas e nas beiras dos córregos. Dickon falava sobre as casas de lontras, texugos e ratos-de-água, além dos ninhos de pássaros e ratos-do-campo e suas tocas, e isso tudo era o suficiente para fazer tremer de emoção quando se ouvia os detalhes íntimos relatados por um encantador de animais e se percebia com que avidez e ansiedade penetrantes todo o mundo subterrâneo atarefado estava trabalhando.

— Eles tudo é igual a gente — disse Dickon —, só que eles têm que fazê a casa deles todo ano. E isso faz eles ficá tão ocupado que fica um alvoroçado só pra consegui terminá.

O que mais os absorveu, no entanto, foi a preparação para transportar Colin até o jardim em total segredo. Ninguém poderia ver a cadeira ser transportada, e nem Dickon e Mary depois de eles terem contornado certo canto das moitas de arbustos e entrado no caminho de fora do muro com a hera. Com o passar dos dias,

Colin estava se sentindo cada vez mais seguro com os sentimentos de que o mistério envolvendo o jardim secreto era um dos seus maiores encantos. Nada deveria estragá-lo. Ninguém deveria suspeitar de que eles tinham um segredo. As pessoas deveriam pensar que ele estava simplesmente saindo com Mary e Dickon, porque ele gostava deles e não tinha objeção quanto ao fato de ser visto por eles. Eles tinham longas conversas e bem encantadoras sobre a rota que fariam. Iriam subir por esse caminho; descer por aquele outro; atravessar o outro; e contornar a fonte com canteiro de flores como se tivessem olhando as "mudas transportadas" que o jardineiro-chefe, o Sr. Roach, vinha pondo em ordem. Parecia algo tão racional que ninguém pensaria que era um mistério. Eles virariam nos caminhos dos muros cercados por arbustos e se desviariam até chegarem aos longos muros. Era um pensamento quase tão sério e elaborado quanto os planos de campanha feita por grandes generais em tempos de guerra.

Rumores de novidades e curiosidades que estavam acontecendo no quarto do inválido tinham vazado da sala dos criados e ido até o cercado do estábulo e entre os jardineiros, mas, não obstante, o Sr. Roach ficou perplexo um dia quando recebeu ordens vindas do Patrãozinho Colin com o propósito de ele ter de se apresentar no quarto do menino, sendo que nenhum estranho tinha ido lá, pois o inválido em pessoa desejava falar com ele.

— Ora, ora — ele disse consigo mesmo enquanto rapidamente trocava de casaco —, o que vai acontecer agora? Sua Alteza Real que não era para ser vista está chamando um homem sobre quem ele nunca pôs os olhos.

O Sr. Roach não estava isento de curiosidade. Nunca tinha dado nem uma olhada no menino e tinha ouvido uma dúzia de histórias exageradas sobre sua aparência sinistra, assim como de seus modos e de seu temperamento insano. O que ele ouvia com mais frequência era que o menino poderia morrer a qualquer momento, e havia numerosas descrições fantasiosas das costas curvadas e dos membros impotentes, dadas por pessoas que nunca o tinham visto.

— As coisas estão mudando nesta casa, Sr. Roach — disse a Sra. Medlock, enquanto o conduziu pelas escadas do fundo até o corredor que dava para o então misterioso quarto.

— Vamos esperar que elas estejam mudando para melhor, Sra. Medlock — ele respondeu.

— Elas não têm como mudar para pior — ela continuou —; e o mais esquisito de tudo é que há quem tenha percebido que ficou mais fácil cumprir as ordens dele. Não se surpreenda, Sr. Roach, se o senhor se achar no meio de uma coleção de animais selvagens, e o Dickon, de Martha Sowerby, estiver mais à vontade do que o senhor ou eu conseguiríamos estar.

Havia realmente um tipo de Mágica a respeito de Dickon, como Mary sempre acreditava em seu íntimo. Quando o Sr. Roach ouviu esse nome, ele sorriu de forma muito branda.

— Ele se sentiria em casa no Palácio de Buckingham ou no fundo de uma mina de carvão — ele disse. — E ainda assim não seria falta de educação. Ele é muito bom, esse rapaz é assim mesmo.

Mas foi bom que ele tenha sido preparado ou ele poderia ter ficado atônito. Quando a porta do quarto foi aberta, um grande corvo, que parecia se sentir em casa, estava empoleirado no encosto alto de uma cadeira esculpida e anunciou a entrada do visitante dizendo "Cuá... Cuá" de forma bem alta. Mesmo com o aviso da Sra. Medlock, o Sr. Roach por pouco não escapou da indignidade de dar um pulo para trás.

O jovem Rajá não estava no leito nem no sofá. Estava sentado numa poltrona, e um cordeirinho estava em pé ao lado dele balançando o rabinho do jeito que um cordeiro ao ser alimentado faz, enquanto Dickon ajoelhado dava leite para ele com uma mamadeira. Um esquilo encontrava-se empoleirado nas costas curvadas de Dickon mordiscando uma noz com atenção. A menininha da Índia estava sentada no grande escabelo observando tudo.

— O Sr. Roach está aqui, Patrãozinho Colin — disse a Sra. Medlock.

O jovem Rajá se virou e examinou o criado de cima a baixo — pelo menos foi assim que o jardineiro-chefe se sentiu.

— Oh, você é Roach, não é? — ele disse. — Eu mandei trazê-lo para lhe dar algumas ordens importantes.

— Pois não, Senhor — respondeu Roach, imaginando se receberia instruções para derrubar os carvalhos do parque ou transformar os pomares em jardins aquáticos.

— Vou sair na minha cadeira esta tarde — disse Colin. — Se o ar fresco me fizer bem, vou sair todos os dias. Quando eu sair, nenhum dos jardineiros deve estar em nenhum lugar perto do Longo Caminho ao lado dos muros do jardim. Ninguém deve estar lá. Eu devo sair às duas horas, e todos devem ficar longe até que eu mande dizer que eles podem voltar ao trabalho.

—Tudo bem, Senhor — respondeu o Sr. Roach, muito aliviado de ter ouvido que os carvalhos continuariam lá e os pomares estariam a salvo.

— Mary — disse Colin, voltando-se para ela —, o que é aquilo que você diz que se faz na Índia quando você acaba de falar e quer que as pessoas saiam?

— Você diz: "Você tem minha permissão para sair" — respondeu Mary.

O Rajá acenou com a mão.

— Você tem minha permissão para sair, Roach — ele disse. — Mas, lembre-se, o que pedi é muito importante.

"Cuá... Cuá!", comentou o corvo de forma rouca, mas não indelicada.

— Tudo bem, Senhor. Obrigado, Senhor — disse o Sr. Roach, e a Sra. Medlock o acompanhou para fora do quarto.

Lá fora, no corredor, como ele era um homem de natureza boa sorriu até quase rir.

— Pode acreditar! — ele disse. — Ele tem um jeito elegante de lorde, não tem? Dá para ver que ele sozinho representa a Família Real toda... o Príncipe Consorte com todos os demais.

— Ora! — protestou a Sra. Medlock — nós tivemos de deixá-lo pisar em cada um de nós desde que ele se conhece por gente e acha que é para isso que as pessoas foram feitas.

— Talvez ele cresça diferente disso, se ele viver — sugeriu o Sr. Roach.

— Bem, uma coisa é certa — disse a Sra. Medlock. — Se ele viver e aquela criança da Índia permanecer aqui, eu garanto que ela vai ensinar que a laranja inteira não pertence a ele, como Susan Sowerby diz. E provavelmente ele descobrirá o pedaço que lhe cabe da laranja.

Dentro do quarto Colin estava encostado às almofadas.

— Está tudo garantido agora — ele disse. — E nesta tarde eu vou ver o jardim... nesta tarde estarei lá dentro!

Dickon voltou ao jardim com os animais e Mary ficou com Colin. Ela não achou que ele estivesse cansado, mas estava muito quieto antes do almoço e muito quieto enquanto eles comiam. Ela ficou curiosa para saber o porquê e perguntou o que estava acontecendo.

— Que olhos grandes você tem, Colin — ela disse. — Quando você está pensando, eles ficam tão grandes quanto um pires. Em que você está pensando agora?

— Eu não consigo parar de imaginar como é — ele respondeu.

— O jardim? — perguntou Mary.

— A primavera — ele disse. — Fiquei pensando que realmente nunca a vi antes. Eu raramente saía e quando o fiz nunca olhei para ela. Nunca nem pensei a respeito disso.

— Eu nunca a vi na Índia, porque não existe primavera lá — disse Mary.

Fechada e doentia como havia sido sua vida, Colin tinha mais imaginação do que ela e, pelo menos, gastara boa parte do tempo olhando livros e gravuras maravilhosos.

— Naquela manhã quando você entrou correndo e disse: "Ela chegou! Ela chegou!", você me fez sentir esquisito. Parecia que as coisas estavam chegando como um grandioso desfile com fogos e banda de música. Tenho uma gravura assim num dos meus livros... multidões de pessoas e crianças encantadoras com grinaldas e ramos de flores, todos rindo, dançando, correndo e tocando flautas. Por isso eu disse: "Talvez iremos ouvir trombetas douradas" e pedi para você escancarar a janela.

— Que engraçado! — disse Mary. — É realmente assim que parece ser. E se todas as flores e folhas e coisas verdes e pássaros e animais silvestres dançassem juntos de uma vez, que multidão seria! Tenho certeza de que dançariam e cantariam e flauteariam e seria como uma banda de música.

Os dois riram, mas não porque a ideia era risível, mas porque gostaram muito dela.

Um pouco mais tarde a enfermeira deixou Colin pronto. Ela notou que em vez de ficar deitado como uma pedra enquanto as roupas lhe eram colocadas, ele se sentou e fez algum esforço para ajudar, e conversou e riu com Mary o tempo todo.

— Este é um de seus dias bons, senhor — ela disse ao Dr. Craven, que passou lá para examinar o menino. — Ele está num humor tão bom, que o faz se sentir mais forte.

— Volto a passar aqui depois nesta tarde, quando ele tiver voltado — disse o Dr. Craven. — Tenho de ver o resultado que a saída de casa provocará. Eu gostaria — em voz bem baixa — que ele a deixasse acompanhá-lo.

— Eu prefiro desistir do caso neste momento, senhor, do que continuar aqui com essa sugestão — respondeu a enfermeira, com uma firmeza repentina.

— Eu realmente não tinha decidido falar com essa intenção — disse o médico, com leve nervosismo. — Vamos tentar o experimento. Dickon é um rapaz a quem eu confio uma criança recém-nascida.

O lacaio mais forte da casa carregou Colin descendo as escadas e colocou sua cadeira de rodas perto de Dickon que esperava do lado de fora. Depois de o criado ter arrumado a manta e as almofadas, o Rajá acenou com a mão para ele e a enfermeira.

— Vocês têm minha permissão para ir — ele disse, e os dois desapareceram rapidamente, e nem é preciso dizer que riram quando entraram na casa em segurança.

Dickon começou a empurrar a cadeira de forma lenta e constante. A Senhorita Mary andava ao lado dela, e Colin se apoiava no encosto e elevava o rosto para o céu. A abóbada celeste parecia muito alta e as nuvenzinhas brancas como a neve pareciam pássaros brancos flutuando com as asas abertas debaixo do azul cristal. O vento soprava em grandes e suaves baforadas que vinham da charneca e era singular com um aroma de doçura claramente silvestre. Colin continuava erguendo seu peito magro para inalar o ar, e pareciam ser seus grandes olhos que ouviam, em vez de seus ouvidos.

— Há tantos sons de canto e zunido e gritos — ele disse. — O que é esse aroma que vem com as baforadas que o vento traz?

— É o tojo na charneca que tá abrino — repondeu Dickon. — Ora! As abelha tão nele que é uma maravilha hoje.

Nenhuma criatura humana podia ser vista nas trilhas que eles pegaram. Na verdade, cada jardineiro ou ajudante de jardineiro tinha desaparecido. Mas eles serpentearam por entre as plantações de arbustos e voltearam os canteiros da fonte, seguindo com cuidado a rota planejada pelo simples prazer do mistério que isso provocava. Mas quando finalmente viraram no Longo Caminho ao lado dos muros com hera, a percepção empolgante de uma emoção próxima os fez, por alguma curiosa razão que eles não conseguiriam explicar, começar a sussurrar.

— É isso — sussurrou Mary. — Aqui é o lugar onde eu caminhava para cima e para baixo e ficava imaginando sem parar.

— É aqui? — exclamou Colin, e seus olhos começaram a procurar pela hera com ávida curiosidade. — Mas não consigo ver nada — ele sussurrou. — Não tem porta.

— Era o que eu pensava — disse Mary.

Depois houve um silêncio encantador e aflito, e a cadeira continuou a se mover.

— Aquele é o jardim onde Ben Weatherstaff trabalha — disse Mary.

— É mesmo? — disse Colin.

Um pouquinho à frente, e Mary sussurrou novamente.

— Aqui é onde o pisco voou do outro lado do muro — ela disse.

— É aqui? — bradou Colin. — Oh! Eu queria que ele viesse de novo!

— E ali — disse Mary com deleite solene, apontando para baixo de um grande arbusto de lilases — é onde ele pousou no montinho de terra e me mostrou a chave.

Então Colin se inclinou para a frente.

— Onde? Onde? Lá? — ele exclamou, e seus olhos estavam tão grandes quanto os do lobo de Chapeuzinho Vermelho, quando Chapeuzinho Vermelho se sentiu obrigada a comentar sobre eles. Dickon permaneceu calado, e a cadeira de rodas parou.

— E ali... — disse Mary, dando um passo em direção ao canteiro perto da hera — é o lugar onde eu fui falar com ele quando ele trinou para mim de cima do muro. E aqui está a hera que o vento soprou — e ela segurou a cortina verde pendurada.

— Oh! É ela... é ela! — Colin exclamou ofegante.

— E aqui está a maçaneta, e aqui, a porta. Dickon empurre-o para dentro... empurre-o para dentro depressa!

E Dickon o fez com um empurrão forte, firme e esplêndido.

Mas Colin tinha na verdade se encostado às almofadas, embora suspirasse de satisfação, e havia coberto os olhos com as mãos, mantendo-as ali tapando tudo até que eles estivessem dentro do jardim e a cadeira parasse como se por Mágica e a porta fosse fechada. Só naquele momento ele as retirou do rosto e olhou em volta e em volta e em volta assim como Dickon e Mary haviam feito. E em cima dos muros, da terra, das árvores, dos ramos balançantes e das gavinhas tinha se espalhado um véu verde-claro de folhinhas tenras, e no gramado debaixo das árvores e nos vasos cinza nos nichos de plantas perenes, aqui e ali e em todo lugar, havia toques ou salpicos de ouro e roxo e branco, e as árvores exibiam um rosa e branco-neve acima da cabeça dele e havia o flutuar de asas e cantos suaves e doces e zumbidos e aromas sem fim. E o sol se inclinava cálido nas faces dele como uma mão com um toque agradável. E, maravilhados, Mary e Dickon permaneciam em pé olhando para ele. Ele parecia tão singular e diferente, porque um brilho de cor rosada de fato se espalhara por ele — rosto de marfim, pescoço, mãos e tudo.

— Eu vou ficar bom! Eu vou ficar bom! — ele exclamou. — Mary! Dickon! Eu vou ficar bom! E vou viver para sempre e sempre e sempre!

CAPÍTULO 21
BEN WEATHERSTAFF

Uma das coisas estranhas de viver no mundo é que apenas de vez em quando você tem certeza absoluta de que vai viver para sempre e sempre e sempre. Você sabe disso às vezes, quando se levanta no sagrado e gentil alvorecer e permanece sozinho com a cabeça bem para trás, olhando para cima, para cima, observando o céu pálido lentamente mudando e se ruborizando e maravilhosas coisas desconhecidas acontecendo até que o leste o faz exclamar e o coração permanece imóvel na singular majestade do imutável nascimento do sol — que tem ocorrido a cada manhã por milhares e milhares e milhares de anos. Você sabe disso, porém, por um momento ou outro. E você sabe disso por vezes quando está sozinho num bosque no pôr do sol e o misterioso e profundo silêncio dourado se inclinando por entre e sob os galhos parece dizer com lentidão e de novo e de novo algo que não se consegue ouvir, por mais que se tente. Então, às vezes, a imensidão quieta do azul profundo à noite com milhões de estrelas esperando e observando faz com que se tenha essa certeza; e às vezes um som de música distante torna isso realidade; e às vezes olhar nos olhos de alguém.

E foi assim com Colin, quando ele viu, ouviu e sentiu a Primavera dentro dos quatro muros altos de um jardim escondido. Naquela tarde, o mundo inteiro parecia propenso a ser perfeito e radiantemente bonito e bom para um menino. Talvez só por pura bondade do céu, a primavera chegou e coroou tudo o que foi possível naquele lugar. Mais de uma vez Dickon parou de fazer o que estava fazendo e permaneceu imóvel, com um tipo de surpresa crescente nos olhos, balançando a cabeça gentilmente.

— Ora! É muito bom — ele disse. — Eu tenho doze ano e tô indo pros treze e tem muitas tarde em treze ano, mas parece que eu nunca que vi uma tão boa quanto essa.

— Ora, é a melhor de todas — disse Mary, e suspirou de pura alegria. — Garanto que num tem melhor que essa.

— Ocê acha que — disse Colin com o cuidado de um sonhador — tá acontecendo isso com o propósito de sê pra mim?

— Minha nossa! — exclamou Mary com admiração — tá aí um pouco de bom Yorkshire. Pra sê a primeira vez... ocê fala bem.

E a satisfação reinou.

Eles empurraram a cadeira para debaixo da ameixeira, que estava branca como a neve em razão das flores e musical por causa das abelhas. Era como a copa da árvore de um rei, de um rei das fadas. Havia flores de cerejeira e macieira lá perto cujos botões eram rosados e brancos, e aqui e ali um deles estava completamente aberto. Entre os ramos florescendo na copa da árvore, pedaços de azul do céu olhavam para baixo como olhos maravilhosos.

Mary e Dickon trabalhavam um pouco aqui e ali, e Colin os observava. Eles levavam coisas para ele ver — botões abrindo, botões completamente fechados, pedaços de galhos cujas folhas estavam começando a ficar verdes, a pena de um pica-pau caída no gramado, a casca do ovo vazia de algum pássaro que tinha chocado. Dickon empurrava a cadeira lentamente em volta de todo o jardim, parando de vez em quando para deixá-lo olhar as maravilhas que brotavam da terra ou que desciam das árvores. Era como ser levado para estados ao redor de um país com rei e rainha mágicos e ver todas as riquezas maravilhosas contidas ali.

— Eu gostaria de saber se nós vamos ver o pisco? — disse Colin.

— Ocê vai vê ele muitas vez daqui a pouco — respondeu Dickon. — Quando os ovo chocá e os pequeno saí da casca, ele vai tá tão ocupado que vai ficá tonto. Ocê vai vê ele voá pra lá e pra cá carregano minhoca quase tão grande quanto ele, e vai tê um monte de barulho no ninho quando ele chegá lá de forma que ele num vai sabê em qual bico aberto derrubou o primeiro pedaço. E bico aberto e pios por todo lado. A mãe diz que quando ela vê o trabalho que um pisco tem pra mantê os bico aberto cheio, ela sente que é uma dama sem nada pra fazê. Ela diz que já viu os camaradinhas quase que pingano suor, mesmo que num dá pra vê.

Isso fez com que eles rissem de forma tão prazerosa que foram obrigados a tapar as bocas com as mãos, lembrando-se de que não poderiam ser ouvidos. Colin tinha sido instruído a respeito das leis do sussurro e das vozes baixas muitos dias antes. Ele apreciava esse mistério e fez o melhor que pôde, mas no meio da empolgação e da diversão é bem difícil não rir acima do sussurro.

Cada momento da tarde estava repleto de coisas novas, e a cada hora o sol ficava mais dourado. A cadeira de rodas tinha sido colocada debaixo da copa da árvore, e Dickon havia se sentado no gramado e acabado de pegar sua flauta quando Colin viu algo que não tinha tido tempo de se dar conta antes.

— Aquela ali é uma árvore muita antiga, não é? — ele disse.

Dickon olhou do outro lado do gramado para a árvore e Mary também olhou e houve um breve momento de silêncio.

— Sim — respondeu Dickon, depois do silêncio, e sua voz baixa tinha um tom muito delicado.

Mary olhou com espanto para a árvore e pensou.

— Os galhos estão muito cinzentos e não há uma folha sequer — Colin continuou. — Está completamente morta, não está?

— Tá — admitiu Dickon. — Mas as rosa que vai subi nela toda vai cobri cada pedacinho da árvore morta, quando as rosa ficá cheia de folha e flor. Não vai parecê morta então. E vai sê a árvore mais bonita de todas.

Mary ainda olhou espantada para a árvore e pensou.

— Parece que um galho grande foi quebrado — disse Colin. — Eu gostaria de saber como isso aconteceu.

— Aconteceu faz muito tempo — respondeu Dickon. — Ora! — um alívio repentino apareceu e ele colocou a mão em Colin. — Vê o pisco! Ele tá ali! Ele tá procurano comida pra companheira.

Colin quase não o viu, mas teve tempo de vê-lo de relance, o lampejo de um pássaro de peito vermelho com algo no bico. Ele se projetou no meio de todo aquele verde e dentro do canteiro de mato espesso e desapareceu. Colin se encostou às almofadas novamente, rindo um pouco.

— Ele está levando chá para ela. Talvez sejam cinco horas. Acho que eu gostaria de tomar o meu chá também.

E então eles se sentiram a salvo.

— Foi Mágica que enviou o pisco — disse Mary secretamente para Dickon depois. — Eu sei que foi Mágica. — Pois os dois, ela e Dickon, ficaram com receio de que Colin pudesse perguntar algo a respeito da árvore cujo galho tinha quebrado havia dez anos, e eles tinham conversado sobre isso, e Dickon tinha parado e coçado a cabeça de um jeito que mostrava preocupação.

— A gente tem que olhá como se ela num era diferente das outras árvore — ele tinha dito. — A gente nunca que vai podê dizê pra ele como que quebrou, pobre menino. Se ele falá alguma coisa sobre isso, a gente tem que... tem que tentá parecê animado.

— Sim, a gente tem que — tinha respondido Mary.

Mas ela não tinha sentido que parecera animada ao fitar a árvore. Ela queria muito saber naqueles poucos minutos se havia alguma verdade naquilo que Dickon tinha dito. Ele tinha ficado coçando a cabeça ruiva de um jeito confuso, mas um olhar bom e confortador tinham começado a aparecer em seus olhos.

— A Sra. Craven foi uma dama muito amável — ele tinha começado um tanto quanto hesitante. — E a mãe acha que talvez ela já esteve perto de Misselthwaite muitas vez cuidano do Patrãozinho Colin, igual que todas as mãe faz quando são tirada do mundo. Elas têm que voltá, ocê vê. Pode sê que ela esteje no jardim e pode sê que ela mandou a gente trabalhá, e disse pra gente trazê o Colin aqui.

Mary tinha pensado que ele queria dizer algo sobre Mágica. Ela era uma grande crente em Mágica. Secretamente acreditava mesmo que Dickon produzia Mágica, evidentemente boa Mágica, em tudo ao redor dele, e isso explicava o porquê de todas as pessoas gostarem tanto dele e de as criaturas silvestres reconhecerem que ele era amigo delas. Ela gostaria de saber, de fato, se fosse possível, se tinha sido o dom dele que trouxera o pisco no momento exato em que Colin fez a pergunta perigosa. Ela sentia que a Mágica dele estava funcionando a tarde toda e fazendo com que Colin parecesse um menino completamente diferente. Não parecia possível que ele pudesse ser a criatura que tinha gritado e batido e mordido o travesseiro. Até mesmo o branco-marfim do menino tinha mudado. O fraco rubor que aparecera no rosto e no pescoço e nas mãos, quando ele adentrou o jardim, nunca desapareceu por completo. Ele parecia feito de carne em vez de marfim ou cera.

Eles viram o pisco carregar comida para a companheira duas ou três vezes, e foi tão sugestivo para o chá da tarde que Colin sentiu que eles deveriam tomar o chá deles.

— Vão e façam um dos criados trazerem alguma comida na cesta até o caminho das azaleias — ele disse. — E depois você e Dickon podem trazer a cesta aqui.

Foi uma boa ideia, facilmente realizável, e quando a toalha branca foi esticada no gramado, com chá quente, torradas com manteiga e bolinho, eles comeram uma refeição desejada com prazer, e vários pássaros durante as incumbências domésticas pararam para indagar o que estava acontecendo e foram conduzidos a investigar as migalhas com muita diligência. Noz e Casca chisparam para cima das árvores com pedaços de bolo, e Fuligem levou a metade inteira de um bolinho com manteiga para um canto e bicou-o, examinou-o e virou-o de ponta-cabeça e fez comentários roucos sobre ele, até que ele decidiu engolir o pedaço alegremente de uma só vez.

A tarde arrastava-se até o seu zênite. O sol ocultava a áurea de seus raios, as abelhas estavam indo para casa e os pássaros passavam voando com menos frequência. Dickon e Mary estavam sentados no gramado, a cesta de chá já arrumada e pronta para ser levada de volta para casa, e Colin estava deitado nas almofadas, com as mechas de cabelo espessas para trás e afastadas da testa e o rosto resplandecendo uma cor natural.

— Não quero que esta tarde termine — ele disse —, mas vou voltar amanhã, e depois de amanhã, e depois de depois de amanhã, e depois de depois de depois de amanhã.

— Você vai ter ar fresco o bastante, não vai? — Mary disse.

— Não vou ter nada além disso — ele respondeu. — Eu vi a primavera e vou ver o verão. Vou ver tudo que cresce aqui. Vou crescer aqui também.

— Ah, ocê vai mesmo — disse Dickon. — A gente vai fazê ocê andá por tudo aqui e cavá igual que todo mundo já fez antes.

Colin enrubesceu tremendamente.

— Andar! — ele disse. — Cavar! Eu vou?

O olhar de Dickon para ele foi de uma cautela delicada. Nem ele nem Mary já tinha perguntado se havia algum problema com as pernas dele.

— Claro que sim, ocê vai — ele disse com resolução. — Ocê... ocê tem as próprias perna, igual que as outras pessoa!

Mary estava muito assustada até ouvir a resposta de Colin.

— Não há nada de errado com elas — ele disse —, mas são muito magras e fracas. Elas tremem tanto que eu tenho medo de ficar em pé.

Tanto Mary quanto Dickon deram um suspiro de alívio.

— Quando ocê pará de tê medo, ocê vai ficá de pé — Dickon disse com novo ânimo. — E ocê vai pará de tê medo logo, logo.

— Eu vou? — disse Colin, e ele se deitou imóvel como se estivesse imaginando coisas.

Eles ficaram realmente calados por um tempo. O sol estava quase se pondo. Era aquela hora em que tudo se silencia, e eles tinham de fato tido uma tarde atarefada e empolgante. Colin parecia estar descansando de forma suntuosa. Até as criaturas tinham cessado o movimento, se recolhido e descansavam perto deles. Fuligem havia se empoleirado num galho baixo e recolhido uma das pernas e baixado a película cinza sonolenta por cima dos olhos. Mary secretamente achava que ele iria roncar num minuto.

Em meio a essa calma foi um tanto quanto assustador quando Colin levantou um pouco a cabeça e exclamou alto num repentino murmúrio alarmado:

— Quem é aquele homem?

Dickon e Mary levantaram-se com dificuldade e ficaram em pé.

— Homem! — os dois exclamaram com vozes baixas e impacientes.

Colin apontou para o muro alto.

— Olhe! — ele sussurrou de forma agitada. — Olhe só!

Mary e Dickon viraram-se e olharam. Lá estava o rosto indignado de Ben Weatherstaff os encarando por cima do muro do alto de uma escada! Na verdade ele cerrava os punhos para Mary.

— Se eu num era um solteirão e ocê era minha criança — ele gritou —, eu ia te dá uma surra!

Ele subiu mais um degrau de forma ameaçadora como se sua intenção enérgica fosse a de pular lá embaixo e tratar o assunto com ela; mas como ela foi em sua direção, ele evidentemente pensou melhor e permaneceu no degrau mais alto da escada cerrando os punhos para ela.

— Eu nunca que confiei muito em ocê! — ele vociferou. — Eu num podia aguentá ocê da primeira vez que botei os olho em ocê. Uma vassoura esquelética com cara de leite azedo, sempre fazeno pergunta e metendo o nariz onde num é chamada. Num sei como qu'ocê ficou tão próxima. Se num tinha sido pelo pisco... Droga de passarinho...

— Ben Weatherstaff — gritou Mary, recuperando o fôlego. Ela permaneceu abaixo de onde ele estava e falou incisivamente dirigindo-se a ele meio ofegante. — Ben Weatherstaff, foi o pisco que me mostrou o caminho!

Então pareceu que Ben ia realmente descer pelo muro até onde ela estava, pois ele ficou completamente injuriado.

— Ocê é uma jovem má! — ele ralhou com ela. — Colocano a culpa num pisco... como se ele num fosse descarado o suficente pra fazê isso. Ele te mostrano o caminho! Ele! Ora! Ocê menina má... — ela pôde sentir que as últimas palavras saíram de forma tempestuosa, porque ele estava dominado pela curiosidade — com que cargas d'água é qu'ocê entrou aí?

— Foi o pisco que me mostrou o caminho — ela protestou com obstinação. — Ele não sabia o que estava fazendo, mas fez. E eu não posso te contar daqui, enquanto você cerrar o punho para mim.

Ele parou de cerrar o punho tão inesperadamente naquele exato momento e na verdade ficou de boca aberta quando olhou para além de onde ela estava e viu algo se aproximando pelo gramado indo em direção a ele.

Ao primeiro som da torrente de palavras proferidas por ele, Colin tinha ficado tão surpreso que apenas se sentou e ouviu como se estivesse encantado. Mas, no meio da discussão, recobrou os sentidos e acenou imperiosamente para Dickon.

— Leve minha cadeira até lá! — ele ordenou. — Leve minha cadeira bem perto e pare-a bem em frente a ele!

E isso, certamente, foi o que Ben Weatherstaff viu e que o fez ficar de boca aberta. Uma cadeira de rodas com almofadas e mantas luxuosas indo em direção a ele como se fosse um tipo de Diligência Oficial, porque um jovem Rajá estava sentado nela com uma autoridade majestosa nos grandes olhos de cílios negros e uma mão branca e fina estendida com arrogância na direção dele. E a cadeira parou bem debaixo do nariz de Ben Weatherstaff. Não é de se admirar que ele tenha ficado boquiaberto.

— Você sabe quem eu sou? — exigiu o Rajá.

Ben Weatherstaff olhou estupefato! Os velhos olhos vermelhos se fixaram naquilo que estava diante dele como se estivesse vendo um fantasma. Ele olhava sem desgrudar os olhos e engoliu em seco um nó preso na garganta e não disse uma palavra.

— Você sabe quem eu sou? — exigiu Colin ainda mais imperioso. — Responda!

Ben Weatherstaff ergueu a mão áspera e passou-a sobre os olhos e na testa e depois respondeu com uma voz estranha e trêmula.

— Quem ocê é? — ele disse. — Sim, eu sei... com os olho da mãe de ocê olhano pra mim desse jeito. Deus sabe como qu'ocê entrou aqui. Mas ocê é o pobre aleijado.

Colin esqueceu-se de que tinha costas. Seu rosto enrubesceu ao máximo e ele ficou de forma bem ereta.

— Não sou aleijado! — ele gritou furiosamente. — Não sou!

— Ele não é! — exclamou Mary, quase gritando em direção ao muro com indignação feroz. — Ele não tem um caroço nem do tamanho de um alfinete! Eu olhei e não há nada lá... nem um!

Ben Weatherstaff passou a mão na testa novamente e fitou os olhos como se por mais que olhasse nunca fosse o suficiente. A mão tremeu, a boca tremeu e a voz tremeu. Ele era um homem velho e ignorante e um velho sem tato e conseguia apenas se lembrar das coisas que tinha ouvido.

— Ocê... ocê num tem as costa torta? — ele perguntou com voz rouca.

— Não! — gritou Colin.

— Ocê... ocê num tem pernas torta? — Ben indagou com voz trêmula mais roca ainda.

Era demais. A força que Colin normalmente empregava nos acessos de raiva agiu nele naquele momento de um novo jeito. Nunca antes ele tinha sido acusado de ter as pernas tortas — mesmo entre cochichos — e a simples crença nessa existência, que foi revelada pela voz de Ben Weatherstaff, era mais do que o Rajá em carne e osso podia suportar. A raiva e o orgulho ultrajados o fizeram esquecer-se de tudo, exceto do momento presente que o alimentou com um poder que ele desconhecera antes, uma força quase sobrenatural.

— Venha aqui! — ele gritou para Dickon, e ele de fato começou a arrancar as cobertas dos membros inferiores e a se desembrulhar. — Venha aqui! Venha aqui! Agora!

Dickon ficou ao seu lado naquele instante. Mary respirava com dificuldade em pequenos suspiros e sentiu-se empalidecer.

— Ele consegue! Ele consegue! Ele consegue! Ele consegue! — ela balbuciou mais para si mesma com a respiração mais rápida possível.

Houve uma breve luta impetuosa, as mantas foram atiradas ao chão, Dickon segurou o braço de Colin, as pernas magrelas apareceram, os pés magros pisaram o gramado. Colin estava ficando em pé — em pé — reto como uma flecha e parecendo estranhamente alto — a cabeça para trás e os estranhos olhos flamejando luminosidade.

— Olhe para mim! — ele disse com escárnio para Ben Weatherstaff. — Só olhe para mim... você! Só olhe para mim!

— Ele é tão reto quanto eu! — exclamou Dickon. — Ele é tão reto quanto qualquer rapaz de Yorkshire!

O que Ben Weatherstaff fez, Mary considerou mais esquisito do que tudo. Ele silenciou, engoliu em seco e de repente lágrimas rolaram em seu rosto enrugado pelo tempo e simultaneamente batia palmas com as velhas mãos.

— Ora! — ele irrompeu —, as mentira que o povo conta! Ocê é magro como uma ripa e branco como um fantasma, mas não tem um caroço em ocê. Ocê ainda vai sê um homem. Deus te abençoe!

Dickon segurou o braço de Colin com força, mas o menino não começou a titubear. Ele permaneceu completamente ereto e olhou Ben Weatherstaff no rosto.

— Eu sou seu patrão — ele disse —, quando meu pai está fora. E você deve me obedecer. Este é meu jardim. Não ouse falar uma palavra a respeito disso! Desça dessa escada e vá até o Caminho Longo e a Senhorita Mary irá encontrá-lo e trazê-lo aqui. Quero falar com você. Não queríamos você, mas agora você terá de fazer parte do segredo. Seja rápido!

O rosto velho e ranzinza de Ben Weatherstaff ainda estava molhado com aquela estranha torrente de lágrimas. Parecia que ele não conseguia tirar os olhos do magricela Colin ereto com os dois pés no chão e a cabeça erguida.

— Ora, rapaz! — ele quase sussurrou. — Ora! Meu rapaz! — E depois se lembrando de repente da ordem do patrão, tocou no chapéu de jardineiro e disse — Sim, Senhor! Sim, Senhor! — e, obediente, desapareceu descendo as escadas.

CAPÍTULO 22
QUANDO O SOL SE PÔS

Quando a cabeça dele sumiu de vista, Colin se virou para Mary.

— Vá encontrá-lo — ele disse; e Mary foi voando pelo jardim até a porta sob a hera.

Dickon o estava observando com olhos penetrantes. As bochechas de Colin estavam vermelhas e ele parecia estupendo, sem mostrar sinal de cair.

— Eu aguento — ele disse, e a cabeça permanecia ainda elevada e falou isso com muita majestade.

— Eu te falei qu'ocê conseguia desde qu'ocê parava de ficá com medo — respondeu Dickon. — E ocê parou.

— Sim, parei — disse Colin.

Então subitamente ele se lembrou de algo que Mary tinha dito.

— Você está fazendo Mágica? — ele perguntou diretamente.

A boca de Dickon se abriu num sorriso alegre.

— Ocê mesmo tá fazeno Mágica — ele disse. — É a mesma Mágica que faz essas coisa saí da terra — e ele tocou com sua bota rústica um montinho de crocos no gramado.

Colin baixou os olhos e olhou para eles.

— Sim — ele disse lentamente —, não podia ter Mágica maior que essa... não podia mesmo.

Ele se endireitou para ficar mais ereto ainda.

— Vou andar até aquela árvore — ele falou, apontando para uma a pouca distância dele. — Vou estar em pé quando Weatherstaff chegar aqui. Posso descansar encostado à árvore se eu quiser. Quando eu quiser sentar, me sento, mas não antes. Traga uma manta da cadeira.

Ele caminhou até a árvore e, embora Dickon segurasse seu braço, ele continuava resoluto. Quando se encostou ao tronco da árvore, não dava para ver com clareza que ele se apoiava ali, e todavia permaneceu tão ereto que parecia alto.

Quando Ben Weatherstaff entrou pela porta do muro e o viu em pé lá, ouviu Mary sussurrar algo em voz baixa.

— O que é qu'ocê tá dizeno? — ele perguntou com irritação, porque não queria desviar a atenção da figura do menino alto e em pé de rosto altivo.

Mas ela não lhe disse nada. O que ela estava dizendo era o seguinte:

— Você consegue! Você consegue! Eu disse que você conseguia! Você consegue! Você consegue! *Consegue!*

Ela estava dizendo isso a Colin, porque queria fazer Mágica e mantê-lo em pé como ele estava. Não poderia aguentar que ele desistisse diante de Ben Weatherstaff. Ele não desistiu. Ela estava enaltecida por um sentimento repentino de que ele parecia muito bonito apesar da magreza. Ele fixou os olhos em Ben Weatherstaff com seu jeito singular e imperioso.

— Olhe para mim! — ele ordenou. — Olhe para todo o meu corpo! Eu sou corcunda? Eu tenho as pernas arqueadas?

Ben Weatherstaff não tinha se recuperado de sua emoção totalmente, mas só um pouco, e por isso respondeu quase do seu jeito costumeiro.

— Não ocê — ele disse —, num é de jeito nenhum. O que é que tá aconteceno com ocê... pra ficá escondido dos olho de todo mundo e o povo pensá qu'ocê é aleijado e um débil mental?

— Débil mental! — Colin repetiu com raiva. — Quem acha isso?

— Muita gente — disse Ben. — O mundo tá cheio de asno zurrano, e eles nunca zurra senão mentira. Por que é qu'ocê se fechou?

— Todo mundo pensou que eu ia morrer — disse Colin em poucas palavras. — Mas eu não vou!

E ele falou isso com tal decisão que Ben Weatherstaff o examinou de cima a baixo e de baixo a cima.

— Ocê... morrê! — ele disse, exultante. — De jeito nenhum! Ocê tem muita determinação. Quando eu te vi botá as perna no chão com aquela pressa, eu fiquei sabeno qu'ocê tava bom. Senta um pouco na manta, meu jovem Patrão, e me dá as tuas ordem.

Havia um misto esquisito de ternura rabugenta e compreensão perspicaz naquele jeito. Mary soltara a língua falando tão rapidamente quanto conseguiu enquanto eles iam pelo Caminho Longo. A principal coisa a ser lembrada, ela lhe tinha dito, era que Colin estava melhorando — cada vez mais. O jardim era o responsável por isso. Ninguém devia lembrá-lo de ter uma corcunda e de estar para morrer.

O Rajá condescendeu em se sentar na manta sob a árvore.

— Que tipo de serviço você faz nos jardins, Weatherstaff? — ele indagou.

— Qualquer um que me falá pra fazê — respondeu o velho Ben. — Eu tô aqui de favor, porque ela gostava de mim.

— Ela? — disse Colin.

— A mãe de ocê — respondeu Ben Weatherstaff.

— Minha mãe? — disse Colin, e olhou em torno de si em silêncio. — Este era o jardim dela, não era?

— Sim, era! — e Ben Weatherstaff olhou em torno de si também. — Ela gostava muito dele.

— Ele é o meu jardim agora. Gosto dele. Vou vir aqui todos os dias — anunciou Colin. — Mas tem de ficar em segredo. Minhas ordens são para que ninguém saiba que nós viemos aqui. Dickon e minha prima trabalharam nele e o fizeram reviver. Eu vou pedir para que você venha às vezes ajudar, mas você deve vir quando ninguém souber para onde você vai.

O rosto de Ben Weatherstaff se contorceu num sorriso simples e conhecido.

— Eu vinha aqui antes quando ninguém me via — ele disse.

— O quê! — exclamou Colin. — Quando?

— A última vez que tive aqui — esfregando o queixo e olhando ao redor — faz dois ano.

— Mas ninguém vem aqui há dez anos! — exclamou Colin. — Não tinha porta!

— Eu sou ninguém — disse o velho Ben secamente. — E eu num vinha pela porta. Vinha pelo muro. O reumatismo me segurou nos últimos dois ano.

— Ocê veio e fez um pouco da poda! — exclamou Dickon. — Eu num conseguia entendê como isso tinha acontecido.

— Ela gostava muito do jardim... gostava! — disse Ben Weatherstaff lentamente. — E era uma jovenzinha tão linda. Ela disse uma vez pra mim: "Ben", disse ela rino, "se um dia eu ficá doente ou se eu vou embora, ocê tem que tomá conta das minha rosa". Quando ela foi embora de verdade, a ordem era pra ninguém entrá aqui. Mas eu vim — continuou com obstinação amuada. — Eu vinha pelo muro... até o reumatismo num deixá mais... e eu trabalhava um pouco uma vez por ano. Ela tinha dado as ordem primeiro.

— Ele num ia tá com tanta viveza como tá se ocê num tinha feito isso — disse Dickon. — Eu ficava mesmo me perguntano.

— Fico feliz por você ter feito isso, Weatherstaff — disse Colin. — Você saberá manter o segredo.

— Sim, vou sabê, Senhor — respondeu Ben. — E vai sê mais fácil pra um homem com reumatismo entrá pela porta.

No gramado, perto da árvore, Mary tinha deixado a sua colher de pedreiro. Colin esticou a mão e a pegou. E uma expressão sem igual surgiu em seu rosto, e ele começou a arranhar a terra. As mãos finas eram bastante fracas, mas logo, enquanto eles o observavam — Mary com interesse e muito ansiosa —, ele introduziu a ponta da colher de pedreiro no solo e revolveu um pouco da terra.

— Você consegue! Você consegue! — disse Mary para si mesma. — Eu disse para você que você consegue!

Os olhos de Dickon estavam cheios de ávida curiosidade, mas ele não disse palavras. Ben Weatherstaff olhava com interesse.

Colin perseverou. Depois de ter tirado um pouco de terra do solo, falou com triunfo para Dickon com seu melhor Yorkshire.

— Ocê disse que eu tinha que andá aqui como qualquer outra pessoa... e ocê disse que eu tinha que cavá. Achei qu'ocê tava falano só pra me deixá contente. Esse é só o primeiro dia e eu andei... e aqui tô eu cavano.

Ben Weatherstaff ficou de boca aberta novamente quando o ouviu, mas acabou gargalhando.

— Ora — ele disse —, parece qu'ocê sabe fazê graça! Ocê é um rapaz de Yorkshire com certeza. E ocê tá cavano também. Ocê qué plantá alguma coisa? Eu posso consegui uma rosa num vaso.

— Vá pegá-la! — disse Colin, cavando com entusiasmo. — Rápido! Rápido!

Tudo foi feito de forma bem rápida mesmo. Ben Weatherstaff fez seu caminho sem se lembrar do reumatismo. Dickon trouxe sua pá e cavou um buraco mais fundo e mais largo que um cavador novo com as mãos finas poderia fazer. Mary saiu correndo para trazer um regador. Quando Dickon deixou o buraco mais fundo, Colin continuou tirando a terra fofa sem parar. Olhava para cima, para o céu, corado e afogueado com o novo exercício, por mais leve que fosse.

— Eu quero fazer isso antes de o sol se... se pôr completamente — ele disse.

Mary achava que talvez o sol tivesse se demorado um pouquinho mais de propósito. Ben Weatherstaff trouxe a rosa no vaso retirada da estufa de plantas. Ele veio mancando pelo gramado o mais rápido que pôde. Tinha começado a ficar empolgado também. Ajoelhou perto do buraco e quebrou o vaso para tirar a planta.

— Aqui, rapaz — ele disse, entregando a planta para Colin. — Bota ocê mesmo ela na terra igual que os rei faz quando eles vai pra um lugar novo.

As mãos finas e brancas tremeram um pouco e o rubor no rosto de Colin ficou mais forte quando ele assentou a rosa na terra e a segurou, enquanto o velho Ben deixava a terra firme. Eles encheram o buraco e comprimiram a terra para deixá-la sólida. Mary estava debruçada para a frente, apoiada nas mãos e nos joelhos. Fuligem tinha pousado e marchou em frente a fim de ver o que estava acontecendo. Noz e Casca tagarelavam a respeito do ocorrido numa cerejeira.

— Está plantada! — disse Colin por fim. — E o sol está se escondendo. Ajude-me a levantar, Dickon. Eu quero estar de pé quando ele se puser. Isso faz parte da Mágica.

E Dickon ajudou-o, e a Mágica — ou o que quer que fosse — deu a ele tanta força que, quando o sol se escondeu por completo e findou a agradável tarde singular, lá ele permaneceu com os dois pés no chão — rindo.

CAPÍTULO 23
MÁGICA

O Dr. Craven estava esperando por algum tempo na casa, quando eles retornaram. Ele tinha de fato começado a se perguntar se não teria sido melhor mandar alguém explorar os caminhos até os jardins. Quando Colin foi levado de volta ao seu quarto, o pobre homem o examinou com seriedade.

— Você não deveria ter ficado fora tanto tempo — ele disse. — Você não deveria se fatigar.

— Não estou nem um pouco cansado — disse Colin. — A saída me fez muito bem. Amanhã vou sair de manhã assim como de tarde.

— Não tenho certeza de que eu vá permitir isso — retrucou o Dr. Craven. — Infelizmente não acho que seja prudente.

— Não será prudente tentar me impedir — disse Colin com muita seriedade. — Eu vou.

Até mesmo Mary achava que uma das principais peculiaridades de Colin era não ter a menor ideia do quanto ele era um desalmadinho rude com seu jeito de dar ordens às pessoas. Ele tinha vivido num tipo de ilha deserta durante toda a vida e, como fora o rei dela, criara suas próprias regras e não tivera ninguém com quem se comparar. Mary tinha na verdade sido bem parecida com ele e desde que chegara a Misselthwaite gradualmente descobrira que suas maneiras não eram aceitas por todos. Depois dessa descoberta, ela naturalmente achava que seria bem interessante comunicá-la a Colin. Então se sentou e o olhou com curiosidade por alguns minutos depois de o Dr. Craven ter ido embora. Ela queria fazê-lo perguntar o porquê de estar olhando para ele e claro que conseguiu.

— Qual a razão de você estar olhando para mim assim? — ele perguntou.

— Estou pensando que sinto um pouco de pena do Dr. Craven.

— Eu também — disse Colin calmamente, mas não sem um ar meio de satisfação. — Ele não vai ficar com Misselthwaite de forma alguma agora que não vou morrer.

— Sinto pena dele por isso, é claro — disse Mary —, mas estava pensando então que deve ter sido de fato horrível ter de ser educado por dez anos com um menino que sempre foi grosseiro. Eu nunca teria conseguido isso.

— Eu sou grosseiro? — Colin inquiriu sem se perturbar.

— Se você fosse o próprio filho dele e ele fosse um tipo de homem que batesse em criança — disse Mary —, ele teria te dado uns tapas.

— Mas ele não ousa — disse Colin.

— Não, ele não ousa — respondeu a Senhorita Mary, refletindo sobre o fato completamente sem preconceito. — Ninguém nunca ousou fazer qualquer coisa de que você não gostasse... porque você poderia morrer ou coisas desse tipo. Você era um coitadinho.

— Mas — anunciou Colin de um jeito teimoso —, eu não vou ser um coitadinho. Não vou permitir que as pessoas pensem que eu sou um coitadinho. Eu fiquei sobre os meus dois pés esta tarde.

— É sempre querer as coisas do seu jeito que o faz tão esquisito — Mary continuou, pensando alto.

Colin virou a cabeça, ficando carrancudo.

— Eu sou esquisito? — ele perguntou.

— É — respondeu Mary —, muito! Mas não precisa ficar mal-humorado — ela acrescentou de modo imparcial —, porque eu também sou esquisita... e Ben Weatherstaff também é. Mas não sou tão esquisita quanto eu era antes de começar a gostar das pessoas e antes de encontrar o jardim.

— Eu não quero ser esquisito — disse Colin. — Não vou ser — e ele ficou carrancudo novamente com determinação.

Ele era um menino muito orgulhoso. Deitou-se pensando por um instante; depois Mary viu seu bonito sorriso se abrir e pouco a pouco mudar seu rosto por completo.

— Vou parar de ser esquisito — ele disse — se eu for todos os dias ao jardim. Há Mágica lá... boa Mágica, sabe, Mary. Tenho certeza de que há.

— Eu também tenho — disse Mary.

— Mesmo que não seja Mágica de verdade — Colin disse —, podemos fingir que é. Há *alguma coisa* lá... *alguma coisa*!

— É Mágica — disse Mary —, mas não magia negra. É tão branca quanto a neve.

Eles sempre nomeavam o que acontecia de Mágica e de fato parecia ser nos meses que se seguiram — meses maravilhosos — meses radiantes — estupendos. Oh! As coisas que aconteciam naquele jardim! Se você nunca teve um jardim, não conseguirá imaginar, e se você já teve um, saberá que precisaria de um livro inteiro para descrever tudo o que acaba acontecendo por lá. A princípio parecia que os verdinhos nunca cessavam de abrir o seu caminho pela terra até sair no gramado, nos canteiros, mesmo nas rachaduras dos muros. Depois os verdinhos começaram a exibir botões, e os botões começaram a abrir e a exibir cores, todos os tons de azul, todos os tons de roxo, todo matiz e toda nuança de vermelho. Em seus dias felizes, as flores tinham sido mantidas em cada centímetro, em cada buraco, em cada canto. Ben Weatherstaff tinha aprendido a fazer isso e tinha mesmo raspado a argamassa de alguns tijolos do muro e feito bolsões de terra para graciosas trepadeiras crescerem. Íris e lírios-brancos saíam do gramado em feixes, e os nichos verdes ficaram repletos de exércitos deslumbrantes das lanças de flores azuis e brancas dos longos *delphiniums* ou colombinas ou campânulas.

— Ela gostava muito dessas... gostava mesmo — Ben Weatherstaff disse. — Gostava dessas porque tava sempre apontano pra cima pro céu azul, ela dizia. Num é que ela num gostava da terra... ela gostava. Ela adorava, mas dizia que o céu azul sempre parecia tão alegre!

As sementes que Dickon e Mary tinham plantado cresceram como se fadas tivessem cuidado delas. Papoulas acetinadas de todas as nuanças dançavam na brisa alegremente, desafiando flores que tinham vivido no jardim havia anos e que podiam confessar estarem curiosas para saber como aqueles novos habitantes tinham entrado lá. E as rosas... as rosas! Erguendo-se do gramado, entrelaçadas em volta de um relógio de sol, enfeitando os troncos das árvores e se pendurando em seus galhos, subindo pelos muros e se espalhando por eles em longas grinaldas caindo em cascatas — elas ganhavam vida dia após dia, hora após hora. Belas folhas frescas, e botões — e botões — minúsculos a princípio, mas crescendo e operando Mágica até romperem e desenrolarem em cálice de aroma delicadamente transbordando pelas bordas e enchendo o ar do jardim.

Colin via tudo isso, observando cada mudança que ocorria. Toda manhã ele era levado para fora e todas as horas de cada dia, quando não chovia, ele passou no jardim. Mesmo os dias nublados lhe agradavam. Ele se deitava na grama "vendo as coisas crescerem", ele dizia. Se observar suficientemente o tempo, ele declarava, você consegue ver cada camada de botão se abrir. Você também podia se familiarizar com estranhos insetos correndo para lá e para cá ocupados com várias coisas desconhecidas, mas com afazeres sérios, às vezes carregando pedacinhos de palha ou de pena ou de comida, ou escalando folhas de grama como se fossem árvores de cujos cumes se podia olhar para explorar o país. Uma toupeira atirando montículos de terra da porta de sua toca e abrindo caminho para fora, finalmente com as patas de longas unhas, que pareciam muito com as mãos de duendes, tinha absorvido o menino uma manhã inteira. A maneira de ser das formigas, dos besouros, das abelhas, dos sapos, dos pássaros, das plantas, ofereceu-lhe um novo mundo a explorar, quando Dickon revelou cada uma delas e ainda acrescentou a maneira de ser das raposas, das lontras, dos furões, dos esquilos, e das trutas e dos ratos-de-água e dos texugos, coisas para se falar e pensar a respeito sem fim.

E isso não era nem metade da Mágica. O fato de ele ter realmente ficado sobre os dois pés uma vez pôs Colin a pensar tremendamente, e, quando Mary lhe falou sobre o encantamento que tinha feito, Colin ficou empolgado e aprovou-o por completo. Falava a respeito disso o tempo todo.

— É claro que deve ter muita Mágica no mundo — ele disse sabiamente um dia —, mas as pessoas não sabem como ela é nem como fazer uma. Talvez o começo seja apenas dizer que coisas boas vão acontecer até você fazer com que elas aconteçam. Eu vou tentar e experimentar.

Na manhã seguinte, quando foram ao jardim secreto, ele pediu para que Ben Weatherstaff viesse imediatamente. Ben veio o mais rápido possível e encontrou o Rajá em pé sob uma árvore, parecendo muito majestoso, e também com um lindo sorriso.

— Bom dia, Ben Weatherstaff — ele disse. — Eu quero que você e Dickon e a Senhorita Mary fiquem em fila e me ouçam, porque vou lhes dizer algo muito importante.

— Sim, sim, Senhor! — respondeu Ben Weatherstaff, fazendo continência. (Um dos encantamentos escondidos de Ben Weatherstaff era que na juventude ele tinha fugido uma vez para o mar e feito viagens. Então ele respondia como um marinheiro.)

— Eu vou tentar um experimento científico — explicou o Rajá. — Quando eu crescer, vou fazer grandes descobertas científicas e vou começar com este experimento agora.

— Sim, sim, Senhor! — disse Ben Weatherstaff prontamente; embora essa fosse a primeira vez que ele ouvira falar em grandes descobertas científicas.

Era a primeira vez que Mary ouvira falar delas igualmente, mas a essa altura tinha começado a perceber que, por mais esquisito que Colin fosse, ele havia lido sobre muitas coisas singulares e era de alguma forma um tipo de menino muito convincente. Quando ele erguia a cabeça e fixava os estranhos olhos em você, parecia que tinha o poder de lhe convencer, mesmo que você acreditasse em algo diferente, apesar de ele ter apenas dez anos — indo para onze. Nesse momento, ele estava especialmente convincente porque repentinamente sentia a fascinação de, na verdade, fazer um tipo de discurso como de uma pessoa adulta.

— As grandes descobertas científicas que vou fazer — ele continuou — serão sobre Mágica. Mágica é uma coisa grandiosa e quase ninguém sabe muito a respeito disso exceto poucas pessoas em livros antigos... e Mary um pouco, porque ela nasceu na Índia, onde há faquires. Eu acredito que Dickon conheça alguma Mágica, mas talvez ele não saiba que conhece. Ele encanta animais e pessoas. Eu nunca teria permitido que ele fosse me ver, se ele não fosse um encantador de animais... o que significa que é um encantador de meninos também, porque um menino é um animal. Tenho certeza de que há Mágica em tudo, apenas nós não temos consciência suficiente de nos apropriarmos dela e conseguirmos que ela faça coisas para nós... como eletricidade e cavalos e vapor.

Isso parecia tão imponente que Ben Weatherstaff ficou tão empolgado que não conseguia ficar quieto.

— Sim, sim, Senhor — ele disse e começou a ficar totalmente ereto.

— Quando Mary encontrou este jardim, ele parecia quase morto — o orador prosseguiu. — Então algo começou a se mover de dentro para fora do solo e a formar as coisas do nada. Num dia não havia nada, no outro, elas estavam lá. Eu nunca tinha observado as coisas antes, e isso me fez ficar curioso. Os cientistas são pessoas muito curiosas e vou ser cientista. Fico repetindo para mim mesmo: "O que é isso? O que é isso?". É algo. Não pode ser nada! Como não sei o seu nome chamo isso de Mágica. Eu nunca tinha visto o sol nascer, mas Mary e Dickon tinham, e aquilo que eles me contaram eu afirmo que é Mágica também. Algo empurra o sol para cima e o faz sair. Desde que estou no jardim há algo que eu procuro no céu em meio às árvores e tenho tido uma estranha sensação de estar feliz como se algo estivesse empurrando e saindo do meu peito e me fazendo respirar rápido. A Mágica está sempre empurrando, fazendo sair e formando algo do nada. Tudo é feito por meio de Mágica, folhas e árvores, flores e pássaros, texugos e raposas e esquilos e pessoas. Então ela deve estar em volta de nós. No jardim... em todos os lugares. A Mágica neste jardim me fez ficar em pé e eu sei que vou viver até me tornar um homem. Vou fazer o experimento científico de tentar conseguir um pouco de Mágica e colocá-la em mim e fazer com que ela me empurre e faça sair algo de mim para que eu me torne forte. Não sei como fazer isso, mas acho que se você continuar pensando sobre ela e chamando-a, talvez ela venha. Talvez seja a primeira maneira genuína de consegui-la. Quando eu tentei ficar em pé pela primeira vez, Mary continuou repetindo para si o mais rápido que podia: "Você consegue! Você consegue!", e eu consegui. Eu próprio tive de tentar na mesma hora, claro, mas a Mágica da Mary me ajudou... e a de Dickon também. Toda manhã e tarde e assim como durante o dia, sempre que me lembrar, vou dizer: "A Mágica está em mim! A Mágica está me fazendo bem! Vou ser tão forte quanto Dickon, tão forte quanto Dickon!", e todos vocês devem fazer a mesma coisa também. Esse é o meu experimento. Você vai ajudar, Ben Weatherstaff?

— Vou ajudá sim, Senhor! — disse Ben Weatherstaff. — Vou sim!

— Se vocês continuarem a fazer isso todos os dias com tanta constância quanto um soldado em treinamento, nós veremos o que vai acontecer e descobrir se o experimento deu certo. Aprendemos as coisas repetindo-as muitas e muitas vezes e pensando sobre elas até que se instalem em nossa mente para sempre; e eu acho que será o mesmo com a Mágica. Se vocês continuarem chamando-a para que vá até vocês e os ajude, ela vai se tornar parte de vocês e permanecerá e fará coisas.

— Uma vez ouvi um oficial na Índia dizer para minha mãe que havia faquires que repetiam palavras milhares e milhares de vezes — disse Mary.

— Ouvi a mulher de Jem Fettleworth dizê a mesma coisa mais de mil vez... chamano ele de bêbado estúpido — disse Ben Weatherstaff secamente. — Algumas coisa sempre vem disso, com certeza. Ele deu uma surra nela e foi pro *Blue Lion* e ficou bêbado como um gambá.

Colin fez uma careta de preocupação e pensou por alguns minutos. Depois ficou contente.

— Bem — ele disse —, você vê que algo resultou disso. Ela usou a Mágica errada, até fazer com que ele batesse nela. Se ela tivesse usado a Mágica certa e dito algo bom, talvez ele não tivesse ficado bêbado como um gambá e talvez... talvez ele tivesse comprado um chapeuzinho novo para ela.

Ben Weatherstaff riu e havia admiração perspicaz em seus pequenos olhos idosos.

— Ocê é um rapaz esperto e também tem as pernas direita, Patrão Colin — ele disse. — Da próxima vez que eu vê Bess Fettleworth, vou dá umas dica pra ela do que a Mágica pode fazê. Ela ia ficá surpresa e satisfeita se o negócio do exprimento cinetífico funcioná... e o velho Jem também.

Dickon permanecera ouvindo o conferencista, seus olhos grandes brilhando com uma curiosa satisfação. Noz e Casca estavam em seus ombros, e ele carregava nos braços um coelho branco com longas orelhas e o acariciava de vez em quando com suavidade, enquanto o coelho deitava as orelhas para trás apreciando o carinho.

— Você acha que o experimento vai funcionar? — Colin perguntou, curioso para saber no que ele estava pensando. Ele frequentemente ficava curioso para saber em que Dickon estava pensando, quando o via olhando para ele ou para uma das "criaturas" com um sorriso largo e feliz.

Ele estava dando naquele instante um sorriso mais largo que o habitual.

— Vai — ele respondeu —, vai funcioná. Vai funcioná igual que com as semente, quando o sol bate nelas. Vai funcioná com toda certeza. Vamos começá com isso agora?

Colin estava encantado assim como Mary. Animado por lembranças de faquires e devotos em ilustrações, Colin sugeriu que todos eles se sentassem com as pernas cruzadas debaixo da árvore que tinha uma grande copa.

— É como se sentar num tipo de templo — disse Colin. — Estou bem cansado e quero me sentar.

— Ora! — disse Dickon —, ocê num deve de começá dizeno que tá cansado. Ocê pode estragá a Mágica.

Colin se virou e olhou para ele — dentro daqueles grandes olhos inocentes.

— É verdade — ele disse lentamente. — Eu devo pensar apenas na Mágica.

Tudo parecia muito majestoso e misterioso, quando eles se sentaram em círculo. Ben Weatherstaff se sentia como se de alguma forma tivesse sido conduzido a uma reunião de orações. Normalmente, ele era obstinado em ser o que chamava "contra reunião de orações", mas sendo esse um assunto do Rajá, ele não se ressentia em tomar parte e estava de fato inclinado a estar grato por ter sido chamado a participar. A Senhorita Mary se sentia solenemente arrebatada. Dickon segurava o coelho no colo, e talvez ele tenha feito algum sinal de encantamento que ninguém escutou, pois, quando ele se sentou com as pernas cruzadas como os demais, o corvo, a raposa, os esquilos e o cordeiro se aproximaram devagar e fizeram parte do círculo, colocando-se cada um numa posição de tranquilidade, como se fosse o desejo deles.

— As "criaturas" chegaram — disse Colin com seriedade. — Elas querem nos ajudar.

Colin sem dúvida parecia muito bonito, Mary pensou. Ele mantinha a cabeça erguida como se sentisse que fosse uma espécie de sacerdote, e seus olhos singulares tinham uma expressão maravilhosa. A luz brilhava nele através da copa da árvore.

— Agora vamos começar — ele disse. — Mary, devemos rodopiar como os dervixes?

— Eu num consigo rodopiá — disse Ben Weatherstaff. — Eu tenho reumatismo.

— A Mágica vai levar seu reumatismo embora — disse Colin num tom de Sumo Sacerdote —, mas não vamos rodopiar até o momento chegar. Vamos apenas cantar.

— Eu num consigo cantá — disse Ben Weatherstaff um pouco irritado. — Eles me tiraro do coro da igreja a única vez que eu tentei cantá.

Ninguém riu. Todos estavam muito sérios. O rosto de Colin não tinha uma sombra sequer de irritação. Ele estava apenas pensando na Mágica.

— Então eu canto — ele disse. E começou, parecendo um estranho menino sobrenatural. — O sol está brilhando... o sol está brilhando. Essa é a Mágica. As flores estão crescendo... as raízes estão se espalhando. Essa é a Mágica. Estar vivo é a Mágica... ser forte é a Mágica. A Mágica está em mim... a Mágica está em mim. Está em mim... está em mim. Está em cada um de nós. Está nas costas de Ben Weatherstaff. Mágica! Mágica! Venha e ajude!

Ele repetiu isso muitas vezes... não mil vezes, mas por um número bem significativo. Mary ouvia arrebatada. Ela sentia como se fosse algo ao mesmo tempo esquisito e belo e queria que ele continuasse sem parar. Ben Weatherstaff começou a se sentir confortável dentro de um tipo de sonho muito agradável. O zumbido das abelhas nas flores misturado à voz melodiosa e sonolenta resultou num sono leve. Dickon sentado com as pernas cruzadas com o coelho dormindo num braço e a mão pousada nas costas do cordeiro. Fuligem tinha empurrado um esquilo e se aconchegado no ombro de Dickon, a película cinza sobre os olhos. Por fim Colin parou.

— Agora vou caminhar pelo jardim — ele anunciou.

A cabeça de Ben Weatherstaff tinha acabado de se inclinar para a frente e ele a ergueu num susto.

— Você estava adormecido — disse Colin.

— De jeito nenhum — murmurou Ben. — O sermão foi bom mesmo... mas eu sou obrigado a saí antes da coleta.

Ele ainda não estava completamente acordado.

— Você não está na igreja — disse Colin.

— Não tô — disse Ben, endireitando-se. — Quem disse que eu tava? Ouvi cada pedacinho do sermão. Ocê disse que a Mágica tava nas minhas costa. O médico chama isso de reumatismo.

O Rajá acenou com a mão.

— Essa foi a Mágica errada — ele disse. — Você vai melhorar. Você tem minha permissão para voltar ao trabalho. Mas volte amanhã.

— Eu queria vê ocê andá pelo jardim — resmungou Ben.

Não era um resmungo descortês, mas era um resmungo. De fato, sendo um participante velho e teimoso e não tendo fé total em Mágica, ele mudou de ideia em relação a ser mandado embora, pois subiria na escada e observaria por cima do muro para estar a postos a fim de voltar no caso de haver algum deslize.

O Rajá não fez objeção a que ele permanecesse e então a procissão foi formada. Parecia uma procissão de verdade. Colin estava na dianteira com Dickon de um lado e Mary do outro. Ben Weatherstaff andava atrás, e as "criaturas" seguiam atrás deles, o cordeiro e o filhote de raposa se mantinham próximos a Dickon, o coelho branco saltitava e parava para mordiscar, e Fuligem seguia a todos com a solenidade de uma pessoa que se sentia responsável.

Era uma procissão que se movia lentamente, mas com dignidade. De poucos em poucos metros parava para descansar. Colin se apoiava no braço de Dickon e secretamente Ben Weatherstaff mantinha uma vigia atenta, mas de vez em quando Colin tirava o braço do apoio e andava sozinho alguns passos. A cabeça era mantida erguida o tempo todo, e ele parecia muito majestoso.

— A Mágica está em mim! — ele continuava repetindo. — A Mágica está me fazendo ficar forte! Consigo senti-la! Consigo senti-la!

Era quase certo que algo o estava segurando e o elevando. Ele se sentou num dos bancos dos nichos, e uma ou duas vezes se sentou no gramado, e várias vezes parou no caminho e se apoiou em Dickon, mas não desistiria até ter dado a volta completa no jardim. Quando voltou à árvore frondosa, as bochechas estavam enrubescidas e ele tinha um ar triunfante.

— Eu consegui! A Mágica funcionou! — ele exclamou. — Essa é minha primeira descoberta científica.

— O que o Dr. Craven dirá? — interrompeu Mary.

— Ele não dirá nada — Colin respondeu —, porque ninguém vai lhe contar. Esse será o maior de todos os segredos. Ninguém poderá saber coisa alguma sobre isso até que eu fique forte para poder andar e correr como qualquer outro menino. Eu devo vir aqui todos os dias em minha cadeira e devo voltar nela. Não quero que as pessoas fiquem cochichando nem fazendo perguntas e não vou permitir que meu pai ouça sobre isso até que o experimento seja um sucesso total. Então um dia quando ele voltar a Misselthwaite, vou apenas entrar andando em seu escritório e dizer: "Eis-me aqui, sou como qualquer outro menino. Estou completamente curado e vou viver até me tornar um homem. Isso aconteceu por meio de um experimento científico".

— Ele vai pensar que está sonhando — exclamou Mary. — Ele não vai acreditar nos próprios olhos.

Colin enrubesceu, triunfante. Ele acreditava que ficaria bom, o que significava mais da metade da batalha ganha, embora não tivesse consciência disso. E o pensamento que o estimulava mais do que todos era o de imaginar como seu pai ficaria quando visse que tinha um filho tão ereto e forte como o filho de qualquer outro pai. Uma das piores penúrias dos dias passados de mórbida doença era o ódio de ser um menino doente com as costas fracas, cujo pai tinha receio de encará-lo.

— Ele será obrigado a acreditar — ele disse. — Uma das coisas que vou fazer, depois de a Mágica funcionar e antes de começar a fazer descobertas científicas, é me tornar atleta.

— A gente vai fazê ocê começá com o boxe numa ou noutra semana — disse Ben Weatherstaff. — Ocê vai acabá ganhano o cinturão e seno campeão de lutas profissional de toda a Inglaterra.

Colin fixou os olhos nele com severidade.

— Weatherstaff — ele disse —, isso é desrespeitoso. Você não pode tomar liberdades porque faz parte do segredo. Por mais que a Mágica funcione, não serei um campeão de lutas. Serei um Descobridor Científico.

— Mil desculpa... mil desculpa, Senhor — respondeu Ben, tocando a testa em continência. — Eu tinha que tê visto que num era uma brincadeira. — Mas seus olhos brilhavam e secretamente ele sentia-se imensamente satisfeito. Ele realmente não se importou de ter sido repreendido, uma vez que a repreensão significava que o menino estava ganhando força e espírito.

CAPÍTULO 24
DEIXE QUE RIAM

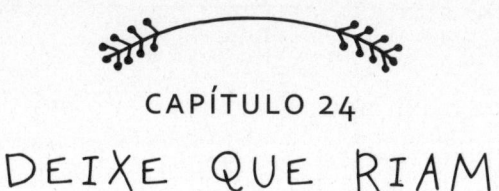

O jardim secreto não era o único em que Dickon trabalhava. Ao redor de sua casinha na charneca, havia um pedaço de terra fechado por um muro baixo de pedras irregulares. De manhã cedo e à tardinha do monótono lusco-fusco em diante e em todos os dias que Colin e Mary não o viam, Dickon trabalhava lá plantando ou cuidando de batatas e repolhos, nabos e cenouras e ervas para sua mãe. Na companhia de suas "criaturas", ele fazia maravilhas lá e nunca estava cansado de fazê-las, era o que parecia. Enquanto ele cavava ou arrancava ervas daninhas, assobiava ou cantava trechos de canções da charneca de Yorkshire ou conversava com Fuligem, Capitão ou com seus irmãos e irmãs a quem ele ensinara a ajudá-lo.

— A gente nunca que ia tá tão bem como tamos — a Sra. Sowerby disse —, se num era o jardim do Dickon. Qualquer coisa cresce com ele. As batata e repolho têm duas vez o tamanho das de qualquer um e têm um sabor sem igual.

Quando ela encontrava um tempinho livre, gostava de ir lá conversar com ele. Após o jantar, ainda havia um longo e claro lusco-fusco que permitia o trabalho, e esse era o momento de sossego que ela tinha. Podia se sentar em cima do muro rústico, observar o menino e ouvir suas histórias do dia. Ela adorava essa hora. Não havia apenas hortaliças nesse jardim. Dickon comprara pacotinhos de sementes de flores de um *penny* vez ou outra e havia semeado coisas radiantes e com aroma doce entre os arbustos de groselheira e, mesmo entre os repolhos, ele plantou orlas de resedá, craveiros e amor-perfeito, cujas sementes podiam ser guardadas ano após ano ou cujas raízes vicejavam a cada primavera e se espalhavam em belos montinhos. O muro baixo era uma das coisas mais belas em Yorkshire, porque Dickon tinha colocado dedaleiras da charneca e samambaias e ervas-de-santa-bárbara e cerca viva de flores em cada rachadura e aqui e ali as pedras do muro só podiam ser vistas de relance.

— Tudo o que um sujeito tem que fazê pra elas florescê, mãe — ele falava —, é sê amigo delas de verdade. Elas são como as criatura. Se elas tá com sede, dá de bebê pra elas e, se elas tá com fome, dá um pouquinho de comê pra elas. Elas qué vivê igual que a gente. Se elas morrê, eu ia senti que fui um menino mau e de um jeito ou de outro tratei elas sem coração.

Era nessa hora do lusco-fusco que a Sra. Sowerby ouvia tudo o que acontecia em Misselthwaite Manor. A princípio, ela ficou sabendo que o "Patrãozinho Colin" tinha tomado gosto em sair para o gramado com a Senhorita Mary e que isso estava lhe fazendo bem. Mas não tardou em haver um acordo entre as duas crianças de que a mãe de Dickon poderia "participar do segredo". De alguma forma não havia dúvidas de que com ela, eles não "corriam risco".

Então numa tarde bonita e sossegada Dickon contou toda a história, com todos os detalhes emocionantes da chave enterrada, e o pisco e a névoa cinza que parecera a morte e o segredo que a Senhorita Mary tinha planejado nunca revelar. A ida de Dickon e como ele ficou sabendo de tudo, a dúvida do Patrãozinho Colin e o drama final da sua apresentação às terras escondidas, associado ao incidente do rosto furioso de Ben Weatherstaff surgindo pelo muro e a súbita força de indignação do Patrãozinho Colin, tudo isso fez o rosto formoso da Sra. Sowerby mudar totalmente de cor várias vezes.

— Posso garanti! — ela disse. — Foi uma coisa muito boa essa menina ir para Manor. Foi a chance dela e salvação dele. Ficá de pé! E a gente toda pensano que ele era um pobre rapaz débil mental sem um único osso reto no corpo.

Ela fez muitas perguntas e seus olhos azuis ficaram cheios de pensamentos profundos.

— O que eles acha disso lá em Manor... ele assim tão bem e alegre e sem reclamá? — ela inquiriu.

— Eles num acha nada — respondeu Dickon. — A cada dia que passa o rosto dele muda. Está engordano e num parece tão azedo e a cor de cera despareceu. Mas ele tem que queixá um pouquinho — disse, com um sorriso bem divertido.

— Pra que isso, por piedade? — perguntou a Sra. Sowerby.

Dickon deu um risinho.

— Ele faz isso pra despistá o que aconteceu. Se o médico ficá sabeno que ele consegue ficá em pé, ele vai escrevê pro Seu Craven. O Patrãozinho Colin está guardano segredo pra ele mesmo contá. Ele vai praticá a Mágica nas perna todos os dia até o pai dele voltá e aí ele vai entrá andano no quarto dele e mostrá que ele é ereto que nem que qualquer rapaz. Mas ele e a Senhorita Mary pensa que o melhor plano é fingi uns gemido e choradeira de vez em quando, só pra distraí o povo do fato de verdade.

A Sra. Sowerby estava dando um gostoso e profundo riso bem antes de ele ter terminado a última frase.

— Ora! — ela disse. — Esses menino tão se divertino, tenho certeza. Eles tão fazeno uma boa encenação e num tem coisa que as criança gosta mais do que fingi. Quero ouvi o que eles tão fazeno, Dickon, meu rapaz.

Dickon parou de arrancar ervas daninhas e se sentou nos calcanhares para lhe contar. Seus olhos estavam brilhando com a diversão.

— O Patrãozinho Colin é carregado na cadeira toda vez que sai — ele explicou. — Ele fica furioso com o John, o lacaio, porque ele não carrega ele com muito cuidado. Ele se faz de desamparado e nunca levanta a cabeça até a gente tá fora de vista da casa. E ele resmunga e choraminga um pouco quando vão colocá ele de volta na cadeira. Ele e a Senhorita Mary, os dois gosta disso e, quando ele suspira e se queixa, ela diz: "Pobre Colin! Isso tá machucano muito ocê? Ocê é tão fraco assim, pobre Colin?". — Mas o problema é que às vez eles num consegue segurá a risada. Quando a gente chega são e salvo no jardim, eles dão risada até num tê folego pra ri mais. E eles têm que colocá a cara nas almofada do Patrãozinho Colin pros jardineiros num ouvi, se tem algum por perto.

— Quanto mais eles ri, melhor pra eles! — disse a Sra. Sowerby, também rindo. — O bom riso de criança saudável é melhor que remédio em qualquer dia do ano. Esses dois vão engordá com certeza.

— Eles tão engordano — disse Dickon. — Eles sente fome, mas num sabe como consegui mais comida sem dá o que falá. O Patrãozinho Colin diz que se ele ficá pedindo mais comida, eles num vão acreditá que ele é um inválido de jeito nenhum. A Senhorita Mary diz que vai dá a parte dela pra ele, mas ele diz que se ela passá fome vai emagrecê, e eles dois têm que engordá junto.

A Sra. Sowerby riu de forma tão gostosa com a revelação dessa dificuldade que se sacudiu completamente para a frente e para trás no seu manto azul, e Dickon ria com ela.

— Eu vou te dizê uma coisa, rapaz — disse a Sra. Sowerby quando conseguiu falar. — Eu pensei num jeito de ajudá eles. Quando ocê vai encontrá eles de manhã, ocê pega um balde com leite fresco e eu vou assá pra eles um pão cascudo do campo ou uns bolinho com groselha, igual qu'ocês criança gosta. Nada é melhor que leite fresco e pão. Então, eles vão podê matá um pouco da fome enquanto tão no jardim e a comida boa que eles comê quando tivé lá dentro vai acabá com o resto da fome.

— Ora! mãe! — disse Dickon admirado — Ocê é maravilhosa! Ocê sempre vê uma saída pra tudo. Eles tavam numa grande perturbação ontem. Num via como lidá com isso sem pedi mais comida... eles sentia aquele vazio no estômago.

— Eles são dois jovem cresceno rápido, e a saúde vai voltá pra eles dois. Crianças como eles é como lobinho, e comida é que dá carne e sangue pra eles — disse a Sra. Sowerby. Depois ela sorriu o mesmo sorriso de Dickon. — Ora! Mas eles tão se divertino pra valê — ela disse.

Aquela confortadora e maravilhosa criatura maternal estava completamente certa — e ela nunca esteve tão certa quando disse que "brincando de encenar" seria a alegria deles. Colin e Mary achavam isso uma das fontes mais emocionantes de divertimento. A ideia de se proteger de suspeitas tinha lhes sido inconscientemente sugerida primeiro pela enfermeira, perplexa, e depois pelo próprio Dr. Craven.

— Seu apetite está melhorando muito, Patrãozinho Colin — a enfermeira disse um dia. — O senhor não comia nada, e tantas coisas lhe faziam mal.

— Nada me faz mal agora — retrucou Colin, e depois, vendo que a enfermeira o olhava com curiosidade, ele subitamente se lembrou de que talvez ainda não devesse parecer tão bem. — Pelo menos as coisas não me fazem mal com tanta frequência. É o ar fresco.

— Talvez seja — disse a enfermeira, ainda o olhando com uma expressão misteriosa. — Mas devo falar com o Dr. Craven sobre isso.

— Como ela o encarou! — exclamou Mary quando a enfermeira foi embora. — Como se ela pensasse que devia haver algo a ser descoberto.

— Não vou deixar que ela descubra coisa alguma — disse Colin. — Ninguém deve descobrir ainda.

Quando o Dr. Craven veio naquela manhã, ele parecia perplexo também. Fez muitas perguntas, para grande contrariedade de Colin.

— Você fica no jardim durante muito tempo — ele sugeriu. — Para onde você vai?

Colin colocou seu ar favorito de digna indiferença a opiniões.

— Não vou permitir que ninguém saiba para onde eu vou — ele respondeu. — Vou para um lugar de que gosto. Todos têm ordens para se manter fora do caminho. Não vou ser vigiado nem observado. Você sabe disso!

— Parece-me que você fica fora o dia todo, mas acho que não lhe fez mal... realmente acho que não. A enfermeira disse que você está comendo muito mais do que em qualquer outra época.

— Talvez... — disse Colin, pronto para uma inspiração repentina — talvez seja um apetite anormal.

— Acho que não, pois parece que a comida está lhe fazendo bem — disse o Dr. Craven. — Você está ganhando carne e também cor.

— Talvez... talvez eu esteja inchado e febril — disse Colin, assumindo um ar de tristeza desconsolada. — As pessoas que vão morrer cedo são com frequência... diferentes.

O Dr. Craven balançou a cabeça negativamente. Ele estava segurando o pulso de Colin, arregaçou a manga e mediu a pulsação.

— Você não está febril — ele disse pensativamente — e a carne que ganhou é saudável. Se você continuar engordando, meu rapaz, não vamos precisar falar em morte. O seu pai vai ficar feliz em ouvir a respeito dessa melhora notável.

— Não quero que contem a ele! — Colin irrompeu com veemência. — Isso só o desapontaria se eu piorasse novamente... e posso piorar nesta mesma noite. Posso ter uma febre violenta. Sinto que estou começando a ter uma agora. Não quero que escrevam para o meu pai... não quero... não quero! Você está me deixando com raiva e você sabe que isso não é bom para mim. Já me sinto quente. Odeio que escrevam a meu respeito e que falem de mim tanto quanto odeio que me olhem fixamente!

— Cal-ma! Meu garoto — o Dr. Craven o acalmou. — Nada será escrito sem sua permissão. Você é muito sensível em relação às coisas. Você não deve desfazer o bem que foi feito.

Ele não disse mais nada a respeito de escrever para o Sr. Craven e, quando viu a enfermeira, secretamente a alertou de que tal possibilidade não deveria ser mencionada ao paciente.

— O menino está extraordinariamente melhor — ele disse. — A melhora parece quase anormal. Mas, é claro, ele está agora fazendo de livre e espontânea vontade o que não conseguimos forçá-lo antes. Ele ainda se irrita com muita facilidade, e nada deve ser dito para deixá-lo irritado.

Mary e Colin estavam muito sobressaltados e conversaram com preocupação. A partir daí, eles planejaram "encenar".

— Sinto-me obrigado a ter um acesso de raiva — disse Colin com pesar. — Não quero ter um e não me sinto infeliz o suficiente para produzir um dos grandes. Talvez eu não consiga nem ao menos ter um. Aquele nó não vem à minha garganta agora e me mantenho pensando em coisas boas em vez de ruins. Mas se eles falarem em escrever para o meu pai, terei de fazer alguma coisa.

Ele tomou a resolução de comer menos, mas infelizmente não era possível realizar essa brilhante ideia quando acordava toda manhã com um apetite estupendo e a mesa perto de seu sofá estava posta com um café da manhã com pão caseiro, manteiga fresca, ovos brancos como neve, geleia de framboesa e creme de nata. Mary sempre tomava o café da manhã com ele, e, quando estavam à mesa — especialmente se houvesse finas fatias de presunto chiando da fritura e emitindo aromas tentadores debaixo de uma tampa quente de prata —, eles se olhavam nos olhos em desespero.

— Acho que teremos de comer tudo esta manhã, Mary — Colin sempre acabava dizendo. — Podemos mandar de volta um pouco do almoço e bastante do jantar.

Mas eles nunca resolviam mandar de volta nada, e a condição dos pratos, que ficavam completamente limpos e assim retornavam à copa, causava muitos comentários.

— Eu realmente gostaria... — Colin também dizia — eu gostaria que as fatias de presunto fossem mais grossas, e um bolinho para cada um não é suficiente para ninguém.

— É suficiente para uma pessoa que vai morrer — respondeu Mary quando ela ouviu isso pela primeira vez —, mas não é suficiente para uma pessoa que vai viver. Às vezes sinto que poderia comer três, quando o cheiro das urzes e dos tojos vem da charneca e sobe pela janela aberta.

Na manhã em que Dickon — depois de eles terem se divertido no jardim por cerca de duas horas — foi atrás da roseira e trouxe de lá dois baldes de lata e revelou que um estava cheio de saboroso leite fresco com creme por cima, e que no outro tinha pão doce de groselha embrulhado num guardanapo azul e branco, pãezinhos tão bem embrulhadinhos que ainda estavam quentes, houve uma agitação de alegria surpreendente. Que coisa maravilhosa em que a Sra. Sowerby pensou! Que mulher bondosa e esperta ela devia ser! Que gostosos eram os pães! E que delicioso o leite fresco!

— A Mágica está nela assim como em Dickon — disse Colin. — Isso a faz pensar em maneiras de fazer coisas... coisas boas. Ela é uma pessoa Mágica. Diga a ela que somos gratos, Dickon... extremamente gratos.

Ele estava acostumado a usar frases um tanto quanto de adultos às vezes. Ele as apreciava. Gostava tanto disso que tirava proveito delas.

— Diga-lhe que ela tem sido generosa, e a nossa gratidão é extrema.

E depois se esquecendo de sua grandeza, pôs-se a comer e a se encher de pães doces e a beber leite direto do balde em abundantes goles como qualquer rapazinho faminto que tivesse feito exercícios não habituais e respirado o ar fresco da charneca faria e cujo café da manhã tinha sido tomado havia mais de duas horas.

Esse foi o começo de muitos incidentes agradáveis do mesmo tipo. Eles na verdade se deram conta do fato de que se a Sra. Sowerby tinha catorze pessoas para alimentar, ela não devia ter o suficiente para satisfazer dois apetites extras todos os dias. Então lhe pediram que os deixassem mandar alguns de seus xelins para comprar as coisas.

Dickon fez uma descoberta estimulante de que no bosque, no parque fora do jardim, onde Mary o encontrara tocando flauta para as criaturas silvestres, havia uma pequena cavidade escondida em que dava para fazer um tipo de fogãozinho com pedras para assar batatas e ovos lá dentro. Ovos assados eram um luxo previamente desconhecido e batatas muito quentes recheadas com sal e manteiga fresca eram apropriadas para um rei do bosque — além de deliciosamente satisfazer o apetite. Eles poderiam comprar e comer tanto batatas quanto ovos na quantidade que quisessem sem se sentir tirando o pão da boca de catorze pessoas.

Toda bela manhã a Mágica funcionava pelo círculo místico debaixo da ameixeira que proporcionava uma copa de folhas verdes encorpadas depois que seu breve tempo de floração terminou. Após a cerimônia, Colin sempre fazia sua caminhada e durante o dia todo exercitava a nova força encontrada em intervalos. A cada dia ele ficava mais forte e conseguia andar com mais estabilidade e por um espaço maior. E a cada dia a sua crença na Mágica ficava mais e mais forte — tanto quanto devia. Ele tentava um experimento após o outro, pois se sentia ganhando força, e foi Dickon quem lhe mostrou a melhor de todas.

— Ontem — ele disse uma manhã depois de um dia em que não fora ao jardim —, fui a Thwaite pra mãe e perto da Taverna *Blue* Cow vi o Bob Haworth. Ele é o cara mais forte da charneca. É campeão de luta e pode pulá mais alto e atirá o martelo mais longe que qualquer sujeito. Ele foi pra Escócia pra praticá esporte por alguns ano. Ele me conhece desde que eu era pequeno e é um sujeito amigável e fiz umas pergunta pra ele. As pessoa chama ele de atleta, e eu pensei em ti, Patrão Colin, e eu disse: "Como é qu'ocê faz os músculo espichá desse jeito, Bob? Ocê faz alguma coisa extra pra ficá tão forte?". E ele disse: "Bem, sim, rapaz, eu fiz. Um homem forte num *show* que veio pra Thwaite uma vez me mostrou como fazê exercício pros braço e perna e pra cada músculo do corpo". E eu disse: "Um sujeito fraco pode ficá forte com eles, Bob?". E ele riu e disse: "Ocê é o sujeito fraco?". E eu disse: "Não, mas eu conheço um cavalheiro que tá melhorano de uma doença longa, e eu queria conhecê uns truque pra contá pra ele.". Eu num falei nenhum nome e ele num perguntou. Ele é tão amigável como eu disse e ficou em pé e me mostrou de boa vontade, e eu imitei o que ele fez até aprendê de cor.

Colin ficou ouvido com entusiasmo.

— Você pode me mostrar? — ele exclamou. — Pode?

— Posso, claro — Dickon respondeu, se levantando. — Mas ele disse qu'ocê tem que fazê devagar primeiro e sê cuidadoso pra num se cansá. Descansa no meio dos exercício e respira fundo e não exagera.

— Vou ser cuidadoso — disse Colin. — Mostre-me! Mostre-me! Dickon, você é o menino com mais Mágica do mundo!

Dickon permaneceu em pé no gramado e lentamente começou uma série cuidadosamente prática e simples de exercícios para os músculos. Colin observava com olhos arregalados. Ele conseguiu fazer alguns poucos enquanto estava sentado. Logo fez alguns levemente enquanto permanecia já estável em pé. Mary começou a fazê-los também. Fuligem, que estava observando a execução, ficou muito perturbado e deixou o galho e saltitou impacientemente porque não conseguia fazê-los também.

Desde então o exercício passou a fazer parte das tarefas diárias tanto quanto a Mágica era. Foi ficando cada vez mais fácil tanto para Colin quanto para Mary praticar o exercício a cada vez que eles tentavam, o que aumentou o apetite deles como resultado, e se não fosse a cesta que Dickon supria atrás do arbusto a cada manhã, quando ele chegava, eles estariam perdidos. Mas o pequeno fogão na cavidade e a generosidade da Sra. Sowerby eram tão suficientes que a Sra. Medlock, a enfermeira e o Dr. Craven foram enganados novamente. Você pode mal tocar o café da manhã e parecer desdenhar o jantar se estiver cheio até a tampa de ovos e batatas assadas e de leite fresco ricamente espumante e de bolo de aveia e pães doces e mel de urze e creme de nata.

— Eles não estão comendo praticamente nada — disse a enfermeira. — Eles vão morrer de inanição se não forem convencidos a comer alguma coisa substancial. E mesmo assim veja a aparência deles.

— Veja! — exclamou a Sra. Medlock com indignação. — Ora! Estou fula da vida com eles. Eles são um par de demoninhos. Estourando de comer num dia e no outro torcendo o nariz para as melhores comidas que a cozinheira faz para tentá-los. Eles nem tocaram o garfo ontem em nenhum pedacinho daquele frango saboroso com molho de pão... e a boa pobre mulher *inventou* um pudim para eles... e foi devolvido. Ela quase chorou. Está com medo de ser culpada, se eles morrerem de fome.

O Dr. Craven veio e examinou Colin longa e cuidadosamente. Ele trazia uma expressão extremamente preocupada quando a enfermeira falou com ele e lhe mostrou a bandeja praticamente intocada do café da manhã que ela tinha guardado para que ele visse — mas foi ainda mais preocupante quando ele se sentou ao lado do sofá de Colin e o examinou. Ele tinha sido chamado em Londres a negócios e não vira o menino por quase duas semanas.

Quando os jovens começam a ganhar saúde, eles ganham rapidamente. A coloração de cera tinha sumido da pele de Colin, e uma coloração rosada intensa tomava todo o seu lugar; seus lindos olhos estavam claros, e as cavidades debaixo deles e as bochechas e têmporas estavam cheias. Suas mechas de cabelo uma vez escuras e pesadas tinham começado a parecer nascer saudáveis da fronte e eram macias e cálidas e cheias de vida. Seus lábios estavam mais cheios e de uma coloração normal. Na verdade, como uma imitação de um menino inválido confirmado, ele era uma visão infame. O Dr. Craven segurou o queixo e refletiu a respeito.

— Sinto saber que você não está comendo nada — ele disse. — Isso não pode continuar. Você vai perder tudo o que ganhou, e você ganhou estupendamente. Você comia tão bem há pouco tempo.

— Eu lhe disse que era um apetite anormal — respondeu Colin.

Mary estava perto sentada no escabelo e repentinamente fez um som esquisito que tentou reprimir com tanta força que quase acabou por sufocá-la.

— Qual é o problema? — disse o Dr. Craven, virando-se para olhá-la.

Mary ficou com modos completamente rígidos.

— Era algo entre um espirro e uma tosse — ela respondeu com dignidade ferida —, e ficaram presos na minha garganta.

— Mas... — ela disse depois para Colin — eu não conseguia me controlar. Escapou porque de repente não conseguia parar de me lembrar da última batata grande que você comeu e do jeito que a sua boca se esticou quando você mordeu aquela crosta de pão deliciosa com geleia e creme de nata.

— Há alguma maneira de essas crianças conseguirem comida secretamente? — O Dr. Craven inquiriu a Sra. Medlock.

— Não há como, a não ser que eles cavem da terra ou apanhem das árvores — a Sra. Medlock respondeu. — Eles ficam lá fora nos jardins o dia todo e não veem ninguém a não ser eles mesmos. E se eles quiserem alguma coisa diferente para comer daquilo que eles mandam de volta é só pedirem.

— Bem — disse o Dr. Craven —, contanto que ficar sem comida esteja fazendo bem a eles, não precisamos nos inquietar. O menino é uma nova criatura.

— A menina também — disse a Sra. Medlock. — Ela começou a ficar categoricamente bonita desde que engordou e perdeu aquela aparência azeda feiosa. O cabelo dela cresceu mais grosso e com aparência saudável e ganhou uma cor brilhante. Aquela coisinha carrancuda e má que ela era, e agora ela e o Patrãozinho Colin riem juntos como um par de jovens doidos. Talvez eles estejam engordando disso.

— Talvez estejam — disse o Dr. Craven. — Deixe que riam.

CAPÍTULO 25
A CORTINA

E o jardim secreto florescia cada vez mais e a cada manhã revelava novos milagres. No ninho do pisco havia Ovos e a companheira do pisco sentada neles mantinha-os aquecidos com seu peito emplumado e suas asas cuidadosas. A princípio ela estava muito nervosa e o próprio pisco, vigilante ao extremo. Até mesmo Dickon não se aproximava do cantinho de vegetação espessa naqueles dias, mas esperou pelo trabalho silencioso de algum encanto misterioso que ele acreditava ser transportado para a alma do casalzinho e lhe garantia que no jardim não havia nada que não fosse como eles mesmos — nada que não entendesse a beleza do que estava acontecendo com eles — a imensa, delicada, terrível, desoladora beleza e solenidade dos Ovos. Se houvesse uma pessoa naquele jardim que não soubesse, no mais íntimo do seu ser, que se um Ovo fosse levado para longe ou danificado, o mundo todo sairia rodopiando e se despedaçaria pelo espaço para o derradeiro fim — se houvesse ao menos um que não sentisse isso nem agisse adequadamente, não poderia haver felicidade, mesmo naquele ar dourado de primavera. Mas todos sabiam disso e sentiam isso, e o pisco e a companheira sabiam que todos tinham conhecimento disso.

A princípio, o pisco vigiava Mary e Colin com ansiedade nítida. Por alguma razão misteriosa, ele sabia que não precisava vigiar Dickon. No primeiro instante que lançou seus olhos negros de orvalho brilhante em Dickon, sabia que não se tratava de um estranho, mas de um tipo de pisco sem bico e sem penas. Ele sabia falar pisco (que era uma língua completamente distinta para não ser confundida com nenhuma outra). Falar pisco com um pisco é como falar francês com um francês. Dickon sempre falava essa língua com o próprio pisco, então aquela esquisita linguagem inarticulada que Dickon usava para falar com os humanos não tinha a mínima importância. O pisco achava que ele usava aquela linguagem inarticulada com eles, porque não eram inteligentes o suficiente para entender um discurso emplumado. Os movimentos dele também eram de pisco. Eles nunca assustavam ninguém porque não eram bruscos para parecerem perigosos ou ameaçadores. Qualquer pisco conseguia entender Dickon, assim, a presença dele não importunava nem um pouco.

Mas no início parecia ser necessário ficar de guarda com aqueles dois outros. Em primeiro lugar, a criatura menino não vinha para o jardim com as próprias pernas. Era empurrado numa coisa com rodas e peles de animais selvagens que ficavam jogadas por cima dele. Só isso em si já era duvidoso. Depois quando começou a se levantar e a se movimentar ao redor, ele o fez de uma forma estranhamente incomum e parecia que os outros tinham de ajudá-lo. O pisco costumava se esconder num arbusto e vigiá-lo ansiosamente, a cabeça inclinava-se primeiro para um lado e depois para o outro. O pisco achava que os movimentos lentos podiam significar que o menino estava se preparando para atacar, como os gatos fazem. Quando os gatos estão se preparando para atacar, eles rastejam por todo o chão muito lentamente. O pisco conversou a respeito disso com a companheira muitas vezes por alguns dias, mas depois decidiu não falar mais sobre o assunto, porque o horror que ela sentia era tão grande que ele ficou com medo de que isso pudesse ser prejudicial aos Ovos.

Quando o menino começou a caminhar sozinho e até a se mover de forma mais rápida foi um alívio imenso. Mas por um longo tempo — ou pareceu um longo tempo para o pisco — ele foi fonte de certa ansiedade. Ele não agia como os outros humanos. Parecia gostar muito de andar, mas tinha vontade de se sentar e de se deitar por um tempo e depois se levantava de um jeito desconcertante para recomeçar.

Um dia o pisco se lembrou de que quando ele mesmo teve de aprender a voar com seus pais, tinha feito muitas coisas parecidas com aquelas. Tinha dado voos curtos de uns poucos metros e depois fora obrigado a descansar. Então lhe ocorreu que aquele menino estava aprendendo a voar — ou mais propriamente a andar. Ele mencionou isso para a companheira ao lhe dizer que os Ovos provavelmente procederiam da mesma forma depois de estarem cobertos de penas, ela ficou totalmente à vontade e até muito interessada e sentiu muito prazer em observar o menino da extremidade superior do ninho — embora ela sempre pensasse que os Ovos seriam muito mais espertos e aprenderiam muito mais rápido. Entretanto, ela dizia com tolerância que os humanos eram sempre mais desajeitados e mais lentos que os Ovos e a maioria deles nunca parecia realmente ter aprendido a voar de forma alguma. Eles nunca podiam ser encontrados no ar nem no cume das árvores.

Depois de um tempo, o menino começou a se movimentar da mesma forma que os outros, mas todas as três crianças às vezes faziam coisas incomuns. Ficavam em pé debaixo das árvores e moviam os braços, as pernas e a cabeça para todas as direções de um jeito que não era nem andar, nem correr, nem se sentar. Executavam esses movimentos às vezes diariamente, e o pisco nunca conseguia explicar para a companheira o que eles estavam fazendo ou tentando fazer. Podia apenas dizer que tinha certeza de que os Ovos nunca bateriam as asas daquela maneira; mas como o menino que sabia falar pisco tão fluentemente estava fazendo o mesmo com eles, o pássaro podia estar certo de que as ações não tinham uma natureza perigosa. É claro que nem o pisco nem a companheira tinham sequer ouvido falar do campeão de lutas, Bob Haworth, e dos exercícios para deixar os músculos desenvolvidos como caroços. Os piscos não são como os humanos; os músculos deles são sempre exercitados desde o começo, e assim eles se desenvolvem de maneira natural. Quando se tem de voar para todos os lados a fim de encontrar o que comer, os músculos não têm como ficar atrofiados.

Quando o menino estava andando e correndo por todo canto e cavando e arrancando ervas daninhas, como os outros, o ninho escondidinho ficava repleto de paz e contentamento. Temor pelos Ovos se tornou coisa do passado. Saber que os seus Ovos estavam tão seguros como se estivessem trancados num cofre de banco e o fato de poder ver tantas coisas curiosas acontecendo tornou o cenário uma ocupação muito divertida. Em dias úmidos, a mãe dos Ovos às vezes se sentia um pouco entediada, porque as crianças não iam ao jardim.

Mas mesmo em dias úmidos não se podia dizer que Mary e Colin ficavam entediados. Uma manhã, quando a chuva caía torrencialmente sem cessar e Colin começou a se sentir um pouco inquieto, por ser obrigado a permanecer no sofá, porque não era seguro se levantar e caminhar, Mary teve uma inspiração.

— Agora que sou um menino de verdade — Colin tinha dito —, minhas pernas e braços e todo o meu corpo estão tão cheios de Mágica que eu não consigo mantê-los parados. Eles querem fazer alguma coisa o tempo todo. Você sabe que quando eu desperto de manhã, Mary, quando é muito cedo e os pássaros estão apenas gritando lá fora, tudo parece gritar de alegria... mesmo as árvores e as coisas que não conseguimos ouvir... eu sinto como se quisesse pular da cama e gritar também. Se eu fizesse isso, imagine só o que aconteceria!

Mary riu muito.

— A enfermeira e a Sra. Medlock viriam correndo, e elas teriam certeza de que você teria enlouquecido e chamariam o médico — ela disse.

Colin riu também. Ele podia ver como eles todos ficariam — como ficariam horrorizados com o seu surto e assustados em vê-lo em pé e ereto.

— Eu queria que meu pai voltasse para casa — ele disse. — Eu mesmo quero contar para ele. Estou sempre pensando nisso... mas não podemos continuar com isso por muito tempo. Eu não aguento mais ficar deitado imóvel e fingindo, e, além disso, estou tão diferente. Não queria que estivesse chovendo hoje.

Foi então que a Senhorita Mary teve uma inspiração.

— Colin — ela começou com ar misterioso —, você sabe quantos quartos há nesta casa?

— Cerca de mil, eu suponho — ele respondeu.

— Tem cerca de cem e ninguém vai até eles — disse Mary. — E num dia chuvoso eu fui olhar muitos deles. Ninguém nunca soube, embora a Sra. Medlock quase tenha me descoberto. Eu me perdi quando estava voltando ao meu quarto e parei no fim do seu corredor. Essa foi a segunda vez que ouvi o seu choro.

Colin se levantou bruscamente do sofá.

— Cem quartos e ninguém vai até eles? — ele perguntou. — Parece quase como o jardim secreto. Imagine se formos vê-los. Empurre-me na minha cadeira e ninguém saberá que fomos.

— Era no que eu estava pensando — disse Mary. — Ninguém ousaria nos seguir. Há galerias onde poderíamos correr. Poderíamos fazer nossos exercícios. Há um pequeno quarto indiano onde tem um armário cheio de elefantes de marfim. Há todos os tipos de quartos.

— Toque o sino — disse Colin.

Quando a enfermeira veio, ele deu as ordens.

— Quero minha cadeira — ele disse. — A Senhorita Mary e eu vamos olhar a parte da casa que não é usada. John pode me empurrar até a galeria dos quadros, porque há algumas escadas. Depois ele deve ir embora e nos deixar sozinhos até que eu o chame de volta.

Os dias chuvosos perderam seus terrores naquela manhã. Quando o lacaio empurrou a cadeira até a galeria dos quadros e deixou os dois juntos em obediência às ordens dadas, Colin e Mary se olharam muito satisfeitos. Logo que Mary se certificou de que John estava realmente de volta ao seu alojamento no andar inferior, Colin se levantou da cadeira.

— Vou correr de um extremo ao outro da galeria — ele disse — e depois vou pular e depois vamos fazer os exercícios de Bob Haworth.

E eles fizeram todas essas coisas e muitas outras. Olharam os retratos e acharam a garotinha sem graça vestida de brocado verde e segurando o papagaio no dedo.

— Todos eles — disse Colin — devem ser meus parentes. Eles viveram há muito tempo. Aquela do papagaio, eu acredito, é uma das minhas tatara, tatara, tatara, tataratias. Ela parece um tanto com você, Mary... não como você está agora, mas como estava quando chegou aqui. Agora você está muitíssimo mais gorda e com uma aparência muito melhor.

— Você também — disse Mary, e os dois riram.

Eles foram ao quarto indiano e se divertiram com os elefantes de marfim. Acharam a salinha brocada cor-de-rosa e o buraco na almofada que o camundongo havia feito, mas os camundongos tinham crescido e fugido, e o buraco estava vazio. Viram mais quartos e fizeram mais descobertas do que Mary fizera na sua primeira peregrinação. Acharam mais corredores e cantos e degraus de escadas e novos retratos antigos dos quais gostaram e coisas esquisitas e antigas que não sabiam para que serviam. Foi uma manhã curiosamente divertida, e a sensação de perambular na mesma casa com outras pessoas, mas ao mesmo tempo a sensação de estar a quilômetros de distância delas, era algo fascinante.

— Estou feliz por ter vindo aqui — Colin disse. — Nunca soube que morava num lugar tão grande, esquisito e antigo. Gosto disso. Vamos passear por tudo em todos os dias chuvosos. Nós sempre poderemos encontrar cantos e coisas novas e esquisitas.

Naquela manhã, entre outras coisas, eles estavam com tamanho apetite que, quando voltaram ao quarto de Colin, não foi possível mandar de volta o almoço intocado.

Quando a enfermeira levou a bandeja para baixo, ela a deixou no armário da cozinha para que a Sra. Loomis, a cozinheira, pudesse ver os pratos completamente limpos.

— Olha só! — ela disse. — Esta é a casa dos mistérios, e aquelas duas crianças são os maiores dos mistérios.

— Se elas continuarem assim todos os dias — disse o jovem e forte lacaio John —, não vai ser surpresa ele estar pesando duas vezes mais hoje do que pesava há um mês. Vou ter de sair desse emprego com medo que ele cause algum problema nos meus músculos.

Naquela tarde Mary notou que algo novo tinha acontecido no quarto de Colin. Ela notara isso no dia anterior, mas não dissera nada porque achou que a mudança poderia ter sido feita por acaso. Ela não disse nada no momento, mas se sentou e olhou fixamente para o retrato acima da cornija da lareira. Podia olhá-lo porque a cortina tinha sido aberta. Foi essa a mudança que notou.

— Sei o que você quer que eu lhe diga — disse Colin, depois de ela ter fitado o quadro por alguns minutos. — Sempre sei quando você quer que eu lhe diga algo. Você quer saber por que a cortina foi aberta. Vou mantê-la assim.

— Por quê? — perguntou Mary.

— Porque não me deixa mais bravo ver que ela está rindo. Acordei quando estava uma noite de luar claro dois dias atrás e senti que a Mágica estava enchendo o quarto e tornando tudo tão esplêndido que eu não conseguia ficar deitado imóvel. Levantei-me e olhei para fora da janela. O quarto estava todo iluminado e havia rastros de luar na cortina e por alguma razão isso me fez ir até lá e puxar o cordão. Ela olhou diretamente para mim como se estivesse rindo porque estava feliz de me ver em pé ali. Isso me fez gostar de olhar para ela. Quero vê-la rindo assim o tempo todo. Acho que talvez ela tenha sido um tipo de pessoa Mágica.

— Você está tão parecido com ela agora — disse Mary —, que às vezes eu penso que talvez você seja o espírito dela transformado em menino.

Essa ideia pareceu impressionar Colin. Ele refletiu a respeito e depois lhe respondeu lentamente.

— Se eu fosse o espírito dela... meu pai gostaria de mim.

— Você quer que ele goste de você? — inquiriu Mary.

— Eu odiava que ele não gostasse de mim. Se ele começar a gostar de mim, acho que devo lhe contar sobre a Mágica. E isso deveria deixá-lo mais alegre.

CAPÍTULO 26
É A MÃE!

A crença na Mágica foi algo duradouro. Depois dos cantos matinais, Colin às vezes dava aula de Mágica aos outros.

— Eu gosto de fazer isso — ele explicou —, porque, quando crescer e fizer grandes descobertas científicas, serei obrigado a dar palestras sobre elas; por isso já estou praticando. Só posso dar palestras curtas agora, porque sou muito jovem, e, além disso, Ben Weatherstaff se sentiria numa igreja e com sono.

— A melhor coisa da palestra — disse Ben — é que um sujeito pode levantá e dizê qualquer coisa que ele qué e nenhum outro sujeito responde pra ele com insolência. Eu num ia recusá de fazê palestra eu mesmo um pouco às vez.

Mas enquanto Colin palestrava debaixo da árvore, o velho Ben fixou intensamente os olhos nele e manteve-os ali. Ele o examinava com afeição penetrante. Não era tanto a palestra que o interessava quanto as pernas que pareciam mais retas e fortes a cada dia, era a cabeça do jovem que se erguia, o queixo pontiagudo e as covas nas bochechas que agora estavam preenchidas e tinham formas arredondadas e os olhos que tinham começado a mostrar a luz que o faziam se lembrar de outro par de olhos. Às vezes, quando Colin sentia o olhar ardente de Ben, significava que ele estava muito impressionado, o que provocara em Colin a curiosidade de saber sobre o que Ben estava refletindo, e uma vez, quando ele parecia totalmente encantado, Colin o questionou:

— Em que você está pensando, Ben Weatherstaff?

— Eu tô pensano — respondeu Ben —, que eu garanto qu'ocê engordou uns quilinho esta semana. Eu tava olhano as perna e os ombro de ocê. Eu queria te pô numa balança.

— É a Mágica e... e os pães doces, leite e outras coisas da Sra. Sowerby — disse Colin. — Você vê que o experimento científico foi um sucesso.

Naquela manhã Dickon chegou muito atrasado para ouvir a palestra. Quando chegou, estava corado de correr, e seu rosto engraçado parecia mais brilhante do que de costume. Como tinham muitas ervas daninhas para arrancar depois das chuvas, puseram-se a trabalhar com afinco. Eles sempre tinham muito a fazer depois de uma chuva quente e abundante. A umidade que era boa para as flores também era boa para as ervas daninhas, que soltavam folhinhas de mato e pontinhos de folhas que tinham de ser arrancados antes de suas raízes penetrarem firmemente no solo. Colin era tão bom com as ervas daninhas quanto qualquer um dos outros nesses dias e conseguia dar palestras enquanto trabalhava.

— A Mágica funciona melhor quando você trabalha — ele disse essa manhã. — Você consegue senti-la em seus ossos e músculos. Vou ler livros sobre ossos e músculos, mas vou escrever um livro sobre Mágica. Estou imaginando isso agora. Continuo descobrindo coisas.

Não muito depois de dizer isso, colocou a colher de pedreiro no chão e ficou em pé. Ele ficou em silêncio por alguns minutos, e eles concluíram que ele estava pensando em alguma palestra, como normalmente fazia. Quando deixou cair a colher de pedreiro e ficou em pé, pareceu a Mary e Dickon que um pensamento forte e repentino o tivesse feito fazer isso. Ele se alongou ficando em sua estatura mais alta e estendeu os braços de forma exultante. A cor de suas faces brilhou e seus olhos singulares se arregalaram de alegria. Subitamente ele compreendera algo em sua totalidade.

— Mary! Dickon! — ele exclamou. — Olhem para mim!

Eles pararam de arrancar as ervas daninhas e o olharam.

— Vocês se lembram daquela primeira manhã que me trouxeram aqui? — ele perguntou.

Dickon o observava com determinação. Sendo um encantador de animais, ele podia ver mais coisas do que a maioria das pessoas, e muitas delas eram coisas sobre as quais nunca falava. Ele viu algumas delas naquele momento em Colin.

— Sim, a gente lembra — ele respondeu.

Mary o olhou fixamente também, mas não disse nada.

— Exatamente neste minuto — disse Colin —, de repente eu mesmo me lembrei... quando olhei para as minhas mãos cavando com a colher de pedreiro... e tive de ficar em pé para ver se era verdade. E era verdade! Eu estou *bem*... estou *bem*!

— Sim, ocê tá! — disse Dickon.

— Eu estou bem! Estou bem! — disse Colin novamente, e seu rosto enrubesceu completamente.

Ele já tinha essa consciência anteriormente de alguma forma, esperara por isso e sentira e pensara sobre disso, mas exatamente naquele minuto algo o invadira — um tipo de crença e realização arrebatadoras — e fora tão forte que ele não conseguiu deixar de gritar.

— Eu vou viver para sempre e sempre e sempre! — ele exclamou com majestade. — Vou descobrir milhares e milhares de coisas. Vou descobrir sobre as pessoas e sobre as criaturas e sobre tudo o que cresce, como Dickon, e nunca vou parar de fazer Mágica. Eu estou bem! Estou bem! Sinto... sinto como se eu quisesse gritar algo... algo para agradecer, para se alegrar!

Ben Weatherstaff, que estava trabalhando perto de uma roseira, olhou em volta e para ele.

— Ocê deve de cantá a Doxologia, um hino de louvor — ele sugeriu com seu grunhido seco. Não tinha opinião formada sobre hinos e não fez a sugestão por nenhuma reverência particular.

Mas Colin tinha uma mente exploradora e não conhecia nada sobre hinos.

— O que é isso? — ele indagou.

— Dickon pode cantá pra ocê, eu tenho certeza disso — respondeu Ben Weatherstaff.

Dickon respondeu com toda percepção de seu sorriso de encantador de animais.

— Eles canta isso na igreja — ele disse. — A mãe diz que acredita que as cotovia canta isso quando elas acorda de manhã.

— Se ela diz isso é porque deve ser uma canção bonita — Colin respondeu. — Eu mesmo nunca estive numa igreja. Sempre estive muito doente. Cante, Dickon. Quero ouvir.

Dickon era muito simples e não se afetou com o pedido. Entendia o que Colin sentia melhor do que o próprio Colin. Entendia por um tipo de instinto tão natural que não sabia que isso era entendimento. Tirou o boné e olhou ao redor ainda sorrindo.

— Ocê tem que tirá o boné, — ele disse para Colin — e ocê também, Ben... e ocê tem que ficá em pé, certo?

Colin tirou o boné, e o sol brilhou e aqueceu seu cabelo espesso enquanto ele observava Dickon intensamente. Ben Weatherstaff, que estava agachado, se levantou com dificuldade e também tirou o boné com um tipo de olhar meio ressentido e confuso no seu velho rosto, como se não soubesse exatamente por que estava fazendo aquela coisa notável.

Dickon ficou em pé no meio das árvores e das roseiras e começou a cantar de um jeito bastante simples e com uma bela voz forte de menino:

Louvado seja Deus de quem procedem todas as bênçãos,
Louvai-O todas as criaturas aqui da terra,
Louvai-O acima, vós hostes Celestiais,
Louvado seja o Pai, o Filho, e o Espírito Santo. Amém.

Quando Dickon terminou, Ben Weatherstaff estava em pé completamente imóvel, com o queixo cerrado obstinadamente, mas com um olhar perturbado e os olhos fixos em Colin. O rosto de Colin estava pensativo e satisfeito.

— É uma bela canção — ele disse. — Gosto dela. Talvez signifique exatamente o que eu queria dizer quando falei em gritar por estar grato à Mágica. — Ele parou e pensou de um jeito confuso.

— Talvez elas sejam a mesma coisa. Como podemos saber o exato nome de tudo? Cante-a novamente, Dickon. Vamos tentar, Mary. Eu quero cantá-la também. É a minha canção. Como ela começa? "Louvado seja Deus de quem procedem todas as bênçãos?"

E eles cantaram novamente, Mary e Colin elevaram as vozes da forma mais musical que conseguiram, e a de Dickon ficou bastante alta e bonita, no segundo verso Ben Weatherstaff limpou a garganta pigarreando e, no terceiro, se juntou a eles com tal vigor que parecia quase selvagem e, quando o "Amém" chegou ao fim, Mary observou que a mesma coisa acontecera com ele quando descobriu que Colin não era um aleijado, o queixo tremia e ele estava olhando e piscando e a pele envelhecida de suas bochechas estava molhada de lágrimas.

— Nunca que tinha visto sentido nessa Doxologia antes — ele disse com a voz rouca —, mas talvez vou mudá de opinião agora. Eu devo dizê qu'ocê engordou uns quilinho esta semana Patrãozinho Colin... uns quilinho!

Colin estava olhando do outro lado do jardim para algo que lhe chamou a atenção, e sua expressão foi de espanto.

— Quem está vindo aqui? — ele perguntou rapidamente. — Quem é?

A porta do muro com a hera tinha sido empurrada delicadamente para abri-la e uma mulher entrou. Ela tinha entrado quando eles cantavam o último verso da canção e permaneceu imóvel ouvindo e os olhando. Com a hera atrás dela, o brilho do sol flutuando por entre as árvores e salpicando o seu longo manto azul, e sua face sorridente vigorosa e bela sendo vista do outro lado da folhagem, ela parecia um tanto com as gravuras coloridas e delicadas de um dos livros de Colin. Ela tinha olhos maravilhosos e afetuosos que pareciam englobar tudo... todos eles, até Ben Weatherstaff e as "criaturas" e cada flor que estava florescendo. Inesperadamente como ela tinha aparecido, nenhum deles sentiu que ela fosse uma intrusa de forma alguma. Os olhos de Dickon brilharam como lamparinas.

— É a mãe... quem tá aí! — ele exclamou e saiu correndo pelo gramado.

Colin começou a se movimentar em direção a ela também e Mary foi com ele. Eles dois sentiram o coração bater forte.

— É a mãe! — Dickon disse novamente quando eles estavam a meio caminho. — Eu sabia qu'ocês queria conhecê ela e eu disse pra ela onde ficava a porta escondida.

Colin estendeu a mão com um tipo de timidez ansiosa e nobre, mas seus olhos devoraram completamente o rosto dela.

— Mesmo quando eu estava doente, eu queria vê-la — ele disse —, a senhora e Dickon e o jardim secreto. Eu nunca tinha querido ver ninguém e nenhuma coisa antes.

A visão daquele rosto enaltecido provocou uma repentina mudança no rosto dela mesma. Ela enrubesceu e os cantos da boca tremeram e uma névoa pareceu passar por seus olhos.

— Ora! Querido menino! — ela irrompeu com voz trêmula. — Ora! Querido menino! — como se ela não soubesse que fosse falar isso. Ela não disse "Sr. Colin", mas apenas "querido menino" tão subitamente. Ela teria dito isso para Dickon da mesma forma, se tivesse visto algo no rosto dele que a tivesse tocado. Colin gostou disso.

— A senhora está surpresa porque eu estou muito bem? — ele perguntou.

Ela colocou a mão no ombro dele e sorriu expulsando a névoa de seus olhos.

— Tô sim! — ela disse —, mas ocê é tão parecido com a tua mãe, e isso fez meu coração saltá.

— A senhora acha — disse Colin de uma forma um tanto desajeitada — que isso vai fazer o meu pai gostar de mim?

— Vai, com certeza, querido menino — ela respondeu e deu uma palmadinha suave no ombro dele. — Ele tem que voltá pra casa... ele tem que voltá pra casa.

— Susan Sowerby — disse Ben Weatherstaff, aproximando-se dela. — Olha pras perna do rapaz, olha? Elas era igual que uma varinha fina com meia dois mês atrás... e ouvi o povo falá que elas era torta e com os joelho pra dentro. Olha elas agora!

Susan Sowerby deu uma risada gostosa.

— Elas vai sê pernas forte de menino logo, logo — ela disse. — Deixa ele continuá brincano e trabalhano no jardim e comeno com vontade e bebeno muito leite fresco e bom e num vai tê nenhum par melhor em Yorkshire, com a graça de Deus.

Ela colocou as duas mãos nos ombros da Senhorita Mary e examinou o rostinho dela de forma maternal.

— E ocê também! — ela disse. — Ocê tá cresceno com tanta disposição quanto a nossa 'Lizabeth Ellen. Eu garanto qu'ocê é parecida com a tua mãe também. A nossa Martha me contou que a Sra. Medlock ouviu que ela era uma mulher bonita. Ocê vai sê como uma rosa rosada quando crescê, minha mocinha, Deus te abençoe.

Ela não mencionou que quando Martha voltou para casa em seu "dia livre" e descreveu a menina pálida e sem graça, ela tinha dito que não punha fé naquilo que a Sra. Medlock tinha ouvido. "Não faz sentido que uma mulher bonita pode sê a mãe de uma menininha tão feia", ela tinha acrescentado obstinadamente.

Mary não tinha tido tempo para prestar muita atenção à mudança de seu rosto. Tinha apenas consciência de que parecia "diferente" e de que tinha muito mais cabelo e de que ele crescia muito rápido. Mas se lembrando de sua satisfação ao observar a Mem Sahib no passado, ela ficou feliz em ouvir que poderia algum dia ficar parecida com a mãe.

Susan Sowerby caminhou com eles por todo o jardim, e eles lhe contaram toda a história e lhe mostram cada arbusto, cada árvore que tinha voltado a viver. Colin ficou de um lado dela e Mary do outro. Cada um deles mantinha os olhos erguidos para o rosto confortador e róseo dela, secretamente curiosos acerca da sensação agradável que ela lhes tinha proporcionado — um tipo de sensação de proteção afetuosa. Parecia que ela os entendia como Dickon entendia as suas "criaturas". Ela se debruçou sobre as flores e conversou com elas como se fossem crianças. Fuligem a seguiu e uma ou duas vezes crocitou para ela e voou para cima de seu ombro como se fosse o ombro de Dickon. Quando eles lhe contaram sobre o pisco e o primeiro voo dos filhotes, ela deu uma risadinha maternal suave.

— Eu suponho que ensiná eles a voá é o mesmo que ensiná as criança a andá, mas eu ia tê medo e ficá toda preocupada se as minha tivesse asa no lugar de perna — ela disse.

Como ela parecia uma mulher tão maravilhosa com seu jeito camponês belo da charneca, finalmente lhe contaram sobre a Mágica.

— A senhora acredita em Mágica? — perguntou Colin depois de ter explicado sobre os faquires indianos. — Eu realmente espero que sim.

— Claro que sim, menino — ela respondeu. — Eu nunca que conhecia ela pelo nome, mas qual a importância do nome? Eu garanto que eles dão pra ela um nome diferente na França e um outro na Alemanha. As mesmas coisa que fez as semente brotá e o sol brilhá fez de ti um rapaz saudável, e isso é a Coisa Boa. Num é como nós pobre gente que pensa que é importante sê chamado pelo próprio nome. A Grande Coisa Boa num para pra se inquietá, que ela seja abençoada. Ela vai continuá fazeno mundos aos milhão... mundos como o nosso. Ocê nunca para de acreditá na Grande Coisa Boa e de sabê que o mundo tá cheio dela... e chama ela do nome qu'ocê gostá. Ocê tava cantano pra ela quando entrei no jardim.

— Eu me sentia tão alegre — disse Colin, arregalando seus bonitos olhos singulares para ela. — De repente eu senti como estou diferente... como os meus braços e minhas pernas estão, sabe... e como consigo cavar e ficar em pé... e pulei e queria gritar algo para o que quer que pudesse me ouvir.

— A Mágica ouviu quando ocês cantaro o hino de louvor. Ela teria ouvido qualquer coisa qu'ocês cantava. Foi a alegria que importou. Ora! menino, menino... o que significa os nome pro Fazedô de Alegria — e ela deu uma palmadinha de leve no ombro dele novamente.

Ela tinha preparado uma cesta que continha um verdadeiro banquete nessa manhã, e quando chegou a hora de comer e Dickon a trouxe do lugar escondido, a Sra. Sowerby se sentou com eles debaixo da árvore e os observou devorar a comida, rindo e se regozijando com tal apetite. Ela era muito divertida e os fez rir de todos os tipos de coisas curiosas. Contou-lhes histórias num franco Yorkshire e ensinou-os novas palavras. Ela riu como se não conseguisse parar, quando eles lhe contaram da dificuldade crescente em fingir que Colin ainda era um inválido rabugento.

— A senhora vê, não conseguimos ficar sem rir quase o tempo todo quando estamos juntos — explicou Colin. — E não parece uma doença de jeito nenhum. Tentamos engolir o riso, mas ele explode e soa pior do que nunca.

— Há uma coisa na qual eu penso com frequência — disse Mary —, e eu mal consigo me controlar quando penso nisso repentinamente. Fico pensando e se o rosto de Colin ficar como uma lua cheia. Ainda não está assim, mas ele está engordando um pouquinho por dia... e imagine se em alguma manhã o rosto dele parecer uma lua... o que vamos fazer?

— Deus nos abençoe, eu posso vê qu'ocês têm muita imaginação pra "encená" — disse Susan Sowerby. — Mas ocês num vai tê que continuá com isso por muito tempo. O Seu Craven vai voltá pra casa.

— A senhora acha que ele vai? — perguntou Colin. — Por quê?

Susan Sowerby riu baixinho.

— Eu imagino que ia parti o teu coração se ele descobri antes de ocê contá pra ele do seu jeito — ela disse. — Ocê ficou noites em claro planejano isso.

— Eu não suportaria que outra pessoa contasse para ele — disse Colin. — Eu penso em diferentes maneiras todos os dias, agora penso em entrar correndo no quarto dele.

— Ele levaria um belo susto — disse Susan Sowerby. — Eu queria vê a cara dele, menino. Queria mesmo! Ele tem que voltá... tem que.

Uma das coisas das quais eles falaram foi sobre a visita que fariam à casinha dela. Planejaram tudo. Iriam de carruagem até a charneca e almoçariam ao ar livre entre as urzes. Veriam as doze crianças e o jardim de Dickon e não voltariam para casa até estarem cansados.

Susan Sowerby por fim se levantou para retornar à casa e falar com a Sra. Medlock. Estava na hora de Colin ser conduzido na cadeira de volta também. Mas antes de sentar na cadeira, ele ficou bem perto de Susan e fixou os olhos nela com um tipo de adoração confusa e subitamente pegou a dobra do manto azul dela e o segurou com firmeza.

— A senhora é exatamente como eu... como eu queria que fosse — ele disse. — Eu queria que a senhora fosse minha mãe... assim como é de Dickon!

No mesmo instante, Susan Sowerby se curvou e o trouxe para perto de si com um abraço acolhedor sob o manto azul — como se ele fosse o irmão de Dickon. Uma breve névoa passou por seus olhos.

— Ora! Querido menino! — ela disse. — Tua mãe está aqui neste jardim, eu acredito mesmo. Ela num podia ficá longe daqui. Teu pai tem que voltá pra ti... ele tem que!

CAPÍTULO 27
NO JARDIM

A cada século, desde o começo do mundo, coisas maravilhosas têm sido descobertas. No século passado mais coisas surpreendentes foram descobertas do que em séculos anteriores. Neste século, centenas de coisas ainda mais espantosas serão trazidas à luz. A princípio, as pessoas se recusam a acreditar que coisas novas e estranhas possam ser feitas, depois começam a ter esperança de que elas possam ser feitas, então veem que podem ser feitas... logo são feitas, e todo o mundo se espanta por que elas não foram feitas séculos atrás. Uma das novas coisas que as pessoas começaram a descobrir no século passado era que os pensamentos — apenas meros pensamentos — são tão poderosos quanto baterias elétricas — fazem tão bem para uma pessoa quanto a luz do sol, ou tão mal quanto um veneno. Permitir que um pensamento triste ou um pensamento mau penetre na sua mente é tão perigoso quanto deixar que uma bactéria de escarlatina entre em seu corpo. Se você permitir que ela permaneça lá depois de ter entrado, você nunca se recuperará enquanto viver.

Enquanto a mente da Senhorita Mary esteve cheia de pensamentos desagradáveis a respeito de suas desafeições e opiniões azedas sobre as pessoas e sua determinação de não ser agradável ou interessada em nada, ela era uma criança doentia, aborrecida, infeliz e de rosto pálido. As circunstâncias, no entanto, foram muito generosas com ela, embora ela não tivesse consciência disso. Elas começaram a empurrá-la para o seu próprio bem. Quando a sua mente foi pouco a pouco se enchendo de piscos, e de casinhas da charneca abarrotadas de crianças, com jardineiros esquisitos e ranzinzas e arrumadeiras triviais e humildes de Yorkshire, com a primavera e jardins secretos voltando à vida um dia após o outro, e também com um menino da charneca e suas "criaturas", não havia espaço para pensamentos desagradáveis que afetassem o seu fígado e sua digestão e a deixassem pálida e cansada.

Enquanto Colin se trancou em seu quarto e pensou apenas em seus medos e em suas fraquezas e na abominação que sentia pelas pessoas que olhavam para ele, refletindo de hora em hora sobre o caroço nas costas e sobre a morte prematura; ele era um hipocondriacozinho histérico e semidesequilibrado, que desconhecia o brilho do sol e a primavera e também não sabia que poderia sarar e ficar sobre os dois pés se ele tentasse. Quando pensamentos novos e belos começaram a expulsar pensamentos velhos e horríveis, a vida começou a voltar para ele seu sangue correu saudavelmente em suas veias e a força inundou-o como uma enchente. Seus experimentos científicos eram completamente práticos e simples e não havia nada de esquisito sobre eles todos. Coisas muito mais surpreendentes podem acontecer para qualquer um que, quando um pensamento desagradável ou desencorajador vem à mente, apenas tenha a sabedoria de lembrar a tempo e expulsá-lo substituindo-o por um corajoso com determinação. Duas coisas não podem ocupar o mesmo espaço.

"Onde se cuida de uma rosa, meu rapaz,
Uma flor de cardo não consegue florescer."

Enquanto o jardim secreto estava voltando à vida e duas crianças voltando à vida com ele, havia um homem andando ao léu por alguns lugares bonitos e distantes nos fiordes noruegueses e nos vales e montanhas da Suíça, e ele era um homem que por dez anos tinha mantido sua mente cheia de pensamentos tenebrosos e de partir o coração. Ele não tinha sido corajoso; nunca tinha tentado colocar outros pensamentos no lugar dos tenebrosos. Tinha perambulado por lagos azuis e pensara neles; tinha ficado na encosta de montanhas com camadas de gencianas de um azul profundo florescendo em toda a sua volta e o aroma de flores enchendo o ar, e pensara neles. Uma terrível mágoa tomara conta dele quando estivera feliz e tinha permitido que sua alma se enchesse de escuridão e se recusara obstinadamente a permitir que qualquer fissura deixasse a luz penetrar. Ele tinha se esquecido de sua casa e obrigações e abandonado tudo. Quando viajava, a escuridão o acompanhava de tal forma que somente vê-lo fazia mal às pessoas, porque era como se ele envenenasse o ar em volta com sua tristeza. Muitos desconhecidos pensavam que ele era meio louco ou um homem com algum crime escondido na alma. Era um homem alto com um rosto cansado e os ombros curvados e o nome com o qual sempre preenchia as fichas nos hotéis era: "Archibald Craven, Misselthwaite Manor, Yorkshire, Inglaterra."

Ele viajara por toda parte desde o dia em que vira a Senhorita Mary em seu escritório e dissera que ela poderia ganhar o seu "pedacinho de terra". Tinha estado nos lugares mais bonitos da Europa, embora não permanecesse em nenhum lugar por mais de alguns dias. Escolhera os pontos mais tranquilos e remotos. Tinha estado no topo das montanhas cujos cumes estavam nas nuvens e olhado outras montanhas quando o sol se levanta e as toca com tal luz que fazia parecer que o mundo tinha acabado de nascer.

Mas a luz nunca parecera tocá-lo até o dia em que percebeu pela primeira vez em dez anos que algo estranho tinha acontecido. Estava num vale maravilhoso no Tirol austríaco e andando sozinho por aquela tal beleza que teria levantado o ânimo de qualquer homem saído das trevas. Fizera uma longa caminhada até lá, mas o seu ânimo não tinha sido levantado. Mas por fim se sentiu cansado e se deixou cair num tapete de musgo ao lado de um córrego para descansar. Era um córrego claro e pequeno que corria muito alegremente pelo seu estreito caminho pelo verdor úmido e atraente. Às vezes ele fazia um som parecido com uma risada bem baixa ao borbulhar sobre as pedras redondas. Archibald viu pássaros virem e mergulhar a cabeça para beber no córrego e depois agitar as asas e voar para longe. O córrego parecia algo vivo e, contudo, sua vozinha fazia o silêncio parecer mais profundo. O vale era muito, muito silencioso.

Quando estava olhando fixamente para as águas correndo transparentes, Archibald Craven gradualmente sentiu seu corpo e mente se aquietando aos poucos, em silêncio, como o próprio vale. Ficou pensando se estava começando a adormecer, mas não estava. Sentou-se e fitou as águas iluminadas pelo sol e seus olhos começaram a ver algo crescendo nas margens. Havia um amontoado adorável de não-me-esqueças azuis crescendo tão perto do córrego que suas folhas estavam molhadas e foi então que se lembrou que havia olhado para flores como elas anos atrás. Estava na verdade pensando com ternura como elas eram adoráveis e que encanto de azuis suas centenas de florzinhas tinham. Não sabia que justamente esse simples pensamento estava lentamente enchendo a sua mente — enchendo sem cessar ao mesmo tempo em que outros estavam delicadamente sendo colocados para fora. Era como se a doce e clara primavera tivesse começado a surgir num tanque estagnado e estivesse surgindo pouco a pouco até por fim remover as águas escuras para longe. Mas é claro que ele mesmo não pensou sobre isso. Apenas sabia que o vale parecia ficar cada vez mais silencioso quando se sentou e fitou o delicado azul brilhante. Não sabia por quanto tempo estava sentado lá nem o que estava acontecendo com ele, até que se movimentou como se estivesse despertando e se levantou lentamente e ficou em pé no tapete de musgo, respirando longa, profunda e suavemente e ficou curioso sobre si mesmo. Parecia que algo tinha se soltado e se libertado dele muito silenciosamente.

— O que é isso? — ele perguntou quase num sussurro e passou a mão na fronte. — Quase senti como se... estivesse vivo!

Eu não sei o suficiente a respeito das maravilhas das coisas não descobertas para poder explicar como isso aconteceu com ele. Assim como ninguém ainda sabe. Ele mesmo não entendia — mas se lembrou dessa estranha hora meses depois, quando estava de volta a Misselthwaite e descobriu por acaso que nesse mesmo dia Colin gritara quando entrou no jardim secreto:

— Eu vou viver para sempre e sempre e sempre!

A calma singular permaneceu com ele o resto da noite e ele dormiu um sono repousante; mas isso não permaneceu com ele por muito tempo. Não sabia que a calma poderia ser mantida. Até a noite seguinte, ele tinha aberto amplamente as portas para os seus pensamentos sombrios e eles voltaram correndo e se atropelando. Ele deixou o vale e voltou a perambular no seu caminho. Mas, por mais estranho que parecesse a ele, havia alguns minutos — às vezes poucas horas — quando, sem saber o porquê, o peso do luto parecia se dissipar novamente, e ele sabia que era um homem vivo e não um morto. Lentamente — lentamente — por nenhuma razão conhecida — ele estava "voltando à vida" com o jardim.

Quando o verão dourado deu lugar ao dourado profundo do outono, ele foi para o Lago de Como. Lá teve um sonho encantador. Passava seus dias no azul cristalino do lago e fazia, no verde suave e abundante das colinas, longas caminhadas até se cansar para conseguir dormir. Mas a essa altura, tinha começado a dormir melhor, ele sabia, e seus sonhos tinham cessado de ser um terror para ele.

"Talvez", ele pensou, "meu corpo esteja ficando mais forte."

Ele estava ficando mais forte, mas — por causa dos raros instantes de paz, quando seus pensamentos mudavam — sua alma estava ficando mais forte também. Começou a pensar em Misselthwaite e a se questionar se não era hora de voltar para casa. De vez em quando, ficava vagamente curioso a respeito de seu menino e se perguntava o que ele sentiria quando voltasse e estivesse ao lado da cama com dossel novamente e olhasse para o rosto branco-marfim e de feição bem delineada enquanto dormia e os cílios negros tão surpreendentemente visíveis nos olhos fechados. Ele recuou diante desse pensamento.

Num dia encantador, ele tinha andado tão longe que quando voltou a lua estava alta e cheia e o mundo todo tinha um sombreado violeta e prata. A tranquilidade do lago e da margem e do bosque era tão maravilhosa que ele não foi para o vilarejo em que estava hospedado. Caminhou até o pequeno terraço às margens da água e sentou-se num banco aspirando o aroma celestial da noite. Sentiu uma estranha calma que o invadia cada vez mais até cair no sono.

Não sabia quando tinha caído no sono e quando começou a sonhar; o seu sonho era tão real que não sentiu como se estivesse dormindo. Lembrou-se posteriormente quão intensamente achara que estava completamente acordado e alerta. Imaginou que, ao se sentar e inalar o aroma das rosas tardias e escutar o ruído das águas perto de seus pés, ouviu uma voz chamando. Ela era doce e clara e feliz e distante. Parecia muito distante, mas ele a ouvia como se estivesse ao seu lado.

— Archie! Archie! Archie! — ela dizia, e depois novamente, com mais doçura e clareza que antes. — Archie! Archie!

Ele achou que se levantou sem nenhuma surpresa. Era uma voz tão real e parecia tão natural que ele a ouvisse.

— Lilias! Lilias! — ele respondeu. — Lilias! Onde você está?

"No jardim", ela ressoou como o som de uma flauta de ouro. "No jardim!"

E então o sonho terminou. Mas ele não acordou. Dormiu profunda e docemente durante toda a agradável noite. Quando finalmente acordou, era uma manhã brilhante e um criado estava em pé o observando. Era um criado italiano e estava acostumado, como todos os criados do vilarejo, a aceitar sem perguntar qualquer coisa estranha vinda da parte de seu patrão estrangeiro. Ninguém jamais sabia quando ele sairia, ou voltaria, ou onde escolheria dormir ou se iria perambular pelo jardim ou deitar no barco no lago durante toda a noite. O homem segurava uma bandeja com algumas cartas e esperou calmamente até que o Sr. Craven as apanhasse. Quando ele saiu, o Sr. Craven se sentou por alguns minutos segurando as cartas nas mãos e olhando para o lago. Sua estranha calma permanecia com ele e algo mais — uma leveza como se as coisas cruéis que tinham ocorrido não tinham sido como ele pensava —, como se algo tivesse mudado. Ele estava se lembrando do sonho — do real — do sonho real.

— No jardim! — ele disse se questionando. — No jardim! Mas a porta está trancada, e a chave está profundamente enterrada.

Quando lançou os olhos nas cartas uns minutos depois, viu que a que estava por cima das demais era uma carta inglesa e vinda de

Yorkshire. Estava escrita numa letra de mão simples de mulher, mas não era uma letra que ele conhecesse. Ele a abriu, mal pensando em quem escrevera, mas as primeiras palavras chamaram a sua atenção imediatamente.

> *Prezado Senhor,*
> *Sou Susan Sowerby, que tomou a liberdade de lhe falar uma vez na charneca. Foi sobre a Senhorita Mary que eu falei. Vou tomar a liberdade para falar de novo. Por favor, eu voltaria para casa, se fosse o senhor. Eu acredito que o Senhor ficaria feliz, se voltasse e — se me permitir — eu acredito que a sua Senhora lhe pediria para voltar, se ela estivesse aqui.*
>
> *Sua serva obediente,*
> *Susan Sowerby.*

O Sr. Craven leu a carta duas vezes antes de colocá-la de volta no envelope. Ele continuou pensando no sonho.

— Vou voltar para Misselthwaite — ele disse. — Sim, vou voltar imediatamente.

E ele foi pelo jardim até o vilarejo e ordenou a Pitcher que preparasse sua volta à Inglaterra.

Em poucos dias ele estava em Yorkshire de novo, e em sua longa viagem de trem se achava pensando em seu menino como ele nunca tinha pensado em todos esses dez anos passados. Durante esses anos, ele tinha desejado apenas se esquecer dele. Agora, embora não tivesse a intenção de pensar nele, memórias do menino constantemente vagavam em sua mente. Ele se lembrava de dias tenebrosos, quando delirava como um homem louco, porque a criança estava viva e a mãe morta. Tinha se recusado a ver aquele ser e, quando ele foi olhar para ele finalmente, ele era uma coisa tão miserável e fraca que todos tinham certeza de que ia morrer em poucos dias. Mas para a surpresa daqueles que cuidavam dele, os dias passaram, e ele viveu e depois todos acreditaram que ele seria um ser deformado e aleijado.

Ele não tivera a intenção de ser um mau pai, mas não se sentira pai de forma alguma. Havia suprido a criança com médicos e enfermeiras e luxos, mas tinha se retraído do mero pensamento sobre o menino e se enterrara na própria tristeza. Pela primeira vez depois de um ano de ausência, voltou a Misselthwaite, e a criaturazinha de aparência infeliz ergueu lânguida e indiferente para ele os enormes olhos cinza com cílios negros, tão parecidos e, contudo, tão horrivelmente diferentes dos olhos alegres que ele tinha adorado que, não conseguindo suportar a visão deles, desviou-se pálido como a morte. Depois disso, raramente o via, exceto quando o menino estava dormindo, e tudo o que sabia dele era que seria um inválido crônico, com um temperamento cruel, histérico e meio insano. O menino só podia ser poupado das fúrias perigosas para ele mesmo, quando faziam tudo do jeito que ele queria.

Tudo isso não era algo edificador para se lembrar, mas enquanto o trem o conduzia rapidamente pelas montanhas estreitas e planícies douradas, o homem que estava "voltando à vida" começou a pensar de modo novo e pensava de forma prolongada, profunda e constante.

"Talvez eu tenha estado completamente errado por dez anos", ele disse para si. "Dez anos é um longo tempo. Pode ser tarde demais para se fazer qualquer coisa... tarde demais. Em que estive pensando!"

É claro que isso era a Mágica errada — a começar por dizer "tarde demais". Até mesmo Colin poderia ter-lhe dito isso. Mas ele não sabia nada a respeito de Mágica — nem boa nem ruim. Isso ele ainda tinha de aprender. Ele queria saber se Susan Sowerby tinha tido coragem de escrever apenas porque o seu instinto maternal percebera que o menino estava muito pior — estava fatalmente doente. Se ele não estivesse sob o encanto da curiosa calma que havia tomado posse dele, teria ficado mais infeliz do que nunca. Mas a calma tinha trazido um tipo de coragem e esperança com ela. Em vez de ceder lugar a pensamentos da pior espécie, na verdade ele se achou tentado a acreditar nas melhores coisas possíveis.

"Será possível que ela ache que eu tenho condições de fazer bem a ele e de controlá-lo?", ele pensou. "Vou vê-la em meu caminho para Misselthwaite."

Mas quando em seu caminho pela charneca ele parou a carruagem em frente à casinha, sete ou oito crianças que brincavam se juntaram e se curvaram fazendo reverências amigáveis e educadas, contando-lhe que a mãe deles tinha ido do outro lado da charneca de manhã bem cedo para ajudar uma mulher que tivera um novo bebê. "Nosso Dickon", contaram voluntariamente, estava lá em Manor trabalhando num dos jardins, para onde ele ia muitos dias da semana.

O Sr. Craven observou a coleção de pequenos corpos robustos e redondos rostos de faces rosadas, cada um sorrindo de seu jeito particular, e ele se deu conta de que era um grupo agradável e saudável. Ele sorriu em resposta aos seus risos amigáveis e tirou do bolso uma libra de ouro e deu-a para "nossa 'Lizabeth Ellen", que era a mais velha.

— Se vocês dividirem a moeda em oito partes dará meia coroa para cada um de vocês — ele disse.

Então em meio a risos e risadas e reverências, ele partiu, deixando para trás empolgação e cotoveladinhas e pulinhos de alegria.

O percurso de carruagem pela beleza da charneca foi algo confortador. Por que parecia que isso lhe dava uma sensação de volta ao lar, que ele tinha certeza de que nunca mais sentiria — aquela sensação de beleza da terra e do céu e da florescência violeta distante e o coração aquecido ao se aproximar cada vez mais da antiga casa grande que tinha abrigado suas relações consanguíneas por seiscentos anos? Como ele tinha se afastado dela da última vez, estremecendo ao pensar em seus quartos fechados e no menino deitado na cama com dossel com as cortinas brocadas. Seria possível que talvez ele pudesse encontrá-lo mudado um pouco para melhor e pudesse superar a repulsa pelo menino? Como aquele sonho tinha sido real... como era maravilhosa e clara a voz que o chamava de volta: "No jardim... No jardim!".

"Vou tentar encontrar a chave", ele disse. "Vou tentar abrir a porta. Eu tenho de... mas não sei por quê."

Quando chegou a Manor, os criados, que o receberam com as cerimônias habituais, notaram que ele parecia melhor e que ele não foi aos aposentos afastados onde costumava morar assistido por Pitcher. Foi à biblioteca e pediu para chamar a Sra. Medlock. Ela foi até ele um tanto quanto empolgada e curiosa e agitada.

— Como está o Sr. Colin, Medlock? — ele inquiriu.

— Bem, Senhor — a Sra. Medlock respondeu — ele está... ele está diferente, por assim dizer.

— Pior? — ele sugeriu.

A Sra. Medlock estava realmente agitada.

— Veja bem, Senhor — ela tentou explicar. — Nem o Dr. Craven, nem a enfermeira, nem eu conseguimos entendê-lo exatamente.

— Como assim?

— Para dizer a verdade, Senhor, o Sr. Colin pode estar melhor e pode estar mudando para pior. O apetite dele, Senhor, não dá para entender... e os modos dele...

— Ele ficou ainda mais... mais excêntrico? — o patrão dela perguntou, franzindo a testa com ansiedade.

— É isso, Senhor. Ele está ficando muito excêntrico... quando comparado com o que ele foi. Ele não comia nada e depois de repente começou a comer exageradamente e em seguida parou novamente de tudo, e as refeições eram mandadas de volta como antes. Nunca se sabe, Senhor, talvez, essas saídas que ele nunca devesse ter tido permissão. Tudo o que passamos para levá-lo para fora em sua cadeira deixaria qualquer um tremendo como vara verde. Ele acabava num tal estado que o Dr. Craven dizia que não se responsabilizaria por forçá-lo a sair. Bem, Senhor, do nada... não muito depois de um de seus piores acessos de raiva, ele de repente insistiu em ser levado para fora todos os dias pela Senhorita Mary e pelo filho de Susan Sowerby, Dickon, que poderia empurrar a cadeira. Ele começou a gostar tanto da Senhorita Mary quanto de Dickon, e Dickon trouxe os animais domesticados dele, e, se o Senhor quer saber, ele fica lá fora desde o amanhecer até o anoitecer.

— Qual é a aparência dele? — foi a próxima pergunta.

— Se ele comesse direitinho, Senhor, daria para imaginar que estaria engordando... mas infelizmente parece um tipo de inchaço. Ele ri às vezes de maneira esquisita, quando está sozinho com a

Senhorita Mary. Ele nunca ria de forma alguma. O Dr. Craven virá ver o Senhor imediatamente, se o permitir. Ele nunca esteve mais perplexo antes na vida.

— Onde o Sr. Colin está agora? — O Sr. Craven perguntou.

— No jardim, Senhor. Ele está sempre no jardim... embora nenhuma criatura humana tenha permissão de chegar perto, pois ele tem medo de ser visto.

O Sr. Craven quase não ouviu as últimas palavras dela.

— No jardim — ele disse, e depois de ter dispensado a Sra. Medlock, ficou em pé e repetiu muitas vezes. — No jardim!

Ele teve de fazer um esforço para retornar ao lugar onde estava e, quando se sentiu senhor de si novamente, virou-se e saiu da sala. Ele fez o caminho, como Mary tinha feito, pela porta dos arbustos e entre os loureiros e os canteiros da fonte. A fonte estava em funcionamento agora e cercada por canteiros de brilhantes flores de outono. Atravessou o gramado e virou no Longo Caminho junto aos muros cobertos pela hera. Ele não andava rapidamente, mas devagar, e seus olhos estavam no caminho. Sentia que estava sendo arrastado ao lugar que ele abandonara havia muito tempo, e não sabia por quê. Quando ele se aproximou do lugar, os seus passos se tornaram ainda mais lentos. Sabia onde estava a porta, mesmo com a hera espessa pendurada sobre ela... mas não sabia exatamente onde estava... a chave enterrada.

Então parou e permaneceu imóvel, olhando ao redor de si, e quase no mesmo instante depois de ter parado se assustou e escutou... se perguntando se ele estava começando a sonhar.

A hera espessa por cima da porta, a chave enterrada debaixo dos arbustos, nenhum ser humano passara por aquela porta por dez desolados anos... e, contudo, dentro do jardim havia sons. Havia sons de pés que se arrastavam rapidamente correndo como em perseguição em volta das árvores; eram sons estranhos de vozes baixas abafadas... exclamações e gritos sufocados de alegria. Parecia na verdade risos de jovens, risos incontroláveis de crianças, que tentavam não ser ouvidas, mas que em algum momento ou outro — de acordo com a empolgação que crescia — explodiam. Por que, em nome de Deus, ele estaria tendo esse sonho... por que, em nome de Deus, estaria ouvindo isso? Estaria ele perdendo a razão e ouvindo coisas que não eram ouvidas por ouvidos humanos? O que aquela voz clara e distante tinha querido dizer?

E então o momento aconteceu, o momento incontrolável quando os sons se esqueceram de ser sussurros. Os pés correram com mais e mais rapidez... eles estavam se aproximando da porta do jardim... havia uma respiração rápida e forte de um jovem e uma eclosão descontrolada de risadas que não conseguia se conter... e a porta no muro foi escancarada, as folhas da hera balançaram, e um menino irrompeu de lá a toda velocidade e, sem ver o intruso, se arremessou quase em seus braços.

O Sr. Craven esticou os braços bem a tempo de não permitir que o menino caísse como resultado da colisão cega contra ele e, quando o afastou um pouco para olhá-lo, com espanto de vê-lo ali, respirou com dificuldade.

Tratava-se de um menino alto e bonito. Estava radiante de vida, e a corrida tinha dado uma cor esplêndida ao seu rosto. Afastou o cabelo cheio da fronte e ergueu um par de estranhos olhos cinza — olhos cheios de risos de menino e com cílios negros como franjas. Foram os olhos que fizeram o Sr. Craven respirar com dificuldade.

— Quem... o quê? Quem! — ele balbuciou.

Não foi como Colin tinha esperado... não foi como ele tinha planejado. Nunca tinha imaginado um encontro como aquele. E, contudo, sair precipitadamente — vencer a corrida —, talvez tenha sido até melhor. Ele se endireitou ficando o mais alto possível. Mary, que tinha corrido com ele e saído correndo pela porta também, acreditou que ele conseguira ficar o mais alto que já tinha ficado antes... centímetros mais alto.

— Pai — ele disse —, sou Colin. Você não consegue acreditar. Eu mesmo mal consigo acreditar. Sou Colin.

Como a Sra. Medlock, ele não entendeu o que o seu pai quis dizer quando falou apressadamente:

— No jardim! No jardim!

— Sim — apressou-se Colin. — Foi o jardim que fez isso... e Mary e Dickon e as criaturas... e a Mágica. Ninguém sabe. Nós guardamos isso para lhe contar quando você voltasse. Eu estou bem, eu consigo vencer a Mary numa corrida. Vou ser atleta.

Ele disse isso tudo como um garoto saudável — seu rosto radiante, suas palavras atropelando-se com sua ansiedade — que a alma do Sr. Craven tremeu mal acreditando em sua alegria.

Colin esticou a mão e segurou o braço de seu pai.

— Você não está feliz, Pai? — por fim ele perguntou. — Você não está feliz? Eu vou viver para sempre e sempre e sempre!

O Sr. Craven colocou ambas as mãos nos ombros do menino e o segurou. Ele sabia que não se atreveria nem ao menos tentar falar por um momento.

— Leve-me para dentro do jardim, meu menino — ele disse por fim. — E me conte tudo a respeito disso.

E assim eles o conduziram para dentro.

O lugar era uma abundância outonal de dourado, roxo, azul-violeta e escarlate flamejante e em cada lado havia feixes de lírios recentes crescendo simultaneamente — lírios-brancos ou brancos e da cor do rubi. Ele se lembrava bem quando o primeiro deles tinha sido plantado para que exatamente nessa mesma estação do ano o esplendor recente deles se revelasse. As recentes rosas subiam e se penduravam e se agrupavam, e o brilho do sol aprofundava o matiz amarelecido das árvores como se fosse possível se sentir num templo sombreado de ouro. O recém-chegado permaneceu em silêncio exatamente como as crianças tinham ficado quando entraram no jardim cinza. Ele ficou olhando em volta.

— Eu achei que ele estaria morto — ele disse.

— A Mary também achou isso no começo — disse Colin. — Mas ele voltou à vida.

Depois eles se sentaram debaixo da árvore frondosa — todos menos Colin, que queria ficar em pé enquanto contava a história.

Era a coisa mais estranha que ele já tinha ouvido, Archibald Craven pensava, enquanto era contada à moda do menino. Mistério e Mágica e criaturas silvestres, o encontro esquisito à meia-noite

— a vinda da primavera — a ira de orgulho ferido que arrastou o jovem Rajá a ficar em pé para desafiar o velho Ben Weatherstaff pessoalmente. A velha camaradagem, a encenação, o grande segredo tão cuidadosamente guardado. O ouvinte riu até chorar e às vezes as lágrimas vinham quando ele não estava rindo. O Atleta, o Conferencista, o Descobridor Científico era um engraçado, adorável e saudável ser humano jovem.

— Agora — ele disse no final da história —, não precisa mais ser um segredo. Suponho que eles vão ficar assustados que quase terão um ataque quando me virem... mas nunca mais vou me sentar nesta cadeira novamente. Vou voltar andando com você, Pai... até a casa.

As obrigações de Ben Weatherstaff raramente o afastavam dos jardins, mas, nessa ocasião, ele inventou um pretexto para levar algumas verduras à cozinha e, ao ser convidado para a sala dos criados pela Sra. Medlock para beber um copo de cerveja, ele se sentiu no lugar certo — como ele esperava estar — quando o mais dramático evento que Misselthwaite Manor tinha visto naquela geração acontecia.

Uma das janelas que dava para o pátio também oferecia um vislumbre do gramado. A Sra. Medlock, sabendo que Ben tinha vindo dos jardins, esperava que ele pudesse ter avistado o seu patrão e até mesmo, por acaso, o encontro dele com o Sr. Colin.

— Você viu algum um deles, Weatherstaff? — ela perguntou.

Ben tirou a caneca de cerveja da boca e secou os lábios com o dorso da mão.

— Sim, vi sim — ele respondeu com um ar significante e astuto.

— Os dois? — sugeriu a Sra. Medlock.

— Os dois — respondeu Ben Weatherstaff. — Muito obrigado, mesmo, madame, posso tomá mais uma caneca de cerveja.

— Juntos? — disse a Sra. Medlock, rapidamente fazendo transbordar a caneca de cerveja com a sua empolgação.

— Juntos, madame — e Ben engoliu metade da nova caneca num só gole.

— Onde o Sr. Colin estava? Como ele estava? O que eles disseram um ao outro?

— Num ouvi nada — disse Ben — porque eu tava só na escadinha olhano, por cima do muro. Mas eu te conto o seguinte. Tem umas coisa aconteceno fora da casa qu'ocês que fica aqui dentro num sabe de nada. E qu'ocês vai descobri e vai descobri logo.

E antes de dois minutos de ele ter engolido a última das suas cervejas e acenado com a caneca solenemente em direção à janela que pegava de uma extremidade a outra dos arbustos e um pedaço do gramado.

— Olha lá... — ele disse — se ocê tá curiosa. Olha o que vem pela grama.

Quando a Sra. Medlock olhou, ergueu as mãos e deu um grito; todos os criados e criadas ao alcance de sua voz saíram às pressas pela sala dos criados e permaneceram olhando pela janela com os olhos quase começando a saltar de suas órbitas.

Pelo gramado vinha o Senhor de Misselthwaite, e ele estava de um jeito como eles nunca o tinham visto. E ao seu lado, com a cabeça empinada no ar e os olhos cheios de vontade de rir, caminhava de forma tão forte e segura como qualquer menino de Yorkshire... o Patrãozinho Colin!

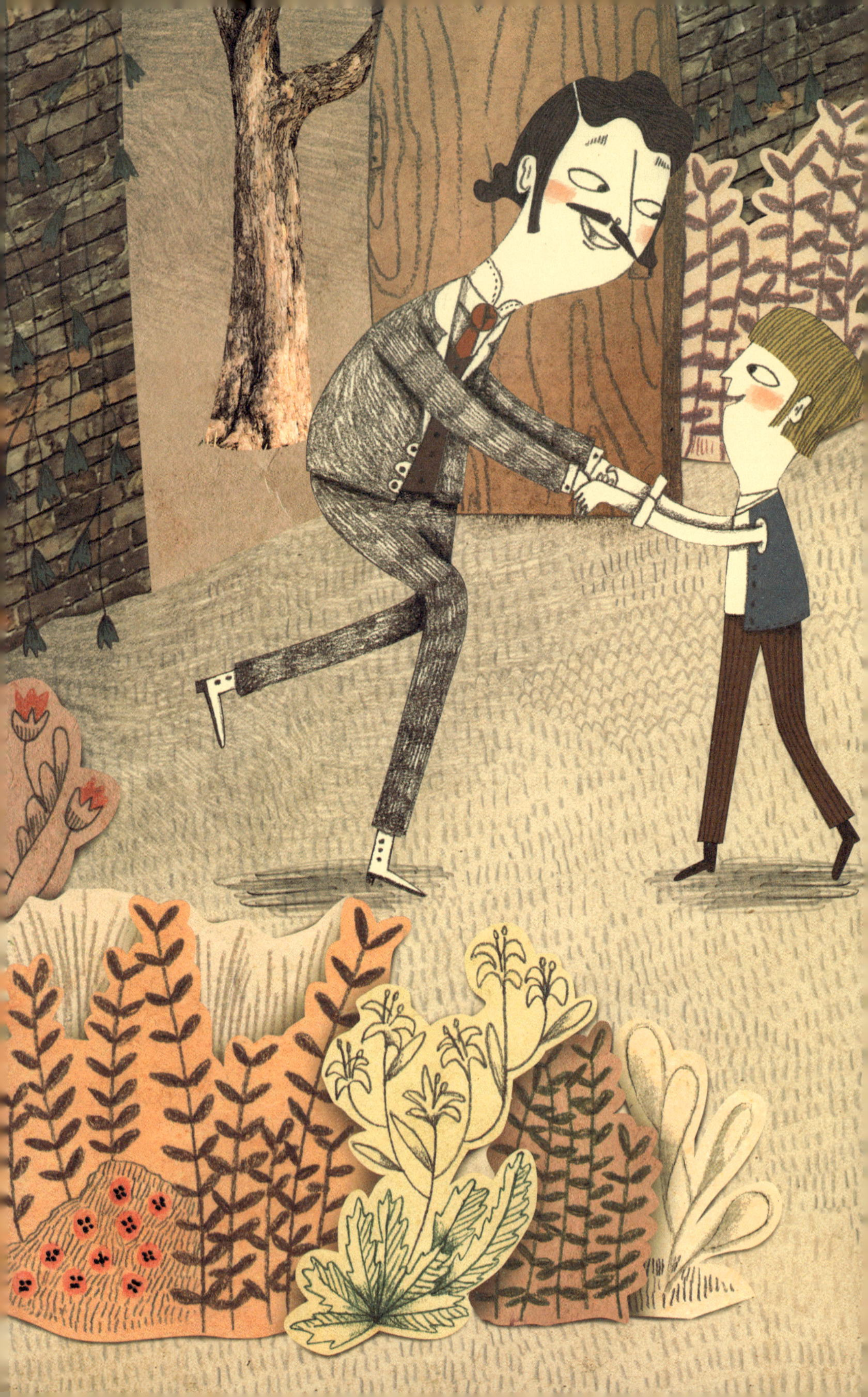

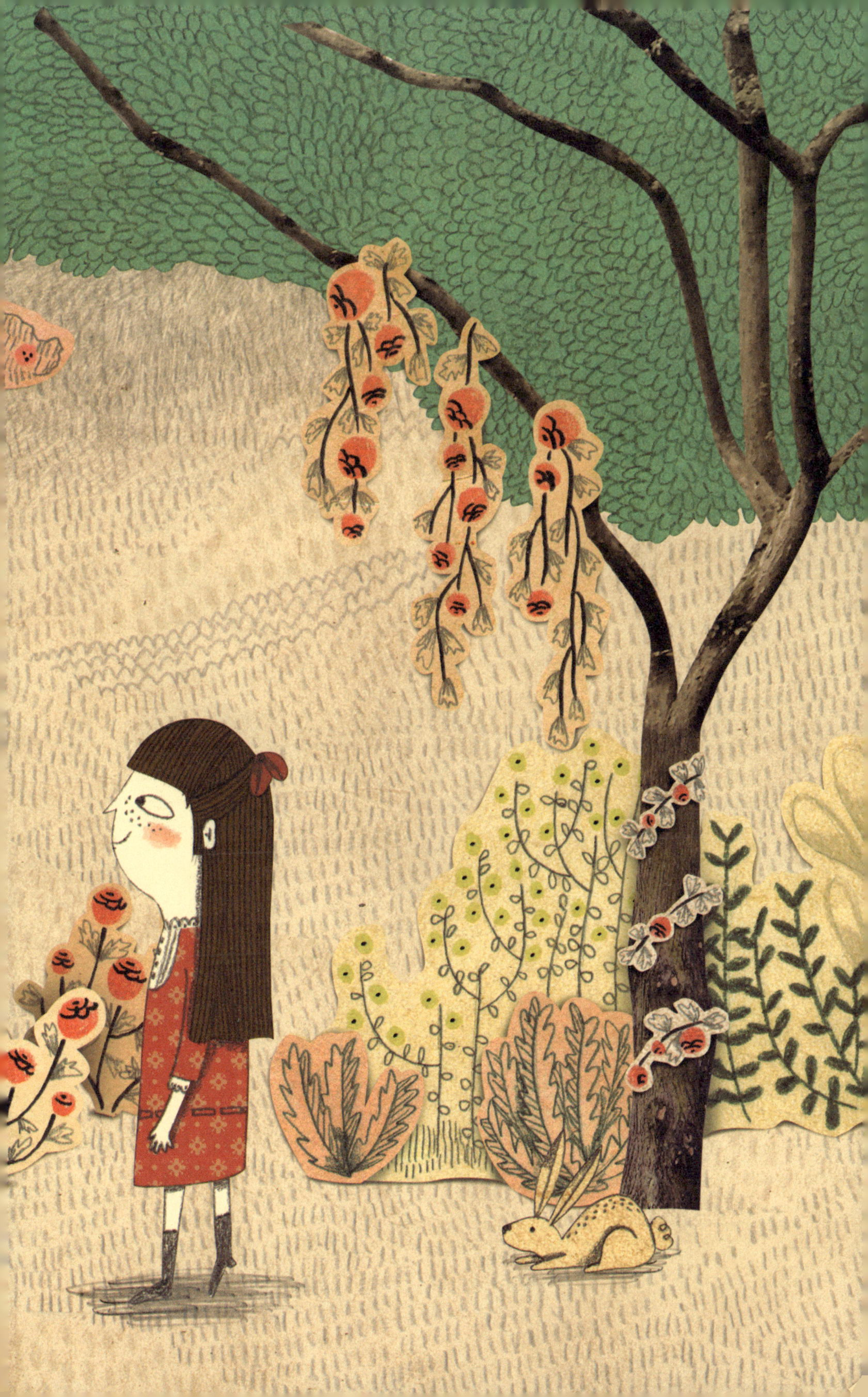

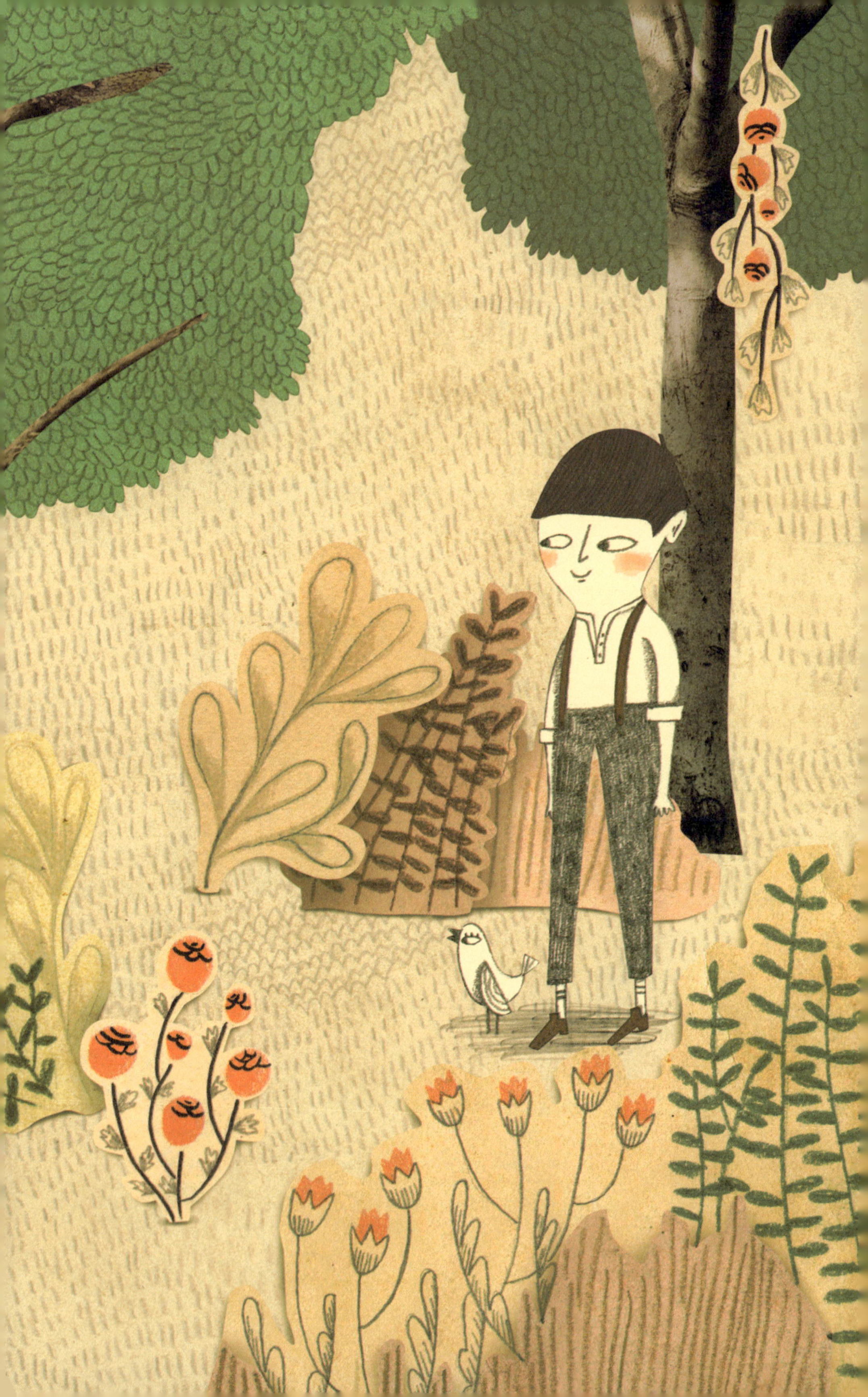

© Copyright desta tradução: Editora Martin Claret Ltda., 2017.

Direção
MARTIN CLARET

Produção editorial
CAROLINA MARANI LIMA / MAYARA ZUCHELI

Direção de arte
JOSÉ DUARTE T. DE CASTRO

Diagramação
GIOVANA GATTI QUADROTTI

Ilustração de capa e miolo
BRUNA ASSIS BRASIL

Tradução
VERA LÚCIA RAMOS

Introdução
LUCIANA DUENHA DIMITROV

Revisão
SOLANGE PINHEIRO
ANA MARIA DILGUERIAN

Impressão e acabamento
CROMOSETE GRÁFICA

A ortografia deste livro segue o novo Acordo Ortográfico da Língua Portuguesa.

Dados Internacionais de Catalogação na Publicação (CIP)
(Câmara Brasileira do Livro, SP, Brasil)

Burnett, Frances Hodgson, 1849-1924.
   O jardim secreto / Frances Hodgson Burnett; introdução Luciana Duenha Dimitrov; [ilustração Bruna Assis]; tradução Vera Lúcia Ramos. – São Paulo: Editora Martin Claret, 2017.

Título original: The secret garden.
ISBN 978-85-440-0173-8

   1. Ficção inglesa I. Dimitrov, Luciana Duenha. II. Assis, Bruna. III. Título.

17-10547   CDD-823

Índices para catálogo sistemático:

1. Ficção: Literatura inglesa   823

EDITORA MARTIN CLARET LTDA.
Rua Alegrete, 62 – Bairro Sumaré – CEP: 01254-010 – São Paulo – SP
Tel.: (11) 3672-8144 – www.martinclaret.com.br
1ª reimpressão – 2022

CONTINUE COM A GENTE!

- Editora Martin Claret
- editoramartinclaret
- @EdMartinClaret
- www.martinclaret.com.br

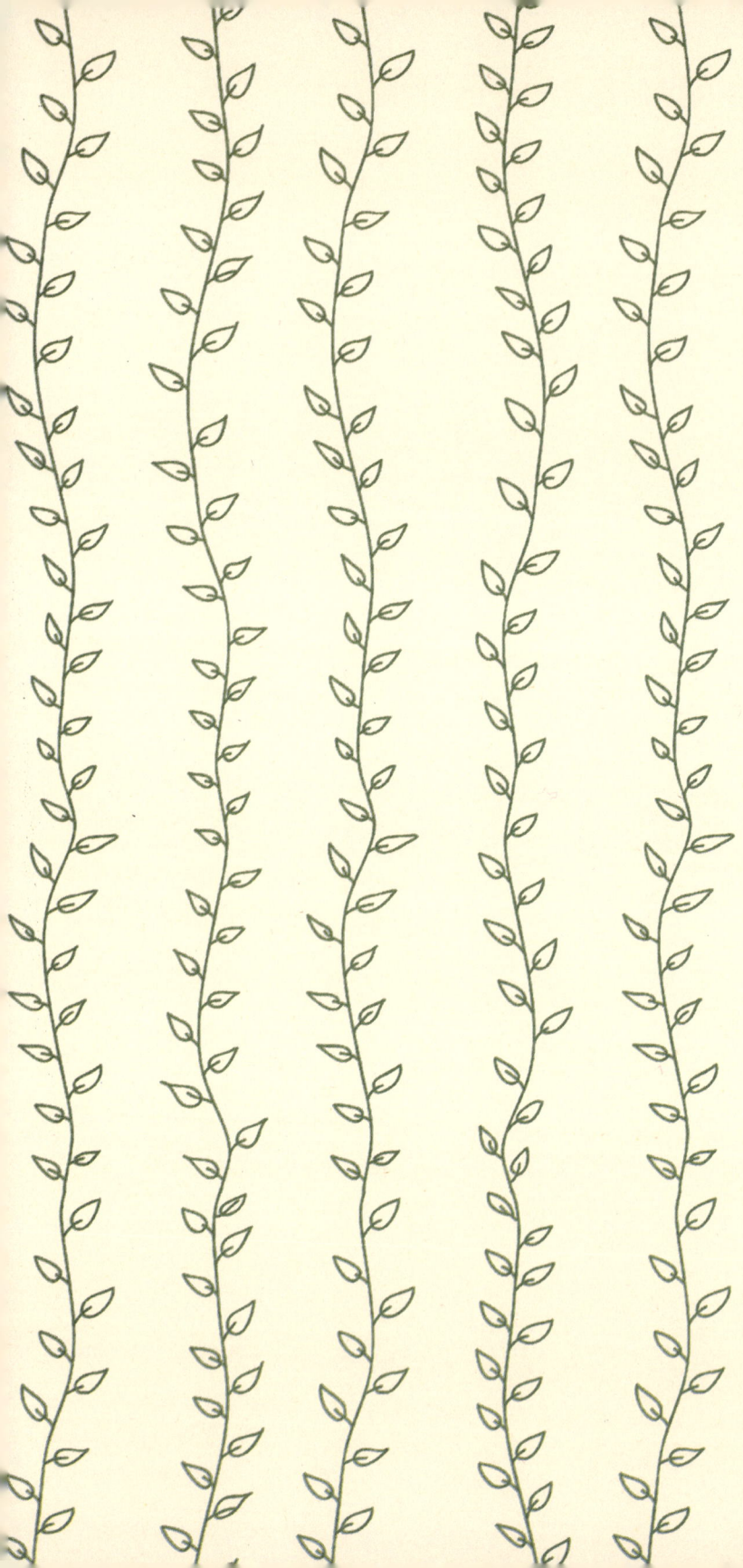

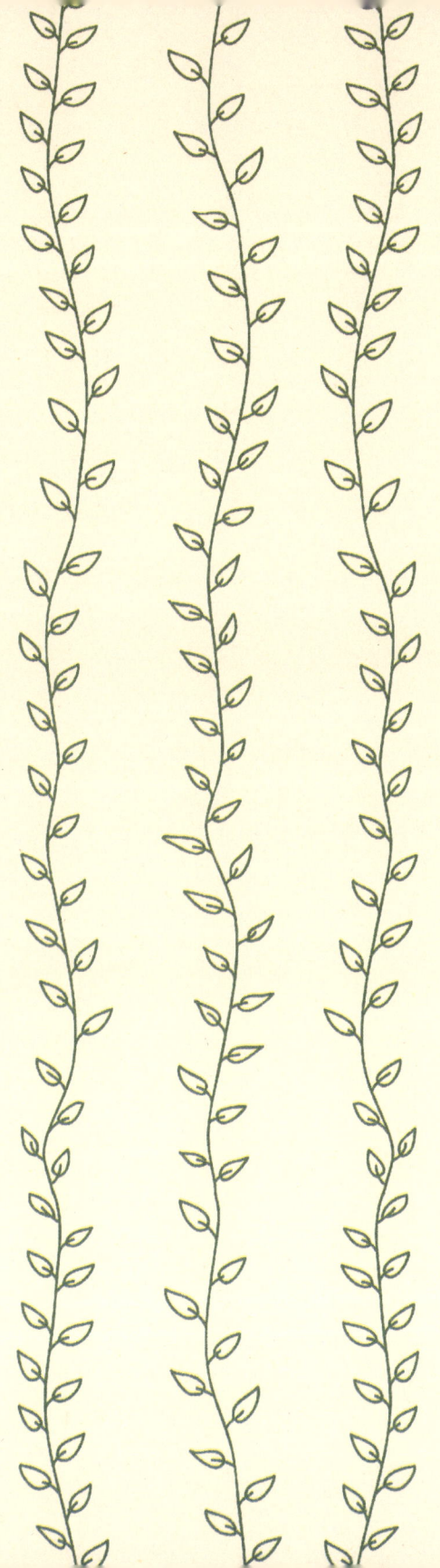

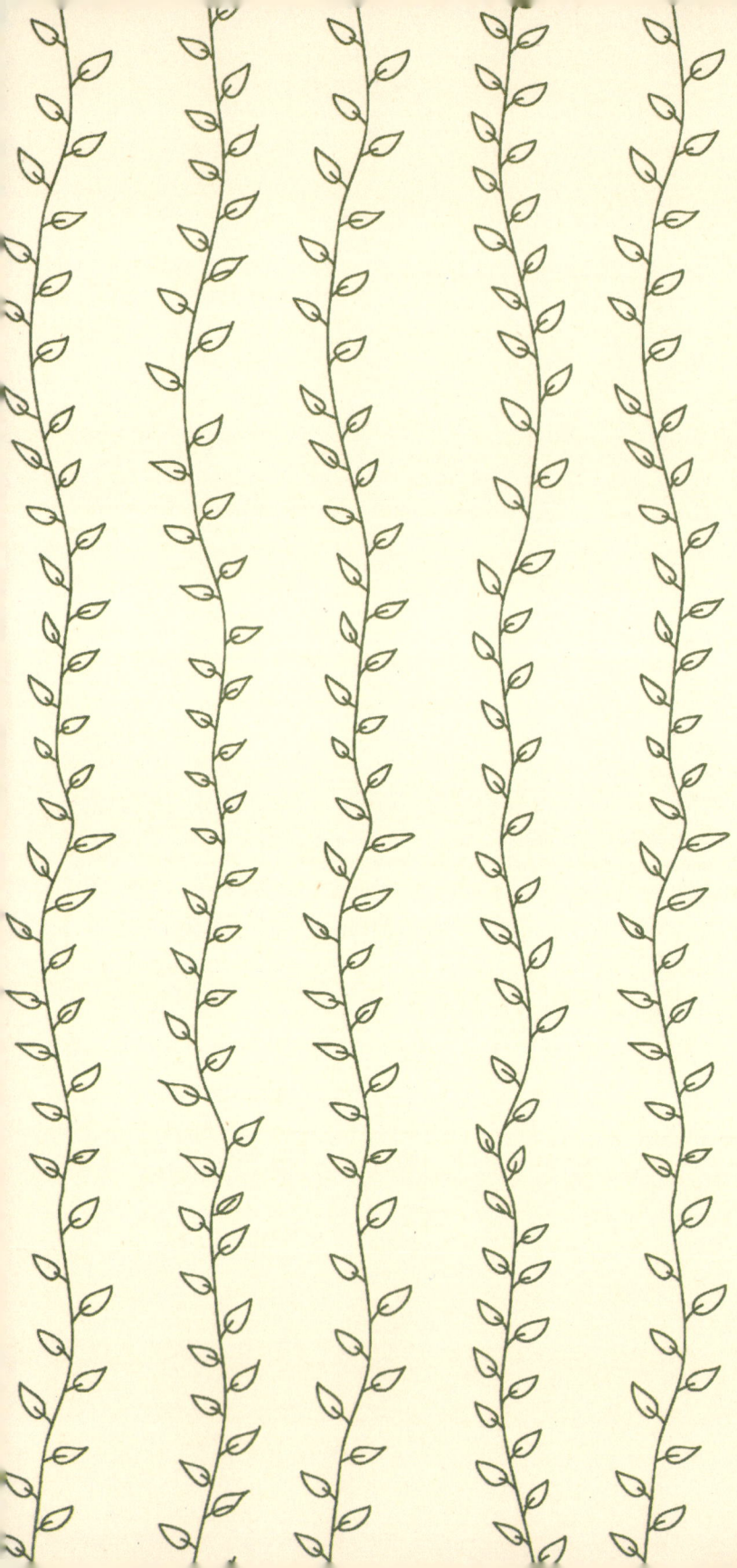